신라에 뜬 달

향 가

지은이 **장 진 호**

대구사범학교를 졸업하고 계명대학교에서 문학박사 학위를 받았다.
대구대학교와 계명대학교 겸임 교수, 대구교육과학연구원 연구부장을 거쳐
달성고등학교 교장을 역임했다.
저서로는 신라 향가의 연구, 굽은 나무는 굽은 대로 곧은 나무는 곧은 대로, 손을 쥐면 아무것도 없고 손을 펴면 천하를 쥔다, 국어 선생님도 몰랐던 우리말 이야기, 우리 문화 그 가슴에 담긴 말 등이 있고, 논문으로는 국어교육의 맥과 흐름, 고려속요 동동고(動動考) 등 다수가 있다.

신라에 뜬 달

향가

장진호 지음

학연문화사

이야기를 시작하며

향가는 우리 시가의 모태다. 향가를 뿌리로 하여 뒷날 시조와 사설시조 그리고 가사歌辭가 나왔으며, 그 맥은 현대시에도 이어지고 있다. 그런데 우리는 향가를 너무 모르고 있다. 우리 문화의 총화라 할 수 있는 문학의 뿌리에 너무 무관심한 것 같다.

일연은 왜 향가를 『삼국유사』에 실었을까? 향가는 어떤 특징적 모습을 하고 있는가? 신라 사람들은 왜 향가를 불렀을까? 단순한 유행가였을까?

서동과 선화 공주의 사랑 이야기는 사실일까? 처용가에 등장하는 주인공 처용은 자기 아내와 동침하는 역신을 보고 성을 내기는커녕 왜 덩실덩실 춤을 추었을까? 늙은 노인이 아름다운 수로 부인에게, 잡고 가던 암소를 놓고 왜 위험한 벼랑까지 올라가 철쭉꽃을 꺾어 바쳤을까? 남근의 길이가 8촌이나 되어 아들을 낳을 수 없었던 경덕왕이 왜 충담사에게 노래를 짓게 했을까? 융천사가 노래를 지어 부르니 왜 왜군이 물러갔을까?

향가와 관련된 이런 질문을 하자면 한정이 없다. 향가는 그 속에 고유의 시정을 품으면서, 다시 그 안에 향가만의 신이한 힘을 안고 있다. 향가에 담긴 체취는 신라 사람들이 발산하는 원초적인 꿈의 향기이며, 생동하는 몸짓이 뿜어내는 짙은 춤사위다. 그러기에 이 땅에 발을 딛고 사는 사람이면 누구나 알아야 할 공유 자산이며, 나누어 가지고 숨 쉬며 맡아야 할 들꽃의 향기다. 아무리 바쁜 세상이지만 한 번쯤은 쉬어 가야할 샘물이 있는 쉼터이기도 하다.

원류를 알아야 새 물길을 낼 수가 있고, 뿌리를 알아야 더 큰 나무로 키울 수가 있다. 대목이 충실해야 접붙인 나무가 튼튼한 가지를 뻗는 법임은 만고의 진리다.

21세기는 문화의 시대라고 한다. 그래서 지금 우리 사회는 문화의 융성을 외치며 정책으로 그것을 다루고 있다. 그러나 왠지 거기에는 튼튼한 대목에서 뻗어 오르는 새순 같은 것을 보기가 힘들다. 요즈음의 그 담론장에는 한류라는 이름, 또는 돈벌이가 되는 콘텐츠란 이름을 달고 있는 낯선 그림자들만 판을 칠 뿐, 밑동에서 자라나온 새 줄기는 크게 눈에 띄지 않는다. 마치 발원지가 없는 인공의 물줄기 같아 보인다.

그런 현상은 한말로 하면 껍데기 문화나 유사 문화로 흘러 일시적인 것이 되기 쉽다. 그러한 것들로써는 참된 문화 융성을 이룰 수가 없다. 새로운 문화를 꽃 피우기 위해서는, 그 바탕에 깔려 있는 우리 것의 씨앗이 무엇인지를 알고, 그것이 잘 자랄 수 있는 못자리를 만들어 거기에 물을 대고 거름을 주어, 더 좋은 싹을 틔우고 더 큰 열매를 맺게 해야 한다.

문학도 역사도 철학도 참다운 전통을 거푸집으로 하여 새 문화를 만들어 가야 한다. 이제 우리는 우리의 문화유산을 찬찬히 살펴, 그것을 진화 원리의 지렛대로 삼아 새 생명의 터를 만들어 가야 한다. 향가라는 유산을 다시 살피고 돌보아야 할 당위성이 여기에 있다. 향가의 재음미는 우리 문학 내지는 우리 문화의 근원을 아는 징검다리가 될 것이며, 거기에는 분명 새로운 터를 닦는 설계도가 숨어 있을 것이다.

이러한 작업에 작은 도움을 주려면 고향을 찾아가 여기저기에 깃든 옛 숨결에 맞추어 함께 호흡을 해 보아야 한다.

마을 앞을 지르는 개울가의 깨끗한 서덜의 돌들에도 가끔은 눈길을 주어야 한다. 그러면 충담사가 일오나리 가에서 찬기파랑가를 부르며 살피던 그 조약돌이 새롭게 보일 것이다. 흐드러지게 피는 철쭉꽃 동산이 어디 있는지도 살펴볼 일이다. 그러면 거기에 핀 꽃이 바로 한 노인이, 몰고 가던 암소를 놓아두고 수로 부인에게 꺾어 바친 그 꽃임을 알리라. 고향 집을 지키는 뜰 앞의 잣나무도 다시 한 번 쳐다보자. 거기에는 아마도 신충이 원가를 지어 붙였던 흔적이 남아 있을지도 모른다.

그간 향가는 그 방면 연구자들의 책장 속 유물처럼 먼지를 쓰고 갇혀 있었다 해도 과언이 아니다. 또 대다수의 사람들은 학창 시절 교과서에서 잠깐 서동의 사랑 이야기를 들었을 뿐, 우리 고향의 노래를 잊은 지오래다. 이제 향가는 그런 울타리에서 벗어나 모든 사람들의 곁에 놓여살아 있는 시가가 되어야 한다. 뭇 사람들의 입에 오르내리고 읊어져야하며 거기에 발원한 곁가지를 새로 길러내야 한다.

여태까지 향가가 장 속에 갇혀 다리를 오그리고 있었던 데는 그만한 이유가 있었다. 혹 향가를 읽어 봐도 이것이 무슨 뜻인지를 알아보기 힘들었던 것이 그 큰 이유다. 일반 독자들이 접근하기가 쉽지 않았던 것이다. 이에는 문학 연구가들의 책임도 크다 할 수 있다. 향찰로 기록된 향가에 대한 해독의 미비와 작품 자체에 대한 연구의 부족이 겹친

탓도 컸다. 그런데 이제 다행히도 어느 정도의 연구 자산이 쌓여, 향가는 일반 독자에게 가까이 갈 만한 모습을 갖추게 되었다. 그 동안에 여러 사람의 연구가 모이어, 이제는 읽는 이면 누구나 이해할 수 있고, 나아가 그 향기에 젖을 수 있는 그런 여건이 어느 정도 갖추어졌다.

이러한 생각과 나름대로의 욕심에서, 주제넘게 이렇게 한 번 향가의 화원을 꾸며 보려는 용기를 내었다. 향가에 관심을 가진 지도 제법 되어, 『신라 향가의 연구』를 펴낸 지가 어언 스무 해가 훨씬 넘었다. 그간 독자적인 연구의 깊이는 별로 더하지 못했으나, 여러 학자들의 연구에 힘입어 신라 향가의 얼개가 잡히고 내 나름의 안목도 약간은 넓어졌다. 그래서 그 진수만이라도 모든 이에게 알려야겠다는 일종의 의무감 같은 것이 생겨, 이렇게 조그만 뜰이나마 마련하게 되었다.

이번 작업에서 가장 어려웠던 점은, 문학 전공자가 아닌 일반 독자의 눈높이에 맞추어 작품을 쉽게 소개하고 풀어놓는 일이었다. 그러나 문학이란 것이 원래 그 시대상을 모태로 하여 빚어진 산물이기 때문에, 그 밑동을 아주 소홀히 할 수가 없다는 데 고민이 있었다. 전문적인 것은 될 수 있는 대로 줄이고, 일반 독자에게 쉽게 다가가려고 노력은 하느라 했다. 생소하다 싶은 말은 괄호를 쳐서 뜻을 새기는 등 나름대로는 애를 썼으나 마음은 그리 개운하지 않다. 또 시가 시 될 수 있도록 화장도 좀 올리려 했으나 이 역시 솜씨가 모자라 미쁘지 못하다.

　그리고 가장 중요한 것은 몇 작품에 대한 필자의 새로운 의견제시다. 기존의 견해를 바로잡아 보려는 내 나름의 작은 노력이다. 감히 말하지만, 티는 있을지나 진정한 옥을 찾고자 한 소중한 작업이라 생각한다. 이에 대한 독자들의 많은 질정을 진심으로 기대한다. 또 힘에 부치는 일이라 생각하지만, 그간 풀기 어려운 몇몇의 시어에도 손을 대어 정답을 끌어내려고 안간 힘도 써 보았다.

　일본의 짧은 시 하이쿠는 그 나라 사람이면 누구나 읽고 쓸 수 있는, 살아 숨 쉬는 장르가 되었다. 그 뿐만 아니라, 미국에서도 유럽에서도 사랑 받고 있는 세계화된 시가 되었다. 우리에게도 향가가 있고 시조가 있다. 이제 이런 노래를 바탕으로 하여 새로운 가락을 빚어내어야 한다. 손때가 묻은 옛 것을 다시 더듬는 연유가 여기에 있다.

　아무렴 무관심했던 저 서라벌 들판에, 군데군데 피어 있는 들꽃 송이를 감상하고, 그 향내에 취하여 흥얼거리며 읊조리는 사람들이 많아진다면 얼마나 좋을까?

2017년 4월

일연 국존의 고향 압량 벌에서

장 진 호 씀

차 례

I. 향가란 어떤 시가인가

향가라는 명칭은 중국 시가에 대하여 우리 노래라는 뜻으로 쓴 것인데, 신라 때부터 그렇게 불렀던 장르명이다. 이는 당唐에 대한 명칭으로 우리나라를 향鄕이라 한 바, 중국 약재를 당재라 한 데 대하여 우리나라 약재를 향약이라 하고, 중국 음악을 당악이라 한 데 대하여 우리나라 음악을 향악이라 하고, 중국의 비파를 당비파라 한 데 대하여 우리나라에서 만든 비파를 향비파라 하는 것과 같다.

넓은 의미에서의 향가는 이렇듯 우리말로 된 노래 모두를 가리키지만, 지금 학계에서는 신라와 고려 초기까지 불린 노래 중, 한자의 음과 뜻을 빌려 적는 방식인 향찰로 표기한 정형시만을 지칭하는 것으로 한정하고 있다. 이에 대해서는 앞으로 좀 더 깊은 논의가 필요하다고 생각된다. 또 향가를 사뇌가라고도 하는데, 이는 향가 중 가장 완결된 형식인 10구체 향가를 가리키는 명칭인 듯하다. 다시 말하면, 향가는 4구체, 8구체, 10구체 모두를 포괄하는 명칭이고, 사뇌가는 그 중 10구체만을 가리키는 명칭이다.

향가는 우리말로 된 정형시로 한국 시가의 원류요 모태라 할 수 있다. 그 중 신라 향가는 일연이 쓴 『삼국유사』에 14수, 김대문이 쓴 화랑세기에 1수 도합 15수가 전하고, 고려 향가는 균여전에 그가 쓴 11수와 예종이 1120년에 지은 도이장가를 합쳐 도합 12수가 전한다. 그래서 향가는 그 범위를 넓혀 보아도 총 27수가 겨우 전하는 셈이다. 우리 민족의 유구한 역사에 비추어 볼 때 너무나 적은 숫자다.

　중국은 주나라 초부터 춘추 초기까지의 것 305편을 『시경』에 수록하여 전하고 있고, 일본은 우리 향가가 불리던 때와 비슷한 시기에 편찬한, 그들의 역사서인 『고사기』와 『일본서기』 그리고 시 모음책인 『만엽집』 등에 도합 4500여 수의 작품이 실려 전해지고 있다. 우리나라도 진성여왕의 명으로 대구화상과 위홍이 함께 편찬한 『삼대목』이란 향가집이 편찬되었으나 지금 전하지 않는다. 실로 안타까운 일이 아닐 수 없다.

　향가의 표기 방식은 한자의 음과 뜻을 빌린 이른바 향찰이다.

　향가의 형식은 3종류가 있는데, 4줄로 된 것, 8줄로 된 것, 10줄로 된 것이 그것이다. 이것을 통상 4구체, 8구체, 10구체라고 한다. 앞에서도 말한 바와 같이, 그 중 10구체로 된 것을 사뇌가라 부르기도 한다.

　향가의 작자는 여러 계층에 걸쳐 있지만 신라 향가는 화랑과 승려가 그 주류를 이룬다. 이들 향가는 그 소재와 주제도 다양하다. 그러면 이제 신라 향가의 꽃밭으로 들어가는 조감도를 보기로 하자.

1. 향가는 어떤 특성을 지니고 있나

가락국의 왕 수로가 하늘에서 내려오는 이야기가 『삼국유사』 가락국기에 실려 있다.

서기 42년 3월, 액을 막기 위해 물가에서 지내는 제사를 지내는 날, 아도간 등 아홉 우두머리가 이끌며 살고 있는 곳의 북쪽 구지봉에서, 사람들을 부르는 것 같은 수상한 소리가 들려 왔다. 그래서 무리 이삼백 명이 모였는데, 사람의 소리 같았지만 그 모습은 드러내지 않고 소리만 들렸다.

"여기에 사람이 있는가?"

9간 등이 말하였다.

"우리들이 있습니다."

또 소리가 들려 왔다.

"내가 있는 곳이 어디인가?"

9간 등이 다시 대답하였다.

"구지봉입니다."

또 소리가 들려왔다.

"하늘이 나에게 명령하신 것은 이곳을 다스리고 나라를 새롭게 하여 임금이 되라 하였다. 너희들은 모름지기 이 산봉우리 꼭대기를 파내면서,

거북아 거북아

머리 내어라

내어놓지 않으면

구워 먹겠다

라고 노래를 부르며 춤을 추면, 대왕을 맞이하여 기뻐 춤추게
되리라."

아홉 우두머리들이 그 말대로 기뻐하면서 노래하고 춤을 추니,
얼마 후 자주색 줄을 타고 붉은 보자기에 싸인 상자 하나가 내려왔
다. 그것을 열어 보니 황금색 알 여섯 개가 있었는데 해처럼 둥글었
다. 12일이 지난 이튿날 아침에 무리들이 다시 모여 상자를 열어 보
니 알 여섯이 모두 사내아이로 화하여 있었는데 용모가 심히 빼어
났다. 이들이 자라서 수로는 대가락국의 시조가 되고 나머지 다섯
사람도 각각 돌아가서 다섯 가락의 임금이 되었다.

우리가 익히 알고 있는 옛 노래 구지가와 그 배경 설화다.

그런데 여기서 우리가 새겨보아야 할 사항이 하나 있다. 그것은 노
래를 부르니 하늘에서 알이 내려왔다는 것이다. 만약 구지가란 노래를
부르지 않으면 알이 내려오지 않았을 것이란 얘기가 된다. 노래의
힘에 의하여 하늘에서 임금이 내려오는 신이한 일이 생긴 것이다. 이
와 같이 고대가요는 신비한 힘을 가졌다. 고대인들은 이와 같이 노래

에 신비한 힘이 있는 것으로 믿었고, 노래를 통해서 재앙을 물리치거나 원하는 바를 성취하려고 하였다.

이처럼 노래에는 신비한 힘이 있다고 믿었던 것이다. 사람들은 이러한 신이성을 흔히 주술이라 부른다. 주술이란 '주문을 외우며 비는 술법으로 초자연적인 존재나 신비한 힘을 빌려 재앙이나 불행을 막거나 바라는 바가 성취될 수 있도록 행하는 의식'을 말한다. 또 이와 같이 신이한 힘을 발휘하는 성격을 가리켜 주술성이라 해 왔다.

이 주술성은 고대의 시가를 이해하는 데 중요한 키워드가 된다.

그럼 신라 때 부른 향가는 어떨까?

향가도 그 이름에서 보듯이 가歌 또는 요謠라고 했으니 노래로 불렸음이 분명하다. 노래이니 악보도 있었을 것이다. 그러나 오늘날 그것은 전하지는 않고 있다. 향가를 이어받아 후대에 생긴 시조창에서 그것을 추측해 볼 따름이다.

그러면 향가는 오늘날의 민요나 대중가요처럼 민간에 널리 불린 노래였을까? 지금 대부분의 사람들은, 향가는 우리말로 된 신라 때의 정형시라는 정도로 알고 있고, 서동요가 시중 아이들이 널리 불렀던 노래이니 여타 향가 역시 민간에서 유행가처럼 널리 향유되는 그런 장르일 것이라 생각한다.

향가가 신라 사회에 널리 불린 노래 양식임은 틀림없다. 『삼국유사』에 "신라 사람들이 향가를 숭상한 지가 오래 되었다."란 기록이 있고,

『균여전』에 "대개 사뇌가는 세상 사람들이 희롱하며 즐기는 도구이다."란 구절이 적혀 있는 것으로 보아 그것을 짐작할 수 있다.

그러나 향가가 오늘날의 가요처럼 세간에서 단순히 즐기기 위해 불리거나, 오늘날의 시와 같이 단순한 문학적 영역에만 머무르는 그런 것은 아니었다. 향가는 민간에서 불리는 단순한 읊조림이나 일반적인 가요가 아니라는 것을 관련 기록이나 노래의 내용에서 엿볼 수 있다.

향가는 강력한 기원과 주술성을 발휘하기 위한 노래라 할 수 있다. 향가를 싣고 있는 『삼국유사』에는 향가의 그러한 속성을 파악할 수 있는 기록이 여러 군데 보인다.

먼저 월명사가 지은 '도솔가'의 창작 배경을 보자. 경덕왕 19년 4월 초하룻날에 두 개의 태양이 나타나 열흘 동안이나 없어지지 않았다. 이에 왕은 이 변괴를 없애고자 하여 의식단을 설치하고 의식 행사를 치를 승려를 기다렸다. 그때 마침 월명이라는 중이 지나가다가 왕에게 불려와 기도문을 지을 것을 요청받고 다음과 같은 이야기를 나눈다.

"소승은 단지 화랑의 무리에 속해 있으므로 그저 향가나 알 뿐 범성梵聲(인도말로 된 불교의 염불. 범패梵唄)은 익히지 못했습니다."

"그러나 그대가 이미 인연 있는 승려로 이렇게 만났으니 범성 아닌 향가라도 좋소."

여기서 우리는 향가의 성격을 살펴볼 수 있는 중요한 단서 하나를 엿볼 수가 있다. 그것은 향가가 불교의 범성과 같은 반열의 성격을 가지고 있다는 것이다. 범성이란 절에서 재齋를 올릴 때 부르는 노래로 범패梵唄라고도 한다. '범梵'은 인도 말 '브라흐마'를 소리로 번역한 말로서, 오늘날은 주로 인도나 불교에 관련된 의미를 담아낼 때 쓰는 말이다. '성聲'과 '패唄'는 다같이 '소리(노래)'라는 뜻이다. 그러니 범성 곧 범패는 지금 승려들이 의식 때 길게 소리 내어 부르는 염불을 연상하면 될 것이다. 범패는 학식이 높은 승려가 요령을 흔들면서 축원문을 소리 내어 부르는데, 한문으로 된 글이나 범어 곧 산스크리트sanskrit로 된 사설로 되어 있다.

월명사가 범성은 모르고 향가만 안다고 했으니, 기원문을 부르는 데 불교 고유의 범패 형식으로 하지 못하고 우리말로 된 향가로 그것을 대신하였다는 것이다. 즉, 향가는 불교 의식에서 부르는 범패와 같은 대열에 서 있는 노래인 것이다. 그러므로 향가는 단순한 노래가 아니라 어떤 것을 기원하고 기도할 때 부르던 의식적 노래라는 사실을 알 수 있다. 향가는 불교의 범패요 기독교의 찬송가와 비슷한 성격을 지닌 노래다.

또 『삼국유사』의 '월명사 도솔가' 조에는,

"신라 사람들은 향가를 숭상하는 지가 오래되었는데, 이것은

대개 시詩 송頌과 같은 것이다. 때문에 이따금 천지와 귀신을 감동
시킨 것이 한두 가지가 아니었다."

란 구절이 있다. 여기서 우리가 알 수 있는 사실은 먼저 '신라에는
향가를 숭상한 지가 오래되었다'는 것이다. 이것을 바꾸어 말하면 '향
가는 신라 사람들의 일반적인 예사로운 노래가 아니라, 그것을 숭상하
는 계층의 사람들이 향유하는 노래'라는 것이고, 또 향가는 어떤 것을
기원하고 기도할 때 그것을 사용하는 사람들의 노래이며, 천지와 귀신
을 감동시킬 수 있는 힘을 지닌 노래라는 것이다.

그리고 시의 송과 같은 것이라 하였는데 이는 또 무엇을 말함인가?
여기서의 시, 송은 『시경』의 송頌을 가리킨다. 『시경』은 풍風, 아雅, 송
頌의 세 부류로 구성되어 있는데, '풍'은 여러 나라의 민요를, '아'는 공
식 연회에서 쓰이는 의식가를, '송'은 종묘의 제사에 쓰이는 음악과 관
련된 시를 말한다. '송'은 조상에게 생전의 공덕을 영혼에게 알리거나
제사를 모시는 자손 및 신하에 대해 칭찬하는 내용으로 되어 있다. 그
러므로 향가는 『시경』의 '송'과 마찬가지로 종묘 제사와 같은 의식에서
신에게 올리는 노래와 같다는 것이다. 곧 향가는 여느 노래가 아니라,
천지와 귀신을 감동시키는 기원가였음을 알 수 있다.

또 향가의 이러한 성격은 『삼국유사』 원성대왕 조의 기록에서도 여
실히 볼 수 있다. 여기에는 상재라는 높은 벼슬에 있는 김주원과 그 아

래 벼슬인 각간의 자리에 있는 김경신이 왕위 경쟁을 벌이는 이야기가 나온다. 여러 가지 조건으로 보아 유리했던 김주원을 제치고 열세에 있던 김경신이 이겨 왕위에 올랐다. 이렇게 김경신이 승리를 차지한 까닭은 그가 향가인 '신공사뇌가'를 지어 부른 효험 때문임을 넌지시 밝히고 있다. 김경신이 북천에서 비밀히 제사를 올리면서 이 노래를 불러서 경쟁자를 물리치게 되었다는 것이다. 이처럼 향가는 신이성을 지닌 노래다.

또 향가인 보현십원가를 쓴 균여의 전기 중 '가행화세분歌行化世分(노래를 불러 세상을 교화함)' 조목에도 이러한 향가의 신이성이 기록되어 있다.

"사평군 나필급간이 삼년간이나 고질을 앓고 있었는데, 아무리 해도 고칠 수가 없었다. 이 때 대사가 가서 그것을 보고 매우 가련하게 생각하여 원왕가願王歌(균여가 지은 향가)를 일러주며 늘 그것을 읽도록 하였다. 그러던 어느 날 공중에서 부르는 소리가 들렸는데 '너는 큰스님이 배푼 노래의 신비한 힘으로 병이 나을 것이다'라 하였다."

위응항마분威應降魔分(위엄의 힘으로 마귀를 항복시킴) 조에도 그와 같은 내용의 글이 있다.

"영통사 백운방이 자꾸 부서지고 무너져 내려, 대사가 거듭 그 것을 수리하였다. 이는 땅귀신이 해코지한 빌미 때문이었는데 날 로 그 폐해가 심하였다. 그래서 대사가 노래 한 수를 지어 벽에 붙 였더니 그 변괴가 사라졌다."

이처럼 향가는 신이한 힘을 발휘하는 노래다. 그런 향가의 신이한 힘을 일러서 균여는 "웃으면서 외우려는 이도 소원을 빈 인연을 맺게 될 것이며, 비방하면서 외우는 이도 염원의 이익은 얻게 될 것이다."라 고 하였다.

향가를 일러서 일명 사뇌가라고도 한다. 『균여전』에서 이 말을 설 명하기를 "그 가사가 아주 정교하고 치밀하며 교묘하므로 뇌腦라고 한 다."고 하였다. 사뇌가는 일반적인 시속 노래가 아니라, 그 안에 정밀 하고 오묘한 그 무엇을 담고 있다는 뜻이다. 지헌영이 사뇌가를 '(신 께) 사뢰는 노래'라 하였고, 이임수가 향가를 신가神歌라고 한 것도 다 향가가 지닌 그런 신령스러움을 설명한 말이다. 어떻든 향가는 신이한 힘을 지닌 노래임에는 틀림없다.

그러면 향가가 갖는 이러한 신이한 힘을 무엇이라고 부를까?

이를 가리켜 흔히 주술이란 말을 쓰고 있다. 주술은 주문을 외우는 것과 같은 초자연의 존재나 신비적인 힘을 빌려 길흉을 점치고 회복 을 비는 일이나 그 술법을 이르는 말이다. 그러나 향가나 그 배경설화에 나타난 내용을 보면, 그러한 의미의 주술과는 약간의 거리가 있음을 발견할 수 있다. 또 『삼국유사』에 쓰인 주술이란 용어를 보면, 바라는 것을 성취하는 뜻으로 사용되는 것이 아니라, 좋지 못한 사술의 의미로 쓰였다. 『삼국유사』 의해 제5 '원광이 서쪽으로 유학하다'란 제목에 쓰인 내용을 잠깐 보자.

그 후 4년이 지나 한 중이 와서 멀지 않은 곳에 절을 짓고 2년을 살았는데, 사람됨이 강인하고 매우 사나우며 주술 배우기를 좋아하였다.

법사가 밤에 혼자 앉아 경을 외우고 있는데, 갑자기 신의 목소리가 나더니 그의 이름을 부르며 말했다.

"좋구나 좋구나, 그대의 수행이여! 대개 수행하는 사람이 많다고는 하지만 법사 같은 사람은 드물구나. 지금 이웃에 어떤 중이 있는데 이를 보면 곧잘 주술을 닦지만 얻는 것도 없고, 지껄이는 소리는 다른 사람의 조용한 마음을 뒤흔들고, 머무는 곳이 내가 다니는 길을 막고 있어 항상 오갈 때마다 몇 번이나 미운 생각이 드니, 법사는 나를 위해 그에게 말하여 다른 장소로 옮기도록 하라. 만약 오래 머문다면 아마도 내가 문득 죄업을 지을 것 같다."

말을 마치고 가더니 그날 밤 우레와 같은 소리가 들렸는데, 이튿날 살펴보니 산이 무너져 비구가 살던 집을 덮어 버렸다.

여기 보이는 한 중이 좋아하는 주술은 나쁜 것을 물리치고 좋은 일을 오게 하는 방법으로 쓰이는 것이 아니라, 삿되고 남에게 위해를 끼치는 데 쓰이는 방편이다. 이는 향가가 지향하는 속성과는 거리가 있다. 이와 비슷한 말에 주원呪願이란 말이 있다. 주문을 외우며 기원한다는 뜻이다. 그러면 주원이란 말을 새겨 보자.

『삼국유사』의 고조선 조에는,

"웅녀는 혼인할 상대가 없었으므로 매일 신단수 아래에서 아이 밸 수 있도록 주원呪願하였다. 환웅이 잠시 사람으로 화하여 그녀와 결혼하여 아들을 낳으니 단군왕검이라 한다."

는 기록이 있다.
또 같은 책의 '앞뒤에서 가져온 사리' 라는 제목에는,

"옛날 보요선사가 차음으로 남월南越에서 대장경을 구해 가지고 돌아오는데, 바다에 갑자기 바람이 일어나 작은 배가 파도 속으로 사라졌다 나타났다 하는 것이 뒤집힐 것 같았 다. 아마도 신룡神龍이 대장경을 여기에 머물게 하려는 것일까? 드디어 선사는 정성껏 주원呪願하여 신룡까지 함께 받들고 돌아왔다. 그러자 바람이 잠잠해지고 파도가 멎었다."

라고 씌어 있다.

『균여전』제5 감통신이분 조에는,

　　"대성대왕의 왕후 대목왕후의 생식기에 모진 부스럼이 나서 의
　　순공이 법약法藥으로 치료하여 병을 낫게 하였으나 대신 공 자신이
　　그 병을 앓게 되었다. 이에 스님은 향로를 받들고 주원呪願하니 모
　　진 부스럼은 홰나무 서쪽 가지로 옮아가 붙어 버렸다."

는 기록이 있다.

　이로써 보면, 주원呪願은 사술이 아니며 '임시로 변해서 아들을 낳
고, 바다의 파도를 평정하고, 경전을 무사히 가져오고, 고질병을 치료
하는' 등의 신이성을 담고 있으며, 그 이면에는 간절한 기원이 깔려 있
다. 이는 향가가 표출하는 신이성이나 그에 앞선 기원이나 종교적 발
원과 맥락상의 일치를 보인다. 그러므로 향가의 기층에 깔려 있는 그
러한 주적呪的 기능을 주원 또는 주원성이란 말로 나타내는 것이 가장
적절하다고 생각된다. 향가 중에서 가장 대표적인 주적 노래로 지적되
고 있는 도솔가나 혜성가도 단순한 주문을 외우는 것이 아니며, 사술
적인 주술이라고는 할 수 없다. 그러므로 향가가 실려 있는 문헌들에
보이는 어휘이면서, 동시에 향가의 미적 특성이나 그 밑바탕의 정서적
특성을 대표할 수 있는 용어는 주원이 가장 적절하다.

요약컨대, 향가의 주원이란, 강한 기원이나 발원으로 부른 어떤 노래의 힘에 의하여 빚어지고 얻어지는 신이한 현상이나 그 성질을 가리킨다.

　　이와 같이 향가는 무엇을 기원하거나 변괴를 물리치고자 하여 부른 주원성을 띤 시가다. 향가는 일반 사회에서 불린 단순한 유행가가 아니다. 향가는 그 안에 향기 짙은 서정성과 비유를 품고 있는 작품도 있다. 그러나 마지막 지향점은 주원성을 발휘하는 데 있다. 향가는 주원을 머금고 있는 시가다.

2. 향가에는 왜 감탄어가 있을까

향가는 뜻을 종결짓는 마지막 장의 첫머리에 대개 감탄어가 온다.

그러면 4구체 향가인 풍요, 8구체 향가인 모죽지랑가, 그리고 10구체 향가인 제망매가의 종장을 차례대로 보기로 하자.

무리여
공덕 닦으러 왔다   〈풍요의 종장〉

낭이여
그리운 마음의 오갈 길이
다북쑥 우거진 거리에서 잘 밤 있으리   〈모죽지랑가의 종장〉

아
극락세계에서 너를 만나볼 나는
도 닦으며 기다리련다   〈제망매가의 종장〉

위에서 보듯이 '무리여, 낭이여, 아' 등의 감탄어가 종장의 첫머리에 자리하고 있다. 이 감탄어를 가리켜 『삼국유사』에서는 차사嗟辭라고 하였다. 이와 같이 향가 일반에 감탄어가 들어 있는 것은, 위에서 말한 바와 같이 향가는 강렬한 기원 즉 주원을 뿜어내는 노래이기 때문이다. 감탄어는 어떤 감정이 가득히 쌓일 때, 가슴의 깊숙한 곳에서 자기도 모르게 터져 나오는 소리다. 향가는 어떤 대상에 대해 자신의 강렬한 주원을 나타내는 노래이므로 자연히 감탄의 말이 쏟아져 나오기 마련이다.

향가의 차사가 주원 심리의 깊은 곳에 자리하고 있음은 훈차訓借(한자의 뜻을 빌림) 표기로 그것을 나타낸 보현십원가의 차사 표기에서도 여실히 볼 수 있다. 보현십원가에서는 이 차사를 '아[阿耶]'처럼 소리를 따서 표기하지 않고, 타심打心, 병음病吟, 탄왈歎曰, 성상인城上人 등과 같이 뜻으로 된 글자로 표시하고 있다.

타심은 가슴을 친다는 뜻이고, 병음은 아파서 신음한다는 뜻이고, 탄왈은 탄식의 말이란 뜻이다. 성상인은 높은 성위에 올라가서 아득히 펼쳐진 시야에 들어오는 광경에 놀라서 지르는 소리다. 이 모두가 속에서 우러나오는 진솔한 감탄의 소리다. 그만큼 향가는 강한 주원을 바라는 노래라는 것이다.

향가에 시원을 둔 이 감탄어는 후대의 경기체가, 고려속요, 조선조의 악장, 시조, 가사 등에 그대로 이어지고 있다.

그러면 이 감탄어가 이들 장르에서 어떤 형태로 나타나 있는지를 간략히 더듬어 보기로 하자.

고려 속요는 종장 첫머리에 '아소'나 '위' 등의 감탄어가 온다.

내 임을 그리워하여 울고 있으니

두견새와 나는 비슷합니다

(나를 헐뜯는 말이 사실이) 아니며 거짓인 줄을

새벽달과 샛별만은 알 것입니다

넋이라도 임과 한자리에 가고 싶습니다

(임의 뜻을) 어긴 이가 누구였습니까

잘못과 허물도 전혀 없습니다

(모두가) 멀쩡한 거짓말입니다

죽고만 싶구나

임께서 저를 벌써 잊으셨습니까

아소, 님이시여 돌려 들어시어 다시 사랑해 주소서   〈정과정〉

만두가게에 만두 사러 갔더니

서역인 아비가 내 손목을 쥐었습니다

이런 말이 이 가게 밖에 들락날락하면

조그만 새끼 광대야 네가 말한 것이라 하리라

그 자리에 나도 자러 가리라

위 위, 다로러 거디러 다로러

그 둘이 잔 데같이 지저분한 데가 없다   〈쌍화점〉

비 오다가 날이 개어 다시 눈이 많이 내린 날에

서리어 있는 나무 숲 좁디좁은 굽어 도신 길에

(이렇듯) 잠을 빼앗아간 임을 그리워하여 이 밤을 또 지새우는가

(한번 가신) 그이야 어찌 이런 무시무시한 길에 자러 오겠습니까?

때때로 벽력이 내리어 무간지옥에 떨어져

곧 죽어갈 이 몸이

때때로 벽력이 내리어 무간지옥에 떨어져

곧 죽어갈 이 몸이

임을 두고 다른 임을 따르겠습니까?

이렇게 저렇게

이렇게 저렇게 하고자 하는 기약이야 있사오리까?

아소, 임이시여 (오직 죽어서라도) 임과 한 속에 가고자 하는

기약뿐입니다.   〈이상곡〉

다음으로 경기체가의 대표적인 작품인 한림별곡을 보자.

봉래산 방장산 영주의 세 산

이 세 산 붉은 누각의 아리따운 선녀

푸른 머리에 두건 쓰고 수놓은 비단장막 안에서 구슬발을 반쯤

걷고서

위, 높은 곳에 올라 오호五湖를 바라보는 정경이 어떠하겠습니까?

푸른 버들과 푸른 대를 정자 가에 심은 곳에서

위, 꾀꼬리가 우는 정경이 어떠하겠습니까?　　　〈한림별곡 한 절〉

　마지막으로 시조를 본다. 시조의 종장에는 '두어라', '어즈버' 등의 감탄어가 온다.

옥분에 심은 매화 한 가지 꺾어내니

꽃도 좋거니와 암향이 더욱 좋다

두어라 꺾은 꽃이니 버릴 줄이 있으랴　　　　　　　〈김성기〉

아이야 그물 내어 고깃배에 실어 놓고

달게 괸 술 막 걸러 술동이에 담아 두고

어즈버 배 아직 놓지 마라 달 기다려 가리라　　　　〈이해〉

3. 향가는 누가 주로 지었나

향가는 주원성을 지닌 노래이기 때문에 아무나 지을 수 있는 노래라고는 할 수가 없다.

영재라는 중이 늘그막에 남악에 숨어 살려고 가던 중 대현령에 이르렀을 때 도둑 떼를 만났다. 칼을 들이대는 도둑들의 위협에도 전혀 두려워하는 기색을 보이지 않자, 그들이 이를 이상히 여겨 이름을 물었다. 영재라고 대답하자 이들은 영재가 향가를 잘 하기에 평소 그 이름을 잘 알고 있다고 하면서 노래를 지어 달라고 하였다. 영재가 노래를 지어 부르자 도둑들은 감복하여 칼과 창을 버리고 머리 깎고 영재의 제자가 되었다. 이 기록에서 우리가 주목할 점은 '영재가 향가 잘 하기로 소문이 나 있었다'는 것이다.

이를 보면 향가는 아무나 할 수 있는 영역의 노래가 아니라는 사실을 알 수 있다. 향가는 전문가들이 짓고 부르는 노래임을 짐작할 수 있다.

그래서 향가의 작자를 보면 일반인이 있긴 하나 그 대부분이 중이나 화랑이다. 여기서 우리가 의아스럽게 생각되는 것이 하나 있다. 중은 원래 종교 의식을 주관하는 사제이기 때문에 당연히 주원성이라는 향가의 성격에 맞닿아 있지마는, 화랑은 그렇지 않을 것 같은데 왜 향가의 주된 작자층이었을까 하는 것이다.

여기에는 화랑의 신분에 대한 잘못된 견해가 한몫을 하고 있다. 일반적으로 화랑도는 군사집단인 줄로만 알고 있다. 이것은 화랑 관창이나 사다함 등의 이야기에 견인된 듯하다.

그러나 화랑의 원래 성격은 그런 것이 아니다. 화랑은 불교가 들어오기 전, 토착신앙인 풍월도를 섬기며 제사의식을 행한 일종의 종교집단이었다. 그들은 토착종교인 샤머니즘 곧 무巫적인 기능을 담당한 무리였다. 그래서 이름도 원화源花였고, 처음에 미녀들로 구성되었던 것이다. 『삼국사기』에는 "아름다운 사람을 가려 화장을 시키고 곱게 꾸몄다."라고 하였고, 『삼국유사』에는 "인가의 낭자 중 아름답고 요염한 자를 가려 원화로 삼았다."고 하였다.

원화인 준정이 남모를 질투하여 죽인 사건이 발생한 후로, 구성원을 여자에서 미모의 남자로 대치하였는데, 그 역할은 변함이 없었다. 역사서를 보면, 화랑들이 '산수에 나가 놀았다'거나, '무리로 하여금 놀게 했다'는 기록이 나오는데, 이때 '놀았다[遊유]'는 것은 화랑들이 단순히 자연을 즐기며 소풍 삼아 놀았다는 뜻이 아니다. 이것은 무격적巫覡的인 산신숭배사상과 관련된 종교적 행사를 치른 것을 가리킨다. '놀 유遊'자가 그러한 뜻으로 쓰인 예가 옛 기록에 종종 보인다.

『삼국유사』에 흥륜사의 중 진자가 미륵상 앞에 가서, 미륵이 화랑으로 화현해 주기를 주야로 기도하여 마침내 이를 실현시켰다는 기록이 있다. 이것도 화랑이 불교와 같은 종교적인 무리였음을 말하는 것이다.

이러한 화랑의 기능은 삼국통일 이후에 급속히 약화되어, 민간의 단순한 무당 신분으로 떨어졌다. 고려에 와서 화랑은 팔관회 제의祭儀에 양가의 자제를 뽑아 노래를 부르고 춤을 추게 했다는 기록에서 겨우 그 유풍을 볼 수 있고, 조선시대에 이르러서는 남자 무당 곧 박수[覡격]를 가리키는 이름으로 전락했다. 지금도 경상도에서는 무당을 화랭이라고 부른다. 이것을 봐도 화랑이 종교적 의식과 결부된 계층이었음을 미루어 짐작할 수 있다.

화랑의 그러한 성격 때문에 그들은 주원성을 지닌 향가의 주된 작자층이 된 것이다.

4. 일연은 왜 『삼국유사』에 향가를 실었나

삼국유사가 없었다면 우리는 신라 향가를 맛볼 수 없을 것이다. 그래서 『삼국유사』는 그만큼 중요한 책이다. 일연이 『삼국유사』에 향가를 실은 것은 그가 승려인데다 향가가 갖는 주원성과 관련이 있다.

유사遺事라는 말은 '빠진 일'이란 뜻으로, 기존의 역사서에 누락된 일을 적는다는 의미다. 그렇기에 『삼국유사』는 정사인 『삼국사기』가 빠뜨린 일을 적어 놓은 책이다. 그러면 『삼국유사』는 삼국사기의 어떤 유사를 보충한 것일까?

『삼국사기』는 김부식이 유교적 합리주의와 교훈주의 사관에 의거하여 지은 책이다. 그가 지은 삼국사기를 임금에게 바치면서 쓴, 진삼국사표進三國史表에 그러한 생각이 잘 드러나 있다.

엎드려 생각하옵건대, 성상 폐하께서는 요 임금이 천지를 두루 살피고 도덕을 완비한 것을 본받으시고, 우 임금의 부지런함을 체득하사 정치하는 여가에 과거의 서적과 역사책을 널리 보시고 ……고기古記는 문장이 엉성하고 사적이 누락되어 임금의 선악과 신하의 충성과 간사함, 나라의 안위와 백성의 다스림과 어지러움 등이 모두 드러나 있지 못하여 교훈으로 남길 수 없사옵니다.

무릇 역사서는 올바른 정치와 교훈을 담아야 한다는 주장이다. 그러므로 삼국사기에는 유교적 교훈을 줄 수 없거나 합리적으로 이해할 수 없는 것은 서술 대상에서 제외되었다. 그래서 신화와 전설, 민담 등의 설화는 버리거나 축소했다. 그러므로 괴이한 힘이나 신령스런 이야기가 담긴 향가 따위는 아예 거기에 실릴 수가 없었다.

그는 또 세계의 중심인 중국의 선진문화를 도입하여 우리나라를 중국과 같은 문화국으로 변화시켜야 한다고 생각했다. 그래서 삼국시대의 역사 가운데 우리 고유의 문화적 전통을 보여 주는 것들은 그리 중요하게 생각하지 않았다. 그의 사대주의 사관은 어쩌면 당연한 것이었다. 이러한 세계관은 유교를 신봉했던 조선의 학자들도 마찬가지였다. 성리학적 이념이나 유교적 합리성에 어긋난 신이한 이야기는 취하지 않았다. 그래서 그들은 『삼국유사』를 허황하고 거짓된 것이라 하여 배척하였다.

그러면 이와 관련한 이규보의 서사시 '동명왕편'의 서문을 한번 읽어보자.

세상 사람들은 동명왕의 신기하고 기이한 일들에 대해서 많이들 말하기 때문에, 비록 어리석은 남녀들까지도 그 일에 대해서 말한다. 내가 일찍이 그 이야기를 듣고 웃으면서 말하기를, 선사先師 중니仲尼(공자)께서는 괴이한 힘을 쓰거나 어지러운 신의 이야기는 말하지 않으셨다. 동명왕의 일 또한 실로 황당하고 기괴하므로,

우리 같은 선비가 얘기할 거리가 못 된다 하였다.

그 뒤에 『위서』와 『통전』(당나라 두우가 쓴 역사서)을 읽어 보니, 역시 동명왕의 일을 실었으나 간략하여 자세하지 못했으니, 이는 자기 나라 일은 자세히 기록하고 외국의 일은 소략하게 기록하려는 의도 때문이 아닌가 싶다. …… (동명왕의 일은) 처음에는 역시 믿지 못하고 잡귀나 허깨비라고 생각하였는데, 세 번 반복하여 읽으면서 점점 그 근원을 따져보니, 그것은 허깨비가 아니고 성스러움이며, 잡귀가 아니고 신령스러움이었다.

국사(삼국사기)는 사실을 사실대로 쓴 글이니 어찌 허황한 것을 전하겠는가. 김부식이 삼국사기를 다시 편찬할 때에 그 일을 크게 생략해 버렸는데, 아마도 그가 국사는 세상을 바로 잡는 책이므로 크게 괴이한 일을 후세에 보일 수는 없다고 생각하여 생략했을 것이다.

이규보는 대 서사시 동명왕편을 쓰면서, 주몽이 강가에 이르렀을 때 물고기와 자라 떼들이 나와 다리를 놓아 주어 물을 건넜다는 등의 괴이한 일들이 처음에는 도깨비 같은 허황된 일로 보였으나, 다시 보니 그것은 허깨비가 아니라 성스러운 것이었다고 이야기한다. 그런데 삼국사기는 세상을 바로 잡는 책이므로 이런 괴이한 일들을 생략했을 것이라 평하고 있다.

그러면 이에 대한 일연의 생각을 더듬어 보자. 일연은 『삼국유사』의 서문이라 할 수 있는 기이편紀異篇의 첫머리에서 다음과 같이 적고 있다.

　　무릇 옛날 성인들은 바야흐로 예약禮樂으로 나라를 일으키고, 인仁과 의義로 교화했으니, 괴력난신怪力亂神(괴이한 힘과 어지러운 귀신)에 대해서는 말하지 않았다.

　　그러나 제왕이 장차 일어날 때는 하늘의 명령과 예언서를 받게 된다는 점에서, 반드시 보통 사람과는 다른 일이 일어났고 그런 일이 있은 후에야 큰 변화를 타고 제왕의 자리에 올라 큰일을 이룰 수가 있었다. 그러므로 황하에서는 그림이 나오고, 낙수에서는 글이 나오면서 성인들이 일어났다. 무지개가 신모를 둘러싸서 복희씨를 낳았고, 용이 여등이란 여인과 관계를 맺고 신농씨를 낳았다. 황아가 궁상이란 들판에서 노닐 때, 자칭 백제의 아들이라는 신동과 관계를 맺고서 소호씨를 낳았고, 간적이 알을 삼키고 설을 낳았다. 강원은 거인의 발자국을 밟고 기를 낳았고, 요의 어머니는 임신한 지 14달 만에 요를 낳았으며, 큰 연못에서 용과 교합하여 패공을 낳았다. 누대의 역사에서 이와 같은 일들을 어찌 다 기록할 수 있겠는가?

　　그러한즉 삼국의 시조가 모두 다 신비스럽고 기이한 데서 났다고 하여 어찌 괴이하다 하겠는가? 이것이 기이편을 모든 편의 첫머리로 삼는 까닭이요 주된 의도다."

일연 역시 괴이한 힘을 쓰거나 어지러운 신을 말하지 않는다는 공자의 이야기를 인용하고 있다. 그렇지만 보통 사람이 아닌 신이한 인물이 탄생할 때는 언제나 기이한 일이 반드시 먼저 일어났다는 이야기를 중국의 예를 들어 설명하고, 이어서 우리나라도 중국과 같이 신이한 일들이 일어났다는 이야기를 강조하고 있다.

이와 같이 일연은 합리적으로 이해할 수 없는 신이한 일이 얼마든지 일어날 수 있다고 언급하고, 또 이러한 일은 중국의 제왕뿐 아니라 우리나라 제왕도 마찬가지라고 말함으로써, 중국과 우리나라가 대등하다는 주체의식 즉 주체적 사관을 나타내고 있다.

이에서 보듯, 『삼국유사』는 한말로 『삼국사기』가 빠뜨린 괴이한 일을 기록함으로써, 유교적 합리주의에 어긋난 괴이한 사실을 배척하고자 한, 『삼국사기』의 '빠진 일'를 보충하는 데 그 목적이 있다.

그러면 일연은 왜 이러한 유사들을 기록하려 했을까?

일연이 『삼국유사』를 쓰던 시대는 몽고의 침입으로 우리의 온 국토가 폐허화되었을 때다. 그는 임금을 모시고 피란하면서 나라의 피폐함을 두루 살폈던 사람이다. 황룡사와 대장경의 소실을 직접 보면서 불자로서의 엄청난 아픔도 맛보았다. 힘없는 백성의 고달픔을 가슴으로 품으면서, 꺼져가는 이 민족의 수난을 아파했던 사람이다. 그래서 그는 민족의 정체성을 확립하고, 우리 민족은 신이한 힘을 지닌 위대한 민족임을 다시 한 번 불어 넣고 싶었다. 풍전등화 같은 나라의 위난 앞에서 민족혼을 고취하고 싶었다. 이것이 바로 그가 신이한 이야기를 유사의 첫머리에 담고자 했던 가장 큰 이유다.

그 신이와 주체적 사관의 단적인 예가 바로 단군신화와 향가의 기록이다.

단군신화는 따지고 보면 괴이하기 짝이 없는 이야기다. 환인의 아들 환웅이 이 땅에 내려오는 것도, 곰이 삼칠일 만에 사람이 되는 것도 다 기이하다. 그러나 우리는 이 이야기를 통하여, 우리 민족이 중국과 대등한 하늘의 자손이며 홍익인간의 위대한 이념을 가진 뿌리 깊은 민족이라는 자부심을 갖게 되었다. 기이하고 허탄하다 하여 이것을 버렸다면, 우리는 민족의 뿌리와 정신적 고향을 어디서 찾을 수 있겠는가?

향가 역시 마찬가지다. 우리가 잘 아는 처용가는 황탄하기 그지없는 이야기를 배경설화로 하는 향가다. 헌강왕이 개운포를 순행하다가 얻은 용왕의 아들이 처용인데, 왕은 그를 서울로 데려와 급간이란 벼슬을 주어 정사를 돕게 하였다. 그러던 어느 날 역병의 신이 사람으로 화하여 처용의 아내를 범하므로 처용이 노래를 불러 역신을 물리쳤는데, 이 때 부른 노래가 바로 처용가다. 이 또한 허탄하고 기이한 이야기지만 그 속에 역신을 물리치는 신이한 힘이 있다. 이러한 신이성은 처용가뿐만 아니라 여타 향가의 밑바탕에도 전부 깔려 있다. 그래서 일연은 그러한 향가를 취택하여 유사에 실었다.

유사가 없었다면 우리는 우리 시가의 모태가 되었던 향가라는 문화유산을 가지지 못했을 것이다. 우리는 일연이 쓴 『삼국유사』 덕분에 14수나마 아쉬운 대로 고귀한 시가를 갖게 되었다. 『삼국유사』가 없었다면 어쩔 뻔했을까, 생각만 해도 아찔하다.

5. 향가 형식은 어떤 과정을 거쳐 발전했나

　민요는 모든 시가의 바탕이다. 민요 형식을 바탕으로 하여 본격 창작시가가 나타나게 된다. 신라 향가 중에서 유일하게 민요로 기록된 '풍요'는 후대 향가의 어머니 형식이며, 그 씨앗이라 할 수 있다. 풍요는 그 형식도 향가 중에서 가장 짧은 4구체로 되어 있다. 풍요 같은 짧은 향가가 성장하여 8구체, 10구체로 성장했을 것임은 얼핏 생각해도 알 수 있는 일이다.

　그럼 먼저 풍요를 보자. 이 노래는 선덕여왕 때의 중 양지가 영묘사의 장륙존상을 소조할 때 도성의 남녀들이 진흙을 운반하면서 부른 노동요다. 뒤에 방아 노래로도 불렸다는 노래인데, 『삼국유사』에는 다음과 같이 적혀 있다.

　　왔다 왔다 왔다
　　왔다 설움 많다
　　설움 많아 무리여
　　공덕 닦으러 왔다

　이 노래는 흙을 나를 때나 방아를 찧을 때 부른 노래라 여러 사람이 함께 장단을 맞추어 교환창으로 불렀을 개연성이 높다. 교환창은 일하는 사람들이 두 패로 나누어져 의미 있는 사설을 한 줄씩 바꿔 부르는 방식을 말한다. 이 점을 고려하면 풍요는 다음과 같은 율격과 구조를 지닌 노래로 파악된다.

  Ⅰ 왔다 왔다

     왔다 왔다

  Ⅱ 설움 많다

     설움 많아

  Ⅲ 무리여

     공덕 닦으러 왔다

풍요가 문학적으로 볼 때는 4구체의 시지만, 음악적인 창법으로 본다면 6소절의 노래가 된다. 이는 시조가 문학적으로 보면 3장이지만, 음악적인 가곡창으로 부를 때는 5장이 되는 것에 비견된다.

그런데 여기서 눈여겨보아야 할 하나의 특기 사항은, Ⅲ장의 첫 구에 '무리여'란 감탄어가 위치하고 있다는 사실이다. 이것은 우리 시가 형식에 나타나는 중요한 특질이다. 우리 시가만이 지닌 '용의 눈동자'다. 이 감탄어를 『삼국유사』나 『균여전』에서는 '차사嗟辭'라는 이름으로 불렀다. 앞에서도 말했지만, 끝구의 감탄어는 향가뿐만 아니라 고려 속요, 시조, 가사, 경기체가 등 우리 시가의 전반에 나타나는 눈동자와 같은 것이다.

이 감탄어를 경계로 하여 전절과 후절로 나누어진다. 이와 같이 전절과 후절로 나누어지는 것은 우리 시가의 특징이다. 여기서 보는 바와 같이 전절은 길고 후절은 짧다. 이것을 일러 전대절前大節 후소절後小節이라 한다. 감탄어를 기점으로 하는 후소절의 길이가, 전대절에 비해 짧은 것은 전절에서 벌인 시상을 후절에서 집약 종결시키기 위함이다.

이 감탄어는, 읊을 때 길게 소리 내어 다른 구의 길이와 맞먹는 값을 한다. 지금 부르는 가곡창에서도 그것을 확인할 수 있다. 그러므로 풍요의 마지막 첫 구의 '무리여'도 여타 구와 같은 길이로, 길게 늘여 불렀을 것이다.

여기서 우리는 한국 시가의 외형적 특징 하나를 더 이해할 필요가 있다. 우리 시가의 발전 과정을 보면, 하나의 행이 시대를 내려오면서 갑절로 늘어난다는 것이다. 이러한 우리 시가의 특성을 일러서, 배가성倍加性이라 한다. 앞에서 본 구지가가 배가성으로 인하여 갑절로 늘어난 것이, 뒤에서 볼 '해가海歌'란 노래다.

이러한 배가성의 원리에 의하여 풍요의 형식이, 아래 그림과 같은 10구체 향가로 발전하게 된다. 즉, Ⅰ장의 2구가 배가성이 적용되어 4구로 늘어나고, Ⅱ장의 2구 역시 4구로 늘어나고, Ⅲ장 또한 갑절로 늘어났다. 이때 감탄어의 길이도 늘어났을 것으로 추정되나, 이는 음악적인 영역이어서 노래에 따라 적절히 조정되었을 것이다.

이를 도식화하면 다음과 같다.

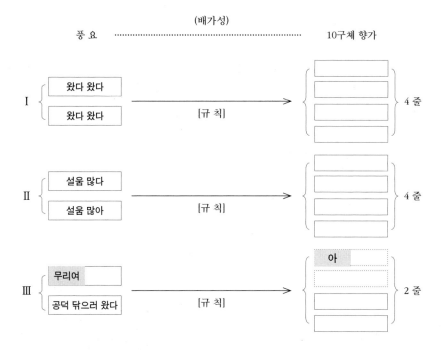

다시 한 번 설명하면, 풍요 I 장의 두 줄이 배가성이 적용되어, 10구체 향가에서는 네 줄로 늘어나고, II 장 역시 배가성이 적용되어 두 줄에서 네 줄로 늘어났다. III장도 감탄어에 이어 마지막 한 줄이 두 줄로 늘어나 있다.

여기서 중요한 것은 용의 눈동자인 감탄어의 위치가 변함이 없이 III장 첫머리에 자리한다는 사실이다. 즉, 풍요의 감탄어 '무리여'가 10구체 향가에서는 '아'로 그 자리를 지키고 있다.

다음으로 8구체 향가를 보자. 8구체 향가에는 모죽지랑가와 처용가, 풍랑가가 있다. 그러면 먼저 모죽지랑가의 형식을 보자.

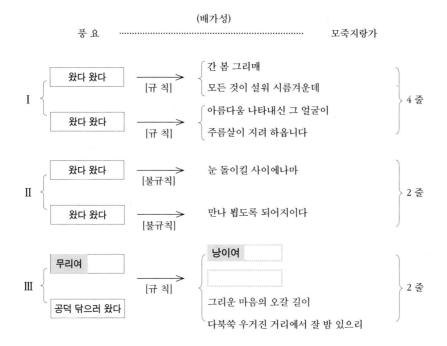

이에서 보면, Ⅰ장은 배가성의 규칙이 그대로 적용되어 두 줄이 네 줄로 늘어났지만, Ⅱ장은 배가성의 원리가 적용되지 못하고 불규칙성을 보이고 있다. 즉 풍요의 두 줄이 네 줄로 늘어나지 못하고 그대로 두 줄로 되어 있다. 이것은 8구체는, 4구체 향가가 10구체 향가로 발전하는 과정에서 성립된, 과도기적인 형태이기 때문에 빚어진 결과다. 그러나 Ⅲ장 첫머리에는 감탄어가 그대로 와 있다. 풍요의 감탄어인 '무리여'가 위치했던 자리에 '낭이여'가 와 있다.

다음으로 같은 8구체인 처용가를 보자.

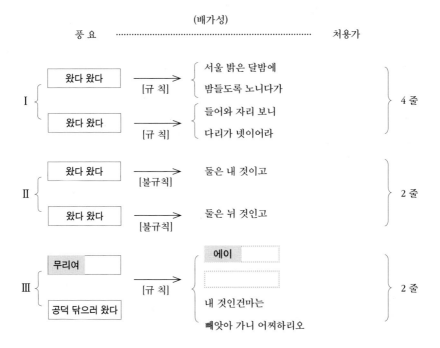

처용가 Ⅱ장 역시 배가성이 적용되지 않은 두 줄로 되어 있다. 그러나 Ⅲ장 첫머리에는 감탄어가 그대로 와 있다. 풍요의 감탄어인 '무리여'가 위치했던 자리에 '에이'가 와 있다. 이러한 구조적 배치는 여타 8구체 향가인 도이장가와 화랑세기에 실려 있는 풍랑가도 똑같다.

이상에서 본 바와 같이 향가의 형식은 우리 시가의 특성인 배가성의 원리에 의해 4구체→8구체→10구체로 발전하고 있음을 볼 수 있다. 여기서 우리는 향가 형식의 정연함을 볼 수 있는데, 향가는 4구체나 8구체, 그리고 10구체도 각각 Ⅰ, Ⅱ, Ⅲ의 3장으로 되어 있고, Ⅲ장 첫머리에는 감탄어 즉 차사가 오며, 감탄어를 경계로 하여 전절과 후절

로 크게 나뉘어 있다. 다만 4구체 향가인 서동요, 헌화가, 도솔가 등은
그 예외인데, 이들 향가는 형식 정착 이전의 가장 원초적인 민요 형태
를 그대로 지니고 있기 때문으로 보인다.

　다음으로 향가의 짜임에 대해 알아보자.

　향가의 짜임에 대한 언급은 최행귀가 균여의 보현십원가를 한시로
번역하면서,

　"중국의 시는 오언이나 칠자로 엮어지고, 향가는 삼구육명三句六名으
로 배열되어 있다."고 한 것이 유일하다. 중국의 한시는 다섯 글자나
일곱 글자가 한 행을 이루며, 향가는 삼구와 육명이 그 단위가 되어 배
열되어 있다는 뜻이다. 한시가 오언절구, 칠언율시 등과 같이 되어 있
듯이 향가는 삼구와 육명으로 짜여 있다는 것이다.

　그러면 삼구육명이란 무엇을 가리키는 것일까?

　이것을 풀기 위해서는 먼저 몇 가지 유의해야 할 사항이 있다.

　첫째, 최행귀의 설명에서 '엮어지고[構구]'와 '배열되어[排배] 있다'는
말에 유의해야 한다. 그러므로 오언칠자나 삼구육명은 단순한 글자 수
나 행의 수 또는 어느 일부분을 설명한 것이 아니라, 노래 전체의 엮음
(구성)과 그 하부 단위의 배열을 말하고 있다는 것에 유의해야 한다는
것이다.

　둘째, 이 설명에서, 한시의 오언과 향가의 삼구가 서로 마주 대하는
짝을 이루고, 한시의 칠자와 향가의 육명이 서로 마주하는 짝을 이룬

다는 점이다.

- 한시……오언 칠자

  ↕　　↕　↕

- 향가……삼구 육명

　　그런즉 오언과 삼구는 전체의 짜임 즉 엮음에 관한 것이고, 칠자와
육명은 하부 단위의 배열에 관한 언급이다.

　　그럼 먼저 전체적 짜임에 대해서 살펴보자. 한시는 오언이나 칠언이
한 행을 이룬다. 다시 한 번 말하지만, 여기서 오언, 칠언은 글자 수를
가리키는 것이 아니다. 한시는 오언에서는 한 행이, 칠언에서는 두 행
이 각각 기, 승, 전, 결의 한 무더기가 되어 시상의 한 묶음을 이룬다.
그러므로 여기서의 오언이란, 기승전결이라는 시 전체의 구조에 이바
지하는 단위를 말하는 것이지 글자 수에 대해서 말하는 것이 아니다.

　　그러므로 여기서의 오언이 뜻하는 것은 기승전결 즉 오늘날의 연聯
이나 장章과 같은 것이다. 그러므로 이에 대응되는 향가의 삼구는 세
개의 장으로 되어 있다는 의미다. 구句라는 용어가 오늘날의 장을 뜻
한다는 것은 향가 관련 기록의 여러 군데에서도 발견된다. 『삼국유사』
에서 신충이 지은 원가怨歌의 Ⅲ장이 없어진 것을 가리켜 "후구後句는
없어졌다."고 하였고, 균여전의 수희공덕가에서도 Ⅲ장을 가리켜 역

시 후구라 일컬었다. 또 『균여전』의 칭찬여래가 Ⅲ장을 가리켜 격구隔句라 하였고, 참회업장가와 청불주세가에서는 이를 낙구落句라 했는데, 여기서의 구는 모두 장을 뜻한다.

다음으로 배열에 대해 알아보자. 한시는 칠자로 배열되어 있고 향가는 육명으로 늘어서 있다는 것이다. 칠자의 '자字'나 육명의 '명名'은 원래는 다 같이 글자라는 뜻이다. '자'나 '명'이 다 같이 글자를 뜻하는데, 왜 한시는 '자'라 하고 향가는 '명'이라 했을까? 그것은 중국어와 우리말이 갖는 차이 때문이다. 중국어는 한 글자 즉 1음절이 곧 한 단어다. 이를테면 '雨우, 高고, 分분' 등이 각각 하나의 단어다. 그러나 우리말은 그렇지 않다. 우리말의 단어는 1음절이나 2음절, 3음절로 된 것도 있고 심지어 5음절이 넘는 것도 있다. '비, 높다, 나누다, 나란하다, 출렁거리다' 와 같이 한 단어의 글자 수 즉 길이가 일정하지 않다. 게다가 우리말은 교착어라서 조사나 어미가 거기에 붙기 때문에 더 길어져 음절수가 들쭉날쭉하다.

이를테면, 한자의 '雨우'는 한 글자로 의미와 문법적 기능을 다 한다. 즉, 글자 한 자로 우리말의 '비, 비가, 비를, 비에게, 비 내리다…' 등의 기능을 다 한다. 중국어와 우리말의 이런 차이를, 『균여전』에서는 "성음으로 논하면 삼성과 상성처럼 떨어져 있다."는 말로 비유, 설명하였다. 삼성은 서쪽에 있는 별이고, 상성은 동쪽에 있는 별이어서 두 별은 서로 볼 수가 없기 때문에 그것을 들어 양자의 차이를 말한 것이다. 이는 한시를 번역해 보면 단번에 드러난다. 두보의 절구 한 수를 보자.

江碧鳥逾白강벽조유백 강물이 푸르니 새가 더욱 희고
山靑花欲然산청화욕연 산이 푸르니 꽃은 타는 듯 더욱 붉구나
今春看又過금춘간우과 올 봄도 이렇게 지나가거니
何日是歸年하일시귀년 고향에 돌아가는 날 그 언제일꼬

여기서 보듯이, 한시는 한 줄이 다섯 자씩 가지런하지만, 우리말로 번역한 것은 한 줄의 글자 수가 저마다 달라서 들쭉날쭉하다. 또 줄마다 단어 수도 다르다. 한시는 다섯 자나 일곱 자로 정연히 배열될 수 있지만, 향가는 글자 수의 단위로는 그렇지 못하고 들쭉날쭉하다. 이것을 설명하여『균여전』에서는, "중국의 글은 그물처럼 정연하고 향찰은 표음문자로 쓴 산스크리트를 나열한 문서와 같다."고 하였다. 이런 차이 때문에 한시에 대해서는 자字란 말을 쓰고, 향가에 대해서는 명名이란 용어를 쓴 것이다. 그래서 우리말로 된 시는 글자 수가 아닌, 어떤 단위로 묶어 말할 수밖에 없다.

예를 들어 보자. 위에서 보듯이 우리말로 된 시는 몇 개의 어절 단위로 묶어 헤아릴 수밖에 없다.

강물이 푸르니	새가 더욱 희고
산이 푸르니	꽃은 타는 듯 더욱 붉구나
올 봄도	이렇게 지나가거니
고향에 돌아가는 날	그 언제일꼬

위 번역문에서 점선으로 묶은 것이 하나의 단위다. 이와 같이 묶음의 단위로 헤아리는 용어가 '명名'이다. 중국어의 자字에 맞선 개념이다. 그러니 명名은 구句의 하부 단위다. 구가 완결된 하나의 문장이라면, 명은 그것을 구성하는 요소인 단어들의 묶음을 뜻하는 용어다. 향가에서는 완결된 10구체의 경우 두 개의 묶음이 모여 하나의 명을 이룬다. 그리고 감탄어는 읊을 때 길이가 매우 길어서 그 하나로 한 개의 명을 이룬다.

이를 제망매가를 예로 들어 요약해 보이면 다음과 같다.

두 개의 묶음이 하나의 명을 이루고, 두 개의 명이 하나의 장 곧 구

I 구	1명	죽고 사는 길이	여기 있으매 질러가고
	2명	나는 간다는 말도	못 이르고 가는구나
II 구	3명	어느 가을 이른 바람에	여기 저기 떨어지는 잎같이
	4명	한 가지에 나고서도	가는 곳을 모르는구나
III 구	5명	아	
	6명	극락에서 너를 만나볼 나는	도 닦으며 기다리련다

를 이룬다. 감탄어는 읊는 길이가 하나의 명에 값하므로 자체로 하나의 명을 이룬다. 그러므로 삼구육명이란 위에서 살핀 바와 같이 향가는 Ⅰ, Ⅱ, Ⅲ 의 3장(삼구)으로 구성되어 있고, 각 장을 형성하는 내용의 무더기는 글자 수에 따른 들쭉날쭉한 차이는 있을지라도, 다같이 6명으로 되어 있다는 것을 가리킨다. 그러니 삼구육명은 지금 우리가 시조의 구성을 이야기하면서 일컫는 삼장육구와 비슷한 의미로 해석하면 된다.

이 삼구육명의 형식은 시조의 삼장육구에 그대로 이어져 있다. 가사歌辭도 크게 나누면 이러한 형식으로 구성되어 있다. 사설시조 또한 마찬가지다. 이와 같이 향가의 형식은 뒷날의 우리 시가에 그대로 이어져 그 맥이 끊이지 않고 내려오고 있다.

b. 향가 기록 방식의 특징은 무엇일까

향가는 그 창작 배경을 설명하는 산문(배경설화)과 운문인 시(향가)를 함께 기록하는 형식을 취하고 있다. 신라 향가 15 수의 관련 기록이 전부 그러하다. 향가와 배경설화는 매우 밀접한 관계를 맺고 있어서 서로 떼어 놓을 수가 없다. 즉 짜인 구조로 되어 있다. 둘 중에 어느 하나가 빠지면 절름발이가 된다. 기록의 완결성을 잃게 되고 만다. 이것은 향가를 해석하는 데 매우 중요한 열쇠가 되는 동시에 필수적인 요소가 된다. 『삼국유사』에 실려 있는 향가는 반드시 그 배경설화를 가지고 있다. 다시 말하면, 배경설화 없는 향가는 없다.

지금 찬기파랑가를 논하면서, 이 노래는 배경설화가 없다고들 흔히 이야기한다. 그러나 그것은 관련 기록의 내면을 깊게 보지 못한 탓일 뿐, 자세히 살피면 그 안에 배경설화를 갖고 있다. 여기에 대해서는 그 노래의 감상 편에서 설명할 것이다.

그러면 일연은 왜 시 즉, 향가만을 기록하지 않고 그에 관련된 설화를 함께 기록했을까? 『삼국유사』는 한말로 말하여, 기이한 것을 기록한 문헌이다. 앞에서도 설명했지만, 일연은 몽고의 침략으로 폐허가 된 조국을 직접 목격한 사람이다. 그러기에 그는 우리에게도 다시 일어설 수 있는 신이한 힘을 가지고 있는 민족임을 일깨우고 외치고 싶었다. 향가의 배경설화 기록도 그러한 선상에서 유사의 저작 정신과 맥을 같이한다. 이것을 뒤집어 말하면, 앞에서도 누누이 말했지만 향

가는 일상의 문학 작품이 아니라, 신이한 주원성을 가진 노래다. 배경
설화는 향가의 그러한 주원성을 설명하고 강화하기 위한 배치다.

　그리고 산문과 시를 함께 기록하고 있는, 이러한 문체는 얼핏 보면
그냥 지나칠 수 있는 예삿일 같지만, 사실 이것은 매우 독특한 문체다.
고래로 산문과 시는 그 장르가 뚜렷하여, 산문 따로 시 따로 갈래지어
쓰이는 것이 상례다. 그런데 향가 관련 기록에 보이는 이러한 글의 방
식은 독특한 것이다. 산문과 시가 결합되어 한 편의 텍스트를 이룬다.
　그러면 이러한 문체는 어디서 온 것일까? 그것은 바로 불경의 기록
방식에서 따온 것이다. 『법화경』의 한 구절을 본다. 그 형식이 다른 ①
과 ②로 되어 있다.

　① 누가 능히 이 사바세계에서 묘법연화경을 널리 설하겠는가. 지
　　금이 바로 그때이니라. 여래는 오래지 않아서 열반에 들 것이
　　니라. 부처님은 이 묘법연화경을 부촉하여 두고자 하느니라.
　　이때 세존께서 이 뜻을 거듭 펴시려고 게송으로 말씀하셨다.

　② 거룩하신 세존께서 비록 열반에 드신 지 오래 되었으나
　　보탑 안에 계시는데도 오히려 법을 위해 오셨는데
　　여러 사람들은 어찌하여 부지런히 법을 위하지 않는가
　　여기 이 부처님이 열반한 지는 수없는 겁이지만

가는 곳마다 법을 듣는 것은 법을 만나기 어렵기 때문이니라.

앞 부분 ①은 산문이고, 뒷부분 ②는 운문으로 되어 있다. 이와 같은
특별한 글의 형식은 승려들의 법문에도 종종 활용되었다. 야운이 쓴
자경문의 한 구절을 보자.

① 남의 허물을 말하지 마라. 마침내는 그 허물이 내게로 올 것이
   다. 남을 해치는 말을 들으면 부모를 헐뜯는 말과 같이 여겨야
   한다. 세상은 오늘 남의 허물을 말하지만, 내 일은 다시 내 허
   물을 말할 것이다. 모든 것이 다 허망한 것인데, 비방과 칭찬
   에 어찌 걱정하고 기뻐할 것인가.

② 종일토록 잘잘못을 시비하다가
   밤이 되면 흐리멍덩 잠에 빠진다
   이 같은 출가는 빚만 늘어서
   삼계에서 벗어나기 더욱 어렵다

앞에 산문을 쓰고 뒤에는 운문을 쓰고 있다.

이와 같은 글의 형식은 인도에서 중국에 수입되어 중국문학상의 큰
변혁을 일으키게 된다. 이러한 글을 당나라 때는 변문變文이라 불렀다.
산문과 운문을 적절히 섞어서, 산문은 이야기로 하고[講강], 운문은 노

래로 불렀다[唱창]. 이야기와 노래를 섞어 부른 것을 강창講唱이라 했다. 그래서 그것을 강창문학이라고도 한다. 이 강창 형식의 문체는 처음에는 불교의 포교 방편으로만 사용되었으나, 차차 그 범위를 넓혀 중국의 고사와 민간전설을 담는 데 적용하였다.

신라향가를 싣고 있는 글도 산문인 배경설화와 운문인 시로 구성되어 있다. 이런 문체는 먼 인도의 기록법인 산문과 운문의 혼용체 형식이 중국을 거쳐 들어와 정착된 것이다. 『삼국유사』 속의 향가 관련 기사를 읽을 때, 한 번쯤은 이러한 문체상의 특징을 알고 읽는다면 조금은 유익할 것이다.

7. 향가와 향찰의 관계는 어떠한가

향찰은 우리말을 그대로 적을 수 있는 문자가 없던 당시에 한자의 음과 훈訓(뜻)을 빌려서 우리말의 전 문장을 표기하던 방식을 말한다. 향가는 바로 이 향찰로 표기되어 있다. 향찰은 문장의 일부를 적던 방식인 이두, 구결 등의 방법을 거쳐 고안된 표기 방식이다.

그런데 향가를 말할 때 흔히 향찰로 표기된 신라 때의 시가라고 한다는 정의를 붙이는 경우가 있다. 그러나 우리말을 표기할 수 있는 문자가 없으니, 우리말로 된 시가를 다른 방법으로 적을 수가 없는 사정이라 부득이 향찰을 가지고 적을 수밖에 없어서 그리 했을 뿐, 그것이 곧 향가의 기본적 조건은 아니다. 향찰보다 더 좋은 방법이 있었더라면 굳이 향찰로 향가를 적지 않았을 것이다. 그러므로 향찰은 향가의 필요조건일 뿐 충분조건은 아닌 것이다.

선인들은 우리말을 적을 수 있는 글자가 없었기 때문에, 음소로 분절되는 국어를, 뜻글자인 한자를 이용하여 적어 내는 데 여간 불편을 느끼지 않았을 것이다. 여기서 잠깐 그에 대한 고민의 길을 따라가 보자.

한자로써 우리말을 적기 위한 최초의 방법이 임신서기석壬申誓記石 방식의 이두다. 이것은 어순이 국어와 다른 한문 즉 중국어를 우리말의 어순에 따라 적던 표기법이다.

임신서기석이란, 1934년 5월 경북 월성군 현곡면 금장리 석장사터 부근 언덕에서 발견된 돌을 가리키는데, 여기에 쓰인 글은 순수한 한

문식 문장이 아니고 우리말식의 한문체로 되어 있다. 이 돌에 새겨진 내용은, 신라 때 두 사람이 유교 경전을 습득하고 실행할 것을 맹세한 글이다. 이 돌은 임신년의 맹세 기록을 담고 있다고 하여 통상 임신서 기석이라 부른다. 그러면 그 내용의 일부를 잠깐 보자.

壬申年六月十六日 二人幷誓記 天前誓
임신년壬申年 6월 16일에 두 사람이 함께 맹세하여 기록한다.
하늘 앞에 맹세한다.
今自三年以後 忠道執持 過失无誓
지금으로부터 3년 이후에 충도忠道를 잡고 지녀
과실이 없기를 맹세한다.

여기에서 우리의 주목을 끄는 것은, 비록 글자는 한자를 썼지만 그 문장은 한문의 어순이 아니라, 우리말 순서로 적었다는 것이다. 첫 문장을 자세히 보자.

二人幷誓記이인병서기   두 사람이 함께 맹세하여 기록한다
天前誓천전서   하늘 앞에 맹세한다

한문의 어순이 아니라 우리말의 순서대로 한자를 차례로 적었다. 이 것을 오늘날 영어에 비유하면, 'This is a book.'을 우리말 순으로 'This a book is.'와 같이 표기하는 방식이다. 여기에 씌어 있는 '두 사람이 함께 맹세하여 기록한다'는 뜻인 '二人幷誓記이인병서기'는 한문어순이라면 '二人幷記誓이인병기서'라야 한다. 또 하늘 앞에 맹세한다는 '天前誓천전서'는 '誓天前서천전'이어야 한다. 그 아래도 이와 같이 모두 한문순서가 아닌 우리말 순서대로 한자를 배열했다. 이처럼 임신서기석의 표현은 어려운 한문식 표기를 피해, 좀더 쉽게 이해할 수 있도록 우리말 순으로 한자를 배열하여 적은 것이다.

그런데 이 임신서기석보다 약간 발전한 방식의 표기법이 뒤이어 나타나는데, 그것이 바로 신라의 남산신성비南山新城碑에 나타나는 표기법이다. 여기에 쓰인 내용을 잘 뜯어보기로 하자.

南山新城作**節**남산신성작절   남산신성을 지을 **때**

如法**以**作後三年崩破**者**여법이작후삼년붕파

                              만약 법**으로** 지은 뒤 3년에 붕괴되**면**

이 글은 임신서기석과 마찬가지로 우리말 어순으로 되어 있을 뿐만 아니라, 윗글 중 짙은 표시로 되어 있는 글자들은 본디의 한자 뜻으로 쓰인 것이 아니라, 우리말의 뜻을 나타낸 글자다. 그 중에는 조사나 어미 같은 문법소까지 나타내는 것도 있다. 임신서기석에는 우리말의 순서대로 글자를 배치했을 뿐인데, 남산신성비에서는 이에서 나아가 문법의 기능을 나타내는 조사나 어미까지도 나타내고 있다. 이것을 영어에 비유하면 'This is a book.'을 'This는 a의 book is다.'와 같이 나타낸 것이다. 곧 조사 '-는'이나 '-의', 어미 '-다'와 같은 문법소들까지 한자로 표기한 것이다.

여기에 쓰인 절節 자는 '때'를 나타내고, 이以 자는 '-으로'를 나타내며, 자者 자는 어미 '-면'을 나타내고 있다. 그러니 임신서기석보다 한단계 더 발전한 표기법으로 쓰인 것이 남산신성비다.

이러한 이두가 들어간 표기법은 이전의 임신서기석의 방식보다는한 단계 발전된 것이다. 임신서기석도 한자를 빌려 우리말 어순의 문장을 표기하고 있기는 하지만, 아직은 우리말의 토를 표기하는 발전된문법 의식은 보이지 않았다.

이러한 이두식 표기는 세간에 널리 쓰였고, 특히 관리들의 문서 활동에 주로 쓰이게 되었다. 그래서 이두吏讀라는 이름을 얻게 되었다.

이러한 남산신성비의 이두가 점차 발전하여 모든 품사 특히 조사나어미에까지 이르는 표기 방식으로 확산되었다. 문장 일부를 이두로 표현하던 표기 방식을 확장하여, 전 문장을 우리말로 표기하고자 나온것이 향찰이다. 향가는 향찰로 기록된 대표적인 문헌이다. 그 중 모죽지랑가의 한 구절을 보자.

去隱春皆理未

이것은 우리말 '간 봄 그리매'를 표기한 것이다. 즉 '지나간 봄 그리워하매'라는 뜻이다. 그러면 이 구절에서 어떻게 한자의 음과 뜻을 빌려 우리말을 나타내었는지를 살펴본다.

去隱 : 去(갈 거) 자의 뜻 '가', 隱(은) 자의 끝소리 'ㄴ', 春 - '봄 춘' 자의 뜻 '봄'. 이를 합해서 '간 봄'.

皆理未 : 皆(다 개) 자의 유사음 '그', 理(이치 리) 자의 음 '리', 未(아닐 미) 자의 옛음 '매'. 이를 합해서 '그리매'.

이렇게 쓰인 향찰은 고려 중엽을 지나면서 그 사용이 점차 소멸되었다. 향찰이 소멸된 까닭은 크게 두 가지로 나누어 생각해 볼 수 있다.

첫째는 한자를 사용하던 상류층들이 굳이 한자의 음훈을 빌려와서 우리말을 적지 않더라도, 표현하고자 하는 뜻을 한문으로만 적어 낼 수 있는 능력을 갖게 되었다는 데 기인한다. 향찰을 사용하던 사람들 또한 한문을 알고 있던 지식 계급이었다. 그들이 한문을 구사하는 힘이 높아져 굳이 향찰을 사용하여 표기할 필요성이 없어진 것이다. 신라 향가는 거의 모든 어휘가 고유어로 되어 있지만, 고려 향가 즉 보현십원가는 태반이 한자어로 되어 있는 것만 봐도 그것을 잘 알 수 있다.

둘째는 우리말이 가지는 특수성 때문이다. 중국어나 일본어는 모두

음절 단위를 그 기층으로 하고 있다. 그러나 우리말은 낱낱의 음소로 나누어지는 분절음을 단위로 한다. 수많은 자음과 모음이 합해져 단어를 이룬다. 특히 국어는 받침이 발달한 언어이고 조사나 어미도 복잡하다. 이렇게 복잡한 구조를 갖고 있어서 한자로 우리말을 적는 데는 한계가 없을 수 없다. 한자의 이러한 제약성 때문에 향찰의 표기방식은 오래 갈 수 없었던 것이다. 이러한 요인이 바로 한글을 창제하게 한 동기가 되었다.

이러한 몇 가지 이유 때문에 고려 때 현종(1009~1031)과 그 신하들이 지은 향풍체가鄕風體歌 12수와 예종(1095~1105)이 지은 도이장가를 끝으로 향찰 표기는 사라졌다.

이와 같이 한자의 음과 훈을 빌려 자기 나라 말을 적은 것은, 우리나라뿐만 아니라 한자 문화권에 속하는 일본, 베트남, 중국의 백족白族 등도 그렇게 했다. 우리나라는 그것을 향찰이라 했는데, 일본은 만엽가나萬葉假名라 불렀고, 베트남은 쯔놈字, 백족은 백문白文 또는 한자백독漢字白讀이라 하였다.

우리가 향가를 모아 삼대목三代目이란 향가집을 만든 것처럼, 일본도 고시가를 한데 모아 책으로 만들었는데 그 이름이 만엽집萬葉集이다. 만엽가나란 명칭은 이 책명에서 유래한 것이다.

그런데 이 만엽가나는 나라奈良시대 말(7세기 말)에는 글자 모양을 조금 달리하거나 획수를 간소화하여 사용하기 시작했는데, 이것이 뒷날

가나로 발전하였다. 즉 한자의 홀림체에서 히라가나平假名를, 한자의 부수를 따서 가타가나片假名를 만든 것이다.

그런데 여기서 우리가 인식해야 할 중요한 하나의 사항이 있다. 그 것은 바로 향가와 향찰의 관계에 대한 문제다. 서두에서 말한 바와 같이, 향가라는 명칭은 원래 중국 시가에 대한 우리 시가를 가리키는 이름이었다. 일본이 자기 나라의 시가를 중국 시가에 대하여 와카和歌라 한 것과 같다. 우리말을 향언이라 하고, 한자로 우리말을 적은 것을 향찰이라 한 것도 같은 예에 속한다. 그런데 종래 학계에서는 신라나 고려 때의 국어 가요 중, 향찰로 기록된 것만을 향가라 일컫고 한역되어 전하거나 후대에 한글로 표기된 것은 같은 형식의 시가라도 향가라 부르지 않게 되었다. 그런데 이에 대해서는 다시 생각해 보아야 할 점이 많다.

지금 전하는 향가의 표기가 대체로 향찰로 되어 있다고 해서, 향가는 반드시 향찰로 기록되어야 한다는 것은 아무래도 속이 좁은 견해인 것 같다. 향찰로 표기된 것이라야 향가라고 하는 것은 표기 방식이 그 내질을 가두어 버리는 것이라 할 수 있다. 무릇 장르라는 것은 형식과 내용을 함께 아우르는 이름이다. 향찰은 향가 표기의 필요조건이지만 충분조건은 아닌 것이다. 향가의 장르 규정은, 외형적인 표기 방식으로만 규정할 것이 아니라, 향가의 형식과 속성에 일치하는 내질적 문제를 고려하는 것이 마땅하다. 삼구육명의 형식을 갖추었거나 주원성을 지닌 옛 가요는 그것을 충족시키는 주요한 요소가 될 수 있다.

향가는 경우에 따라서는 향찰 아닌 한자로 기록될 수도 있고, 정과 정가처럼 구전되다가 훈민정음이 창제된 이후에 한글로 정착 표기될 수도 있는 것이다. 향찰은 향가만을 적기 위하여 고안된 표기 방식이 아니다. 우리 문자가 없던 당시에 한자의 음과 뜻을 빌려 우리말을 적어 보려고 고안된 방식이 향찰이다. 김대문이 지은 화랑세기에, "돌아가신 아버지께서 일찍이 향찰로써 화랑의 계보를 기술하다가 미처 다 이루지 못하였다."는 기록이 있다. 이는 시가가 아닌 일반 글도 널리 향찰을 이용하여 적었다는 사실을 말해 준다.

그러므로 향가의 장르 규정을 향찰에 가두지 말고 향가의 형식과 성격에 맞는 작품이라면, 향찰 표기가 아니더라도 향가의 범주에 넣는 것이 옳다고 생각된다.

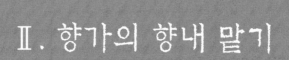

Ⅱ. 향가의 향내 맡기

신라 향가 15수를 차례로 감상해 보기로 한다. 향가는 앞에서 말한 바와 같이 노래가 생기게 된 연유를 말한 산문 부분과 그에 따른 작품으로 구성되어 있다. 연유를 설명한 부분을 배경설화라 부른다. 그러므로 향가의 풀이나 작품 해석은 이 배경설화와 밀접한 관련성을 가진다. 양자간의 합리성을 이탈한다면 그것은 정확한 해석이 될 수가 없다.

향가가 갖는 특성은 주원성이라 하였다. 향가는 그것이 노동요이거나 단순한 기원문이거나 서정적 노래이거나 간에 그 밑바닥에는 다 주원성을 바탕에 깔고 있다. 그것은 쉽게 말하면 제사 의식에서 고하는 축문이나 무당이 제의에서 부르는 본풀이 같은 것이라 할 수 있다. 향가의 주술성을 대별하면, 샤머니즘적인 주원, 불교적인 주원, 개인의 소망과 관련된 주원으로 크게 나누어 볼 수 있다.

1. 샤머니즘적인 주원가

(1) 무당이 되기 위한 주원 헌화가(獻花歌)

헌화가는『삼국유사』권2에 '수로 부인水路夫人'이란 제목으로 다음과 같이 실려 있다.

성덕왕 때에 순정공이 강릉 태수로 부임하는 도중에 바닷가에서 점심을 먹었다. 곁에는 봉우리가 마치 병풍과 같이 바다를 두르고 있어 그 높이가 천 길이나 되는데, 그 위에 철쭉꽃이 만발하여 있었다. 공의 부인 수로가 이것을 보더니 좌우 사람들에게 말했다.

"꽃을 꺾어다가 내게 줄 사람은 없는가?"

그러나 시중드는 사람들은

"거기는 사람이 갈 수 없는 곳입니다."

하고 아무도 나서지 못하였다. 이때 암소를 끌고 곁을 지나가던 늙은이 하나가 있었는데 부인의 말을 듣고는 그 꽃을 꺾어 바치었다. 노인의 헌화가는 이러하다.

달래꽃 바윗가에
잡은 암소 놓게 하시고
나를 아니 부끄러워하시면

꽃을 꺾어 바치오리다

그러나 그 노인이 어떤 사람인지는 알 수가 없다. 그 뒤 편하게 이틀을 가다가 또 임해정에서 점심을 먹게 되었는데, 갑자기 바다에서 용이 나타나더니 부인을 끌고 바다 속으로 들어갔다. 공이 땅에 넘어지면서 발을 굴렀으나 어찌할 수가 없었다.

또 한 노인이 나타나더니 말하기를,

"옛 사람의 말에 여러 사람의 말은 쇠도 녹인다 했습니다. 이제 바다 속의 용인들 어찌 여러 사람의 입을 두려워하지 않겠습니까? 마땅히 경내의 사람들을 모아 노래를 지어 부르면서 지팡이로 강 언덕을 치면 부인을 만나볼 수가 있을 것입니다."

공이 그대로 하였더니 용이 부인을 모시고 나와 도로 바치었다. 이때 여러 사람이 부르던 해가海歌의 가사는 이러하다.

거북아 거북아 수로를 내 놓아라
남의 부인 앗아간 죄 얼마나 큰가
네 만일 거역하고 내놓지 않으면
그물로 잡아서 구워 먹으리

공은 바다 속에 들어갔던 일을 부인에게 물으니 부인은 말했다.

"칠보궁전에 음식은 맛있고 향기롭고 깨끗한 것이 인간 세상의 그것이 아니었습니다."

부인의 옷에서 나는 이상한 향기는 이 세상의 것이 아니었다.

수로 부인은 아름다운 용모가 세상에 뛰어나 깊은 산이나 큰 못을 지날 때마다 여러 차례 신물神物들에게 붙들리었다.

앞에서도 이야기 했지만, 향가는 그 배경설화와 밀접한 관계를 맺고 있기 때문에, 설화의 문맥을 잘 파악하는 것이 향가를 이해하는 요체가 된다.

그런데 헌화가의 배경설화를 살펴보기 위해서는 먼저 생각해야 할 몇 가지 보조적 논의가 필요하다. 그 첫째가 일연의 설화 채록의 기술記述 태도다. 일연이 기록한 설화는 겉으로 보기에는 일관성이 약간 부족하고 흐트러져 있는 것 같으나, 그 내부를 들여다보면 하나의 줄기로 된 짜여진 구조로 되어 있다.

수로 부인의 이야기가 실려 있는 '기이일記異─'편에 실려 있는 인물 중심 설화는 '도화녀와 비형랑', '장춘랑과 파랑', 그리고 '수로 부인'이다.

이들 설화의 내용을 일별하면, 얼굴이 매우 아름다운 사량부의 여자 도화녀는 진지대왕의 죽은 혼과 정을 통하여 신이한 이적을 행하는 비형랑을 낳고 있으며, 장춘랑과 파랑도 죽은 혼의 모습으로 태종에게 나타나 현몽하고 있다.

이와 같이 『삼국유사』의 기이편에 나오는 설화 속의 인물들은 다 문자 그대로 기이한 신적 대상임을 알 수 있다. 그러므로 이들 설화와 한

데 묶이어 있는 수로 부인 설화도 단순한 현실의 일반사가 아닌 신이한 요소로 엮여 있는 설화라는 데에 유의할 필요가 있다. 그러므로 이러한 하나의 맥을 고려하지 않는 설화나 노래의 해석은 무리임을 알게 된다.

그리고 『삼국유사』에 실려 있는 설화는 그 한 편 한 편이 각기 나름대로의 짜인 구조와 의미망을 갖추고 있다. 그래서 수로 부인 설화를 읽을 때도 앞뒤의 문맥을 잘 더듬어 살펴야 한다. 수로 부인 설화는 크게 두 부분 즉 앞의 헌화가와 뒤의 해가로 나뉘어 있는데, 이를 따로따로 떼어 해석해서는 안 되는 것이다. 또 헌화가 설화에 나오는 노인과 해가 관련 설화에 나오는 노인을 분리 해석해서도 안 된다.

『삼국유사』의 '낙산의 두 성인 관음과 정취 그리고 조신'이라는 제목에, 의상과 원효의 행적을 비교하는 내용이 나온다.

의상은 낙산사에서 재계한 지 7일 만에 관음보살의 진신眞身을 만나 보았다. 그 후에 원효도 관음보살을 만나 보기 위해 절을 찾아 갔다. 도중에 남쪽 교외에 이르자, 논에 흰옷을 입은 한 여인이 벼를 베고 있었다. 원효가 장난삼아 그 벼를 달라고 하자, 여인도 장난조로 벼가 잘 영글지 않았다고 대답하였다. 또 가다가 다리 아래에 도착하니 한 여인이 생리대를 빨고 있었다. 원효가 물을 달라고 하자, 여인은 그 더러운 물을 떠 바쳤다. 원효는 그 물을 쏟아 버리고 다시 물을 떠서 마셨다.

그때 들 가운데 있는 소나무 위에서 파랑새 한 마리가 그를 불러 말하였다.

"제호醍醐 스님은 그만 두시게."

그리고는 갑자기 사라져 보이지 않고 소나무 아래 신발 한 짝만이 남아 있었다. 원효가 절에 도착하여 보니 관음보살의 자리 아래에, 앞서 보았던 신발의 나머지 한 짝이 있었으므로 아까 만났던 여인이 관음보살의 진신임을 깨달았다.

원효는 아직까지 수행력이 약해서 여인에게 농담을 건네고, 생리대를 씻은 물을 더럽다고 하여 마시지 못한다. 그래서 결국 관음보살의 진신을 만나지 못한다. 그런데 여기에는 각기 다른 역할을 하는 여인 두 사람이 나온다. 논에서 벼를 베고 있는 여인과 다리 아래에서 생리대를 빨고 있는 여인이 그들이다. 그렇지만 이 두 사람은 두 사람이 아니요, 같은 한사람의 관음보살 화신이다.

이처럼 수로 부인에 나오는 두 노인도 역할은 각각 달랐지만 같은 한 사람이다.

또 수로를 보통 미녀, 혹은 괴팍한 여자로 풀이하고, 노인도 소 먹이는 일반 농부로 해석해서는 안 된다. 그것은 수로가 바다 속 용궁을 들락거리는 행위만 봐도 보통 여자가 아님을 알 수 있고, 노인 또한 우리나라 설화에 등장하는 '호랑이를 타고 가는 노인'이나 '소를 몰고 가는 허연 노인'은 다 신비성을 띤 원형原型(archetype 인류 공통의 원천적이고 보편적인 이미지나 전형적인 행동방식. 예:영웅은 다 비정상적인 출생의 인물임)으로 나타난다는 점에 비추어 그를 예사 사람으로 치부해서는 안된다.

그럼 이러한 사전 구도에 따라 이 노래의 배경설화에 나오는 노인의 정체부터 살펴보자. 우리의 민간 설화에 나타나는 노인은 대체로 신령스러운 존재로 등장한다. 김유신이 중악의 석굴에 들어가서 재계하고 국가의 재앙과 어지러움을 없앨 수 있는 힘을 달라고 하늘에 고하며 빌었을 때, 문득 갈포 옷을 입은 한 노인이 나타나 그 비법을 가르쳐 주었는데, 이때의 노인도 비범한 인물이다. 삼장 율사가 석남원을 세우고 문수보살이 내려오시기를 기다릴 때 남루한 방포方袍(승려가 입는 네모난 가사袈裟)를 입고 와서 깨우쳐 준 사람도 늙은 거사였으며, 거타지가 외딴 섬에 홀로 떨어져 있을 때 늙은 여우를 활로 쏴 죽이게 하고, 그 딸을 한 가지의 꽃으로 변하게 하여, 용 두 마리로 하여금 거타지를 호위케 한 인물도 역시 노인이었다.

수로 부인 설화에 나오는 노인도 '인적이 닿을 수 없는' 천 길 높은 돌산 봉우리에 올라가 꽃을 꺾어 올 수 있으며, 또 "어떤 사람인지 알 수 없다."고 기록되어 있는 바와 같이 신비성을 머금고 있어서, 부근의 평범한 촌로라기보다는 능력이 뛰어난 신인神人 같은 인물임을 알 수 있다. 옛 문헌에서, "어떤 사람인지 알 수 없다[不知何許人부지하허인]."라는 표현은 말하고자 하는 사람이 신비한 인물일 경우에 흔히 사용하는 기법이다.

특히 설화의 뒷부분에 보이는 바와 같이, 수로를 해신에게서 구출할 수 있는 비법을 행사할 수 있는 것으로 보아, 그가 신령스러운 자임을 더욱 확실히 알게 한다.

여기서 우리는 헌화가에 등장하는 노인이, 남편 순정공이 옆에 있음에도 불구하고 거기서 수로 부인에게 연정을 나타내는 사람으로 보는 견해는 전혀 맞지 않음을 알 수 있다. 더욱이 늙은 노인과 젊은 부인을 연인 관계로 설정하는 이야기는 우리 설화에 등장하는 화소話素(설화에서 전승하는 힘을 가진 가장 짧은 내용의 이야기 알맹이. 이야기를 구성하는 중요한 요소로서의 최소 단위)나 모티프motif(작품 속에 자주 등장하는 동일한 사건이나 사물. 예: 미녀로 화하는 못생긴 처녀, 산 속에서 혼자 사는 미녀, 도깨비 방망이, 혹부리 영감, 밤 새워 우는 소쩍새 등)가 아니다. 그것은 엉뚱하기 짝이 없는 이야기다.

다음으로 수로 부인을 보자.

신이한 대상인 노인을 보고 접할 수 있고, 용궁에까지 다녀올 수 있는 존재라면 수로 또한 보통 사람은 아니다. 수로水路라는 이름은 구지가의 수로首露의 또 따른 음차표기音借表記(한자의 음을 빌려 적는 표기)로 보이는데, 이는 배경설화나 노래의 내용으로 보아 '신령스러운 존재'를 의미하는 말임에 틀림없다.

또 수로 부인이 바닷가에서 점심을 먹은 것을 나타내는 유사의 기록 원문에 나오는, '주선晝饍'이라는 말은 단순한 일반인의 식사가 아니라, 왕 또는 왕자의 식사나 제의 때 신에게 올리는 음식에만 쓰이는 표현이다. 즉 이 말은 원래 신령스러운 자의 식사를 가리키는 것이다. 그러므로 수로가 바닷가에서 이 '주선'을 했다는 것은 수로의 신분이 신령스러운 자라는 것을 방증해 주는 또 하나의 자료로 해석된다.

이 같은 사실로 보아 수로는 평범한 사람이 아니다. 수로는 신이한 능력자이거나 비범한 환시현상을 체험하고 있는 사람으로 보인다. 이는 아마도 영남 이북지방에 주로 분포되어 있는 강신무降神巫가 신성통과의례로 겪게 되는 신병神病(무병巫病이라고도 한다)의 단계에 있는 자라는 강한 추론을 낳게 한다.

무당에는 강신무와 세습무가 있다. 세습무는 선대 무당으로부터 그 직무를 그대로 이어받아 무속인이 되는 것이고, 강신무는 기존 무당에게 신을 내려 받는 굿 즉 내림굿의 의식을 통해서 무당이 되는 것이다. 이때 새로 무당이 되려는 사람은 반드시 몸이 아프다든지, 무엇에 자주 홀린다든지 하는 신병을 앓게 된다. 이 신병을 치료하고 무당이 되기 위한 굿을 하게 되는데, 이때 시행하는 굿을 내림굿이라 한다. 또 이 내림굿을 행하는 기존 무당을 큰무당이라 한다. 이런 통과의례를 거치고서야 자신이 모실 신을 영접하게 되는데, 그 신을 '몸주'라 한다.

신병은 정상인의 코스모스cosmos(질서)적 세계를 이탈하여 무巫로서의 새로운 코스모스를 이루기 위해 겪는 카오스chaos(혼돈)라고 설명되는데, 이를 통하여 영험한 힘을 얻게 된다. 이 신병과정에서는 현실이 아닌 신성계를 꿈이나 환상을 체험하면서, 현실계의 음식이나 부부관계 등의 질서를 거부한다. 이 신병 중에는 환상, 환청, 환시 등을 경험하게 되는데 수로가 용궁을 경험하고 온 후에 말한, "칠보궁전의 음식은 맛있고 향기롭고 깨끗한 것이 인간 세상의 그것이 아니었다."는 구절은 바로 그러한 환상과 환각을 경험한 것이라 생각된다.

또한 신병은 주로 20~30세 사이에 많이 앓는다는 학계의 보고로 보아 자태가 절색이었다는 수로의 나이와도 부합된다. 그리고 이 설화의 사건 전개는 이미 학계에 보고된 무당의 신병사례와 많은 일치를 보이고 있다. 신병을 앓는 과정에 체험한 사람들의 몇 예를 인용해 보면 다음과 같다.

- 20세가 되면서 산 기도를 하러 가면 밤에 점잖은 할아버지가 나타나 밥을 주었는데, 그걸 받으면 자신은 하늘로 올라가며 그 밥을 새, 짐승들에게 주는 꿈을 꾸었다.
- 동해의 용궁이란 데를 가는 꿈을 꾸고, 금빛 찬란한 바다 위를 걸어 다니는 꿈을 꾸면서 제주도라고 하는 데를 가보기도 하였다.
- 하루는 꿈에 하얀 할아버지가 산신 호랑이를 타고 와서 화분을 준다. 화분을 고맙게 받아 놓았더니 꽃이 세 송이 피었다.

이와 같이 신병과정에서는 노인으로부터 꽃을 받고 용궁에 가 보기도 하는데, 이것은 수로 부인 설화에 나오는 사례와 많은 유사함을 지니고 있다.

이로 보아 '수로 부인' 조의 설화는 수로가 무당이 되는 과정에서 겪는 병적 체험을 기록하고 있는 것이다. 그러므로 헌화가 배경설화에 등장하는 노인 또한 신이성을 지닌 인물로 수로의 신병을 치유하고 내림굿을 행하는 큰무당임이 분명하다.

다음으로 철쭉화의 의미를 살펴보자.

불교의 꽃 공양은 말할 필요도 없지만, 꽃은 고래로 영력靈力의 매개물로 인식되어 왔다. 구운몽의 주인공 성진은 천도화를 팔선녀 앞에 던져 도술을 부렸고, 열병신熱病神을 횟감으로 했을 만큼 주원력을 지닌 처용도 머리에 가득 꽃을 꽂아 장식하고 있다. 현대무의 신병과정에서도 꽃을 받는 경우는 많이 보고되어 있고, 또 무당은 항상 꽃을 만들어 장식하고 있다.

꽃을 받는다는 것은 '신령한 힘'을 받는다는 의미를 갖는다. 이 설화에서 수로가 노인으로부터 철쭉꽃을 받는다는 것은 무당이 되는 과정에서 수로가 영력을 획득하기 위해 겪는 하나의 신병 체험이며 통과의례이다.

우리 문화 배경에서는 꽃을 연정의 표시로 주는 경우는 거의 없으므로, 이를 사랑의 매개물로 보는 것은 합당하지 않다.

요약하면, 헌화가는 큰무당이 내림굿을 행하는 한 과정에서 수로에게 부른 무가巫歌다. 수로 부인이 단순히 높은 봉우리 위에 피어 있는 꽃을 꺾어 달라고 요구했다면, 노인은 그냥 꽃을 꺾어 바치면 될 일인데, 왜 하필이면 노래를 불렀을 것인가? 이것은 예사로운 평상의 일이 아니라, 의식의 한 거리(마당)가 있었기 때문이다. 즉 무당굿 한 판이 벌어진 것이다. 거기서 노인은 수로를 향해 헌화가를 부른 것이다.

그러면 이 노래를 맛보기 위하여 먼저 노랫말 하나를 살펴보자. 이 노래의 첫 구절은 향찰로 다음과 같이 적혀 있다.

紫布岩過希자포암과희

이에 대해 양주동은 '딛배 바회 ㄹ힁'로 해독하고, '자줏빛 바윗가에'의 뜻으로 읽었는데, 그 후 모든 이들이 그런 의견에 따르고 있다. 그러나 이는 배경설화와 연결 지어 볼 때, 무언가 중요한 고리 하나가 빠진 것 같은 느낌을 떨칠 수가 없다. 왜냐하면, 설화에는 "봉우리의 높이가 천 길이나 되는데, 그 위에 달래꽃이 만발하여 있었다."는 이야기가 적혀 있는데, 정작 노래에는 그와 관련된 말이 전혀 없기 때문이다.

그러면 '자줏빛'을 표기했다는 첫머리 '紫布자포'에 대해 다시 한 번 생각해 보자. 이 말에 대해 많은 암시를 줄 수 있는 기록이 『계림유사』에 실려 있는데, 『계림유사』는 송나라 사람 손목이 고려 숙종 8년경에 우리나라에 와서, 우리말을 듣고 그것을 한자로 옮겨 적어 놓은 책이다. 거기에 '紫曰質背자왈딜빙'란 말이 적혀 있는데, 이는 '자줏빛'을 '딜빙'라 한다는 뜻이다. 이로 보아 '紫布자포'는 틀림없이 '딜빙'를 표기한 것이라 생각된다. '紫' 자가 '딜빙'인데 여기다 '布' 자를 덧붙인 것은

'布' 자가 '비'를 뜻하는 글자이므로, 이 말을 반드시 '딜비'로 읽어야 함을 표시한 것이다.

그런데 이 '딜비'는 '들 비'를 외국인인 손목이 그렇게 듣고 적은 것으로 보인다. '들 비'는 달래(진달래)의 옛말인데, 진달래가 자줏빛 꽃이므로 양자가 서로 통하여 쓰인 것이다. 『향약집성방』(1431)에는 이것을 '月背들비'라 적고 있다. 지금도 대구시의 한 동네 이름인 '月背월배'는 속칭 '달비'라 하고, 부근의 골짜기를 '달비골'이라 부르고 있다. 들 비는 달뷔>달외>달래로 변하였다. 『악학궤범』(1495)에 실려 전하는 고려속요 '동동'에는 '들 외'로 적혀 있다.

오늘날은 이 '달래'를 진달래와 수달래(철쭉)로 갈라 부르고 있으나, 원래는 양자를 구분하지 않고 다 '달래'라 불렀다. 최세진의 『훈몽자회』(1527)에 蠲(철쭉 촉) 자를 풀이하면서 '양철쭉羊躑躅 또는 진들비'라고 적고 있는 것을 보아도 그것을 알 수 있다.

이에서 본 바와 같이, '紫布자포'는 '달래'이므로, 헌화가의 첫 구 '紫布岩過希자포암과희'는 '달래꽃 바윗가에'로 해독하여야 한다. 그래야 배경설화와도 뜻이 맞아 떨어진다. 그럼 노래 전편을 다시 한 번 보자.

달래꽃 바윗가에
잡은 암소 놓게 하시고
나를 아니 부끄러워하시면
꽃을 꺾어 바치오리다

큰무당인 노인은 신병 과정에 있는 수로에게 영력의 상징인 달래꽃을 꺾어 바치고자 하는 것이다.

그럼 수로가 용에게 붙들려 갔을 때 막대기로 언덕을 치는 행위는 어떤 뜻일까?

신병은 큰무당이 주도하는 내림굿을 통하여 자기가 모실 주신인 '몸주'의 시종자侍從者가 됨으로써 완치된다. 여기서 수로가 용에게 납치되었다는 것은 수신水神을 체험하는 신병의 과정을 보이는 기록이다. 신병과정에서 수신을 체험하는 예는, '물'을 좋아한다거나 심지어는 물에 자주 빠지려고 하는 등의 행동을 나타난다. 그 일 예를 보자.

김명남씨는 55세 때 갑자기 미쳐 집을 뛰쳐나가 방황하다가 저수지에 빠졌는데, 동네 사람들이 건져 내 놓으니까 여전히 발가벗은 알몸으로 돌아다니다가 시아버지를 때렸다. 그래서 그 해 남편이 병을 고친다고 병굿을 5번 했는데, 다섯 번째 굿을 하는 도중에 김씨가 말문이 열려서 그 후 다시 내림굿을 하여 받고 무당이 되었다. 무당이 되고 나서 병이 나았다.

수로 부인도 위의 김명남 씨와 비슷한 신병의 체험을 한 것 같다.

여기서 막대기로 언덕을 치면서 여러 사람이 제창한 해가는, 이 신병을 치료하고 잡신을 물리치고 몸주를 받아들이는 것으로 완결되는 내림굿의 한 형식을 상징적으로 표현한 것이다.

그럼 해가를 부를 때, 막대기로 언덕을 두드렸다는 것은 어떤 의미를 지니는가를 살펴보자. 북쪽의 강신무는 타악기를 위주로 하여 가무의 가락과 속도가 빠르면서 몹시 흥분된 춤사위가 따르는데 막대기로 언덕을 두드리며 춤을 춘 것은 바로 그런 것을 가리킨다.

수로 부인은 신병을 겪는 과정에서 꽃을 받거나, 물에 뛰어드는 행위 외에도 여러 가지의 병적 체험을 겪은 것으로 보인다. 배경설화의 말미에 보이는 "깊은 산이나 큰 못을 지날 때마다 여러 차례 신물神物들에게 붙들리었다."는 기록이 그런 사실을 잘 말해 준다.

그리고 이 설화의 앞뒤에 등장하는 두 노인은, 사실 같은 한 사람의 노인으로 수로의 무당 되기를 이끄는 큰무당이다. 홍양호가 쓴『이계집耳溪集』북속편北俗篇에, "북쪽의 습속에서는 귀신 믿기를 좋아하고 남자 무당을 사師라 이르는데 '사'는 무리의 존경을 받는다."라고 한 것은 노인이 큰무당임을 다시 한 번 뒷받침하는 기록이라 하겠다.

그러므로 노인을, 수로 부인에게 연정을 느끼는 일상적 인물로 설정하는 논리는 맞지 않다. 앞에서도 지적한 바와 같이 우리 설화에는 노인이 젊은 여자에게 꽃을 바치는 그런 화소는 존재하지 않는다. 산대극에서 노장이 여자 무당과 놀아나는 장면이 있으나, 이는 이 설화의 경우와는 기본 배치가 다르다.

요약해서 말하면, 헌화가와 해가는 큰무당인 노인이 수로 부인의 신병을 쓰다듬기 위하여 행하는 내림굿의 한 마당에서 부른 무당노래다. 먼저 헌화가를 부르고 이어서 해가를 부른 굿거리를 행한 것이다. 거듭 말하거니와 헌화가는 흔한 사랑 타령이 아니며, 해가도 헌화가와 아무런 관계없이 동떨어져 존재하는 노래가 아니다.

내림굿의 한 과정에서 불린 헌화가와 해가의 주원성에 의하여 수로는 마침내 하나의 무당으로 자리매김하게 된 것이다.

(2) 나라의 평안을 위한 주원 처용가(處容歌)

처용가는 『삼국유사』 권2에 '처용랑과 망해사'란 제목 아래 다음과 같이 실려 있다.

제49대 헌강왕 때에는 서울로부터 지방에 이르기까지 집과 담이 이어지고 초가는 하나도 없었다. 음악과 노래가 길에 끊이지 않았고 바람과 비는 사철 순조로웠다. 이때 대왕이 개운포(지금의 울주)에서 놀다가 돌아가려고 낮에 물가에서 쉬고 있었다. 갑자기 구름과 안개가 자욱해서 길을 잃었다. 왕이 괴상히 여겨 좌우 신하들에게 물으니 일관이 말하기를,

"이것은 동해용이 부린 변괴입니다. 마땅히 좋은 일을 행하여 풀어야 할 것입니다."

하였다. 이에 왕은 일을 맡은 관원에게 명하여 용을 위하여 근처에 절을 짓게 했다. 왕의 명령이 내리자 구름과 안개가 걷혔다. 그래서 그곳을 개운포開雲浦라 했다.

동해의 용은 기뻐해서 아들 일곱을 거느리고 왕의 앞에 나타나, 덕을 찬양하여 춤을 추고 음악을 연주했다. 그 중의 한 아들이 왕을 따라 서울로 들어가서 왕의 정사를 도우니 그의 이름을 처용이라 했다. 왕은 아름다운 여자를 가려 처용의 아내로 삼아 머물러 있도록 하고, 또 급간이라는 벼슬까지 주었다. 처용의 아내가

무척 아름다웠기 때문에, 역신疫神이 사람으로 변하여 밤에 그 집에 가서 몰래 동침하였다.

처용이 밖에서 자기 집에 돌아와 두 사람이 누워 있는 것을 보고는, 노래를 지어 부르고 춤을 추면서 물러나왔다. 그 노래는 이렇다.

서울 밝은 달밤에
밤들도록 노닐다가
들어와 자리를 보니
다리가 넷이어라
둘은 내 것인데
둘은 뉘 것인고
에이,
내 것이지만
빼앗아 가니 어찌하리

그때 역신이 본래의 모양을 나타내며 처용의 앞에 꿇어앉아 말했다.

"내가 그대의 아내를 사모하여 지금 잘못을 저질렀으나, 그대는 노여워하지 않으니 감탄스럽고 아름답게 여기는 바입니다. 맹세코 이제부터는 그대의 모양을 그린 것만 보아도 그 문 안에 들어가지 않겠습니다."

이 일로 인해서 나라 사람들은 처용의 형상을 문에 붙여서, 삿된 귀신을 물리치고 경사스러운 일을 맞아들이려 하였다. 왕은 서울로 돌아오자 곧 영취산 동쪽 기슭의 경치 좋은 곳을 가려서 절을 세우고 이름을 망해사라 했다. 또는 이 절을 신방사라고도 했으니 이것은 용을 위해서 세운 것이다.

또 왕이 포석정으로 행차하니, 남산의 신이 나타나 어전에서 춤을 추었는데, 옆에 있는 신하들에게는 보이지 않고 왕에게만 보였다. 그래서 왕이 몸소 춤을 추어 형상을 보였다. 그 신의 이름은 상심이라고 하였기 때문에, 지금까지도 나라 사람들이 이 춤을 전하여 어무상심 또는 어무산신이라 한다. 어떤 이는 이미 신이 나와 춤을 추었으므로, 그 모습을 살피어 장인에게 그것을 본떠 새기도록 명령하여 무대에 보이게 했으므로 상심이라 했다고 한다. 혹은 상염무라고도 하는데, 이는 그 형상을 본떠 일컫는 말이다.

왕이 또 금강령에 행차했을 때, 북악의 신이 나타나 춤을 추었는데 이를 옥도금이라 했다. 또 동례전에서 잔치를 할 때에는 지신이 나와서 춤을 추었으므로 지백급간地伯級干이라 불렀다.

어법집語法集에서는 이렇게 말했다.

"그때 산신이 춤을 추고 노래 부르기를 '지리다도파도파智理多都波都波'라 했는데, '도파'라고 한 것은 대개 지혜[智지]로 나라를 다스리는[理리] 사람이 미리 사태를 알고 많이[多다] 도망하여, 도읍이[都도] 장차 파괴된다[破파]는 뜻이다."

즉 지신과 산신은 나라가 장차 멸망할 것이라는 것을 알기 때문에 춤을 추어 이를 경계한 것이나, 나라 사람들은 깨닫지 못하고 도리어 좋은 조짐이 나타났다 하여, 술과 여색을 더욱 좋아했으니 나라가 마침내 망하고 말았다.

김부식은 그의 『삼국사기』에서 신라를 상대, 중대, 하대의 세 시기로 구분하였다. 즉, 무열왕 이후 혜공왕에 이르는 약 120여 년간을 중대中代라 하고, 그 이전을 상대上代, 그 이후를 하대下代라 구분하고 있다. 김부식의 이러한 시대 구분은 주로 왕의 혈통을 기준으로 한 것이다. 상대는 성골이, 중대는 진골로서 무열왕 직계 자손이, 하대는 진골로서 다시 등장한 내물왕계 자손이 각각 왕위에 올랐던 시기였다.

그런데 상대, 중대, 하대는 그러한 왕의 혈통과 관계없이, 신라의 형성 발전기, 통일 신라 전성기, 신라 쇠퇴기와 거의 일치하고 있으므로, 지금도 그것을 그대로 역사 용어로 사용하고 있다. 즉, 중대라고 하면 통일 신라의 전성기(무열왕~혜공왕), 하대라고 하면 신라 쇠퇴기(선덕왕~경순왕)를 의미하는 것이다.

중대의 혜공왕을 마지막으로 신라는 하대로 접어든다. 이 시기에 신라는 왕권이 약화되고 상대등의 세력이 강하여 왕이 자주 교체되었으며, 신라 중대 때 왕실에 충성을 다하였던 6두품이 저항세력으로 변한다. 또 중앙에서 귀족들의 권력 다툼이 한창일 때, 지방에서는 호족들이 세력을 형성하여 새로운 국가 건설의 깃발을 올렸다. 후삼국이 생기고 그로 인해 신라는 분열, 새로운 판도로 변하게 된다.

헌강왕대는 바로 이 하대에 속하는 시기다. 나라가 쇠퇴기에 접어들어 혼란의 소용돌이가 깊어지게 되는 때다. '처용랑 망해사'라는 제목으로 실려 있는 유사의 기록도 이러한 회오리바람의 이야기로 가득 차 있다. 귀족들은 탐락에 빠져 있고 일반 백성들은 불만이 팽배했다. 그래서 산신과 지신 그리고 해신[龍용]까지 나타나 장차 나라가 망할 것이라는 경고를 보낸다. 산신·지신이 나타나 왕 앞에서 춤으로 그것을 알리고, 바다의 용은 안개로 그것을 알린다.

그러나 나랏사람들은 그것을 깨닫지 못하고, 그것이 도리어 좋은 징조라 생각하고 탐락에서 빠져 나올 줄을 몰랐다. 심지어 산신이 나타나 '지리다도파도파智理多都波都波' 즉 '대개 지혜[智지]로 나라를 다스리는[理리] 사람이 미리 망할 것을 알고 많이[多] 도망하여, 도읍이[都도] 장차 파괴된다[破파]는 뜻'을 알리는 춤을 추고 노래를 불러주어도 아랑곳하지 않았다. 사태가 그러함에도 사람들은 '음악과 노래가 길에 끊이지 않았고 바람과 비는 사철 순조롭다'고 여기며 흥청거렸다. 이래서야 나라가 망하지 않을 수 없다.

이 배경 설화의 해석은 여기에서 출발하고 여기에 초점이 모아진다. 배경설화에 보이는 산신·지신 등은 모두가 나라가 망하리라는 것을 깨우치기 위해 임금 앞에 나타나 춤을 추고 있다. 왕이 개운포에 행차했을 때 나타난 용의 출현도 산신·지신과 마찬가지로 나라 망함을 알려주기 위해 나타난 바다신이다. 『대동운부군옥』이란 책에, 이를 산해정

령山海精靈이라 기록한 것은 바로 이런 사실을 함축, 대변해 주고 있는 표현이다.

여기서 우리가 유념해야 할 주요한 사실은 나라 망함의 요인이 왕의 유락遊樂에 있는 것이 아니라, '나라 사람들의 깨치지 못함'에 있다는 사실이다. 종래에 그 원인이 왕의 유흥에 있다고 한 것은 설화의 문맥을 잘못 읽은 데서 온 오류다. 이 설화에 나오는 '왕이 개운포에 가 놀았다[遊開雲浦유개운포]'는 구절에 나오는 '놀다[遊유]'를 잘못 해석 한 것이다. 여기서의 '遊유' 자는 그냥 논다는 뜻이 아니라, '유세遊說, 순수巡狩'의 의미다. 유세는 제후를 찾아다니며 자기의 정견을 설명하고 권유하는 것을 말하고, 순수는 여러 지방을 돌면서 민정을 살피는 것을 말한다. 맹자에 이런 말이 있다.

천자가 제후 쪽으로 가는 것을 순수라고 하나니, 순수라는 것은 지키는 바를 순찰한다는 말이다. …… 하夏나라의 속담에 이르기를, 우리 임금께서 유세하지[遊유] 않으면 우리가 어떻게 기쁠 수 있으며, 우리 임금님께서 편하지 않으시면 우리가 무엇으로 돕겠는가. 한 번 유세하고[遊유] 한 번 즐거워함이 제후들의 법도가 되었다.

헌강왕이 '유개운포遊開雲浦'했다는 구절의 '유遊'도 맹자에 나오는 바와 같이, 단순한 유흥이란 뜻이 아니라, 바로 지방 시찰의 유세요 순수였다.

포석정에 행차했다는 것도 단순히 유상곡수流觴曲水(굽이 도는 물에 잔을 띄워 그 잔이 자기 앞에 오기 전에 시를 짓던 놀이)를 하기 위해 간 것이 아니라, 나라의 평안을 기원하기 위한 제사의식에 참여 한 것이다. 최근 포석정 터에서 포석사라는 글이 새겨진 기와 조각이 발견되어, 포석정이 종전에 우리가 생각해온 바와 같은 단순한 놀이 시설이 아니라, 제사 의식을 행하는 포석사라는 사당이 있었다는 사실이 밝혀졌다. 이것으로 보아도 헌강왕의 포석정 거둥이 단순한 놀음이 아니라는 것을 추단할 수 있다.

헌강왕 때의 나라 형편을 『동국통감』은 이렇게 기록하고 있다.

"헌강왕대는 평강했다고 한다. 그러나 신라의 국세는 뿌리가 이미 좀이 슬었는데 가지와 잎은 겉으로 무성한 것 같을 뿐이니 어찌 나라가 보전되겠는가."

이는 처용설화의 첫머리에 나오는 구절 즉,

"서울로부터 지방에 이르기까지 집과 담이 이어지고 초가는 하나도 없었다. 음악과 노래가 길에 끊이지 않았고 바람과 비는 사철 순조로웠다."

는 것은 사실 속은 다 썩었는데 겉모습만 무성하다는 것을 보여주고 있는 것이다. 서울부터 지방까지 기와집이 즐비하고 노래 소리는 거리를 뒤덮고 비가 때에 맞게 내려, 겉으로는 순조로워 보이지만 속은 다 썩어 있었던 것이다.

헌강왕은 이러한 정치적, 사회적 불안과 위기의식의 발생이 자신의 부덕의 소치로 말미암은 것이라 생각하고, 유교정치의 구현을 위해 국학에 행차하여 박사 이하에게 경經의 뜻을 강론케 하게 하는가 하면, 불교의 힘을 빌려 왕권회복과 국태민안을 도모하려는 목적으로, 호국 사찰인 황룡사에 행차하여 백고좌百高座(고승 백 명을 모시고 설법하는 큰 법회)를 베풀고 강경을 듣기도 하였다. 때로는 민심 수렴을 위한 지방 순행을 했으며, 국가 경제의 위기를 극복할 의도로 생산의 증대를 위한 각종 행사에 참여하였다.

이와 같이 헌강왕은 큰 유락에 빠진 왕이 아니었다. '백성들이 먹거리가 족한 것은 성덕의 소치'라고 말하는 신하들에게 '그것은 경들의 보좌 덕분이지 어찌 나의 덕 때문이겠는가'라고 하는 겸손한 왕이었다. 헌강왕은 대세가 기울어진 신라를 일으키려고 부단히 노력한 왕이며, 그만큼 신하들의 보필을 갈망하기도 했던 왕이었다.

그러나 나라는 이미 병들어 보전할 수가 없고, 시정은 환락에 싸여 연주와 노래로 나날을 보내는 안이함에 젖어 경계의 빛이 없었으며, 겉으로는 음악 소리가 끊이지 않으나 속은 곪아 있었다.

그러므로 처용가가 단순히 당대의 성적 문란상을 반영한 노래라거나 역신이 처용의 아내를 범한 것을, 신라사회에 남아 있는 이객환대異客歡待(귀한 손님에게 자기의 아내를 동침케 한 옛 습속)의 유습을 담은 내용이라는 주장은 별 근거가 없는 이야기다. 또 단순한 일상의 의무주술醫務呪術로 파악해서도 안 된다.

요약해 말하면 산신, 지신, 해신(용) 등이 장차 나라가 망하리라는 경고를 하였으나, 사람들은 그것을 깨닫지 못하고 환락에만 심히 빠져들었다. 마침내 나라가 위태로운 처지에 놓이게 되었으므로, 왕은 이들 여러 신에게 제사하고 처용은 노래와 춤으로써 나라의 평안을 위한 주원 행위를 실시하여 왕정을 보좌하려 했던 것이다.

삼국유사의 설화 가운데 처용만큼 수많은 얼굴을 지어낸 인물은 없다. 처용이 단순한 설화상의 명의에 지나지 않는다는 견해가 있는가 하면, 역사적인 실재 인물이라 보는 견해도 있다. 아내를 범한 역신을 관대히 용납容納하는 행위로 처신處身했다 하여 처용處容이란 이름이 나온 데 불과하다는 주장도 있고, 무조신巫祖神(무당의 조상이나 시조로 여기는 신. 바리공주도 그 하나임) 전설에서 지어낸 이름으로 보는 주장이 있는가 하면, 심지어 아랍의 상인이라는 견해도 있다.

그러나 앞에서 본 바와 같이, 이 설화의 전체 문맥상 처용은 나라를 걱정하는 용의 아들로서 호국적인 무당이며, 그의 모든 행적은 설화 문면에 나타난 왕정 보좌를 위한 주원 행위에서 벗어날 수가 없다.

그러면 역신이 처용의 아내를 범한 것은 무슨 의미를 가지고 있으며, 처용은 아내의 동침 장면을 보고 왜 노래를 부르며 춤을 추었을까?
어떤 이는 이것을 가리켜 불교의 인욕행(忍辱行)을 발휘한 것이라고 한
다. 욕됨을 참고 견디는 수행을 의미한다는 것이다. 그러나 그것은 설
득력이 약하다. 처용이 불교적 인물이라고 봐야 할 근거도 없거니와,
아무려나 자기 아내의 간통 사실을 보고 노래를 부르며 춤까지 춘다는
것은 합당하지 않다.

　역신이 처용 아내를 범한 것은, 당대 신라 사회의 혼란을 상징한다.
고래로 나라의 위태함을 말하려 할 때 가장 크게 제기되는 것이 천문
이변과 역병발생이다. 예부터 사서史書에는 혜성의 출현, 지진의 발생,
심한 가뭄, 역병의 만연 등이 군데군데 기록되어 있다. 이것은 나라에
불길한 일이 생기거나 그러한 징조를 암시하고 있다. 처용가에 등장하
는 역신의 범처 사실도 바로 그러한 예에 속한다. 사회적 질서의 문란
과 황폐를 상징하는 것이다.

　그래서 처용은 이를 치유하기 위하여 무당의 주원 행위를 한 것이
다. 즉 노래를 부르고 춤을 추는 한 마당 굿을 벌인 것이다. 노래와 춤
을 행하는 것은 참을성을 발휘하는 이른바 인욕행을 한 것이 아니라,
무당의 제의祭儀 행위다. 무당은 원래 춤과 노래(무가)로 액을 물리친
다. 그가 치른 의식의 힘 때문에 역신은 물러난 것이다. 처용이 아내의
동침 장면을 보고도 화를 내지 않고 점잖게 참고 견디었기 때문에 역
신이 감동해서 물러간 것이 아니다. 처용이 가무와 함께 행한 굿에 놀
라 달아난 것이다. 그리고 처용의 얼굴을 그린 화상만 봐도 다시는 들

어가지 않겠다고 다짐한 것이다.

여기서 인간의 심리와 결부된 주술에 대하여 잠깐 살펴보자. 예로부터 사람들은 인간에게 해를 끼치는 두려운 존재에 대해서 양면적인 자세로 그것을 대해 왔다.

첫째는 달램의 수법이다. 두려운 상대를 잘 달래서 화가 나지 않도록 해, 위해를 덜 끼치도록 하는 방법이다. 호랑이를 산신령님이라 하고, 역신을 마마라고 부르는 것이 여기에 해당한다. 호랑이를 산신령이라고 높여 부르고, 무서운 천연두를 별성마마나 호구 별성마마 따위로 불러 높은 대접을 해줌으로써, 그것들의 화를 최소화시키고자 했다. 또 홍역에 걸려 나타난 붉은 발진을 가리켜 '꽃이 피었다'며 고운 말로 표현하는 것도 여기에 속한다.

둘째는 위협의 수법이다. 상대방을 협박해서 물러가게 하는 방법이다. 민간에서 병을 다스리기 위하여 물릴 때 칼을 들고 "억쇠 귀신아. 물러나라."고 외치는 것이 여기에 해당한다. 또 독한 감기를 가리켜, '개좆부리' 혹은 '개좆대가리'로 낮추어 부르고, 결막염을 개씨바리(개씹앓이)나 개씹눈 또는 개씹쟁이라 부르며, 제주도에서 다래끼를 개씹이라 낮추어 부르는 것도 다 그러한 예에 속한다. 고려 처용가에 보면, 열병을 물리치기 위하여 처용의 이름을 빌려 위협하는 가사가 나오는데, "처용 아비가 보시면 열병신이야 횟감이로다."란 구절이 있다. 열병신을 보고 회를 쳐서 먹어버리겠다고 협박하고 있다. 바로 위협의 수법이다.

이와 같이 무서운 존재에 대하여 그 해를 줄이기 위하여, 때로는 달래고 때로는 위협하는 방법을 썼다. 전자를 백주술白呪術이라 하고, 후자를 흑주술黑呪術이라 한다. 처용이 역신을 퇴치하는 데 쓴 주술은 백주술에 해당한다.

그런데 이 처용가가 위에서 말한 바와 같이 호국제의의 주술가로 불렸음은 그 맥을 잇고 있는 고려 처용가의 첫 구절을 봐도 알 수 있다.

신라의 태평성대 밝은 성대
천하태평 라후덕
처용 아비여
이로써 인생에 늘 말씀 안 하실 것 같으면
이로써 인생에 늘 말씀 안 하실 것 같으면
삼재팔난이 일시에 소멸하리로다

이것을 봐도 신라 처용가가 나라를 어지럽히는 악신을 내쫓고 태평성대를 기원코자 하는 노래라는 것을 충분히 알 수 있다. 신라 처용가가 단순한 역병 치료를 위해서 부른 노래가 아니라, 혼란한 나라의 정세를 바로잡아 태평성대를 가져오기 위해 부른 폭 넓은 주원가임을 재확인할 수 있다. 처용가가 갖고 있는 '신라의 태평성대'를 기원하는 주원성이 고려 처용가에 그대로 이어지고 있는 것이다.

요약하면, 처용가는 신라의 혼란된 사회상을 치유하여 태평성대를 가져오기 위한 제의에서 무당 처용이 달램의 수법으로 노래한 무당노래다. 그러면 이 무가를 다시 한 번 들어보자.

　그런데 이 노래를 일별하기 전에 먼저 노랫말 하나를 살펴볼 필요가 있다. 그것은 원문의 마지막 장 첫머리에 있는 '本矣본의'란 낱말이다. 이 말은 처용가에서 가장 핵심적인 어휘라 할 수 있다. '용의 눈'이기 때문이다. 이를 양주동이 '본디'로 해독한 이후 대체로 그렇게 굳어져 있다. 그러나 여기에는 그렇게 볼 수 없는 상당한 문제점을 안고 있다. 앞의 향가 형식에서 살핀 바와 같이, 3장의 첫머리에는 감탄어(차사)가 와야 한다는 점이 그것이다.

　'本본'은 잘 알다시피 '뿌리, 근원'을 뜻하는 글자다. 그런데 '本본' 자에는 '마음'이란 뜻이 있다. 사람에게 가장 뿌리가 되고 근원이 되는 것은 '마음'이란 데서 온 뜻이다. 우리는 이것을 '애'라고 했다. "애를 태운다.", "애를 썩인다." 할 때의 그 '애'다. '애'는 원래 뱃속에 들어있는 창자를 가리키는 말이었는데, 곧 마음이란 뜻을 함께 나타내는 말이 되었다. 원래 허파를 가리키던 '부아'가 마음의 화火를 가리키는 말로 쓰이게 된 것과 같다.

　충무공의 시조에 나오는 "어디서 일성호가는 남의 애를 끊나니."란 구절에 나오는 '애'가 바로 그런 뜻이다. 처용가의 3장 첫머리에 쓰인 '本본'도 바로 이런 뜻을 표기한 것이라 생각된다.

　'애'는 고어에서도 감탄사로 쓰였고 현재도 감탄사로 쓰이고 있는 말이다. 옛글에 나와 있는 몇 예를 보자.

애 繼天立極景계천입극경 幾기 어써ᄒ니잇고

(아, 이어서 하늘이 근본(極극)을 세우니 그 광경 어떠합니까.)

〈무릉잡고 도동곡〉

애 섧다 섧다

(아, 섧다 섧다.)　　　　　　　　　　　　　　　〈번역박통사〉

　그리고 '本矣본의'의 '矣의'는 향가에서 '이'를 표기하는 글자로 많이 쓰였다. 그 예들을 보자.

　耆郎矣 : 기랑이　　　　　　　　　　　　　　〈찬기파랑가〉

　此矣 : 이이　　　　　　　　　　　　　　　　〈제망매가〉

　此矣彼矣 : 이이저이　　　　　　　　　　　　〈제망매가〉

　夜矣 : 밤이　　　　　　　　　　　　　　　　〈처용가〉

　'矣의' 자가 '이'로 쓰인 예는 이외에도 많다. '矣의'는 한문 문장에서 '-도다', '-여라' 등의 감탄 어미로 쓰인다. 이 노래에 쓰인 '矣'는 '이'라는 소리를 나타내면서 이런 감탄의 뜻도 아울러 머금고 있음을 암시한다. '이'가 감탄사로 쓰인 예를 몇 보기로 한다.

익 남자아 엇던이를 위하야 이길혜 든다

(아, 남자야 어떤 이를 위하여 이 길에 들었느냐?)　　　〈월인천강지곡〉

익 슬프다. 셜우믈 ᄆᅀᆞ매 얼규니

(아, 슬프다. 설움을 마음에 얽어매니)　　　〈선종영가집언해서〉

　이상에서 말한 바를 요약하면, '本矣본의'는 감탄사 '애익' 즉 오늘날의 [애:], [아아]의 뜻이라 해석된다. 향가 감탄어의 대표격인 '아'를 '阿耶[아 의]'의 두 글자를 써서 긴 소리 [아:]를 표기한 것과 같이, 여기서도 '本矣 [애익]' 두 글자를 써서 긴소리 [애:], [아:]를 나타낸 것으로 보인다.

　이 '애'는 현대어 '애, 아아, 아이, 에이' 등과 유사한 뜻이다. 이는 무엇이 못마땅하거나 마음에 차지 않을 때 내는 감탄사다. 그래서 이 노래의 마지막 장을 현대어로 풀이하면 "에이, 내 것이지만 빼앗아 가니 어찌하리"란 뜻이 된다.

　서울 밝은 달밤에

　밤들도록 노닐다가

　들어와 자리를 보니

　다리가 넷이어라

　둘은 내 것인데

　둘은 뉘 것인고

　에이,

내 것이지만

빼앗아 가니 어찌하리

여기서, 처용이 '서울 밝은 달밤에 밤들도록 노닌' 것은 단순히 놀러 다닌 것이 아니다. 여기서의 '노닐다가[遊行유행]'도 위에서 여러 차례 지적한 것처럼, '유遊'는 단순한 '놀음'이 아니라 호국행위인 '유세'를 가리킨다. 처용은 호국무다. 이 구절은 처용이 나라의 평안을 되찾기 위하여 밤늦게까지 서라벌에서 주원 행사를 펼친 것을 뜻한다. 더욱이 무당이 굿판을 벌이는 것을 지금도 '한판 논다'고 한다. 그러니 처용가의 '밤들도록 노니다가'도 처용이 밤늦게까지 '한판 놀면서' 벌인 무속 행위를 말하는 것이다.

그리고 역신이 자기 아내를 범한 것은 신라 사회의 혼란상을 한 마디로 응축한 것이다. 역병이 만연하고 풍속이 타락한 당대의 사회상을 총체적으로 나타낸 말이다. 그리하여 처용은 무속 의식을 베풀어 그런 혼란상을 치유하고 신라를 태평성대가 되도록 주원했던 것이다.

끝으로 한 가지 덧붙일 것은, 처용가가 주원적인 무당노래임은 『삼국유사』의 표기 형식에서도 알 수 있다. 여타 향가는 모두 구절이 띄어져 있는데, 처용가만은 한군데도 띄움이 없이 한데 이어져 씌어 있다. 이것은 처용가가 무가巫歌이기 때문이다.

2. 불교적인 주원가

(1) 극락왕생을 위한 주원

가. 수도자의 왕생을 위한 주원 원왕생가(願往生歌)

원왕생가는 『삼국유사』 권5에 '광덕廣德과 엄장嚴莊'이라는 제목 아래
다음과 같이 실려 있다.

> 문무왕대에 중 광덕과 엄장이 있었는데, 두 사람은 서로 사이
> 가 좋아 밤낮으로 "먼저 극락으로 가는 이는 반드시 서로 알리도록
> 하자." 고 약속했다. 광덕은 분황사 서쪽 마을에 숨어, 신 삼는 것
> 으로 생업을 삼으면서 처자를 데리고 살았다. 엄장은 남악에 암자
> 를 짓고 살면서 나무를 베어 불태우고 농사를 지었다.
> 어느 날 해 그림자는 붉은 빛을 띠고 소나무 그늘에 어둠이 깔
> 릴 무렵, 엄장의 집 창 밖에서 소리가 들렸다.
> "나는 이미 서쪽으로 가니 그대는 잘 살다가 속히 나를 따라 오라."
> 엄장이 문을 밀치고 나가 보니 구름 밖에 하늘 노래가 들리고
> 밝은 빛이 땅에 드리웠다. 이튿날 광덕이 사는 곳을 찾아갔더니
> 광덕은 과연 죽어 있었다. 이에 그의 아내와 함께 유해를 거두어
> 장사를 치르고 부인에게 말했다.

"남편이 죽었으니 나와 함께 있는 것이 어떻겠소?"

광덕의 아내는 좋다고 하여 그 집에 머물렀다. 밤에 자는데 관계하려 하자 부인은 이를 거절하며 말했다.

"스님께서 서방정토를 구하는 것은 마치 나무에 올라가 물고기를 구하는 것과 같습니다."

이에 엄장이 놀라고 괴이히 여겨,

"광덕도 이미 그러했는데 나 또한 어찌 안 되겠소?"

하니 부인이 말했다.

"남편은 나와 함께 십여 년을 같이 살았지만, 하룻밤도 자리를 같이 하지 않았거늘, 더구나 어찌 몸을 더럽혔겠습니까? 다만 밤마다 단정히 앉아서 한결같은 목소리로 아미타불을 불렀습니다. 혹은 16관(중생이 극락정토를 염원하며 닦는 수행법)을 지어 미혹을 깨치고 달관하여 밝은 달이 창에 비치면 때때로 그 빛 위에 올라 가부좌하였습니다. 정성을 기울임이 이와 같았으니 비록 서방정토로 가지 않으려고 한들 어디로 가겠습니까? 대체로 천리 길을 가는 사람은 그 첫 발자국부터 알 수 있는 것이니, 지금 스님의 하는 일은 동방으로 가는 것이지, 서방으로 간다고는 할 수 없는 일입니다."

엄장은 이 말을 듣고 부끄러워 물러나 그 길로 원효 법사의 처소로 가서 참된 요체를 간곡하게 구하였다. 엄장은 이에 몸을 깨끗이 하고 잘못을 뉘우쳐 스스로 꾸짖고, 한 마음으로 도를 닦으니 그도 역시 서방정토로 가게 되었다. 삽관법(생각의 더러움을 없애고 번뇌의 유혹을 끊는 법)은 원효 법사의 본전과 해동고승전에 실려 있다.

　그 부인은 바로 분황사의 계집종이니 대개 관음보살의 19응신
의 한 분이었다.

　일찍이 노래가 있었다.

　달님이여 이제

　서방까지 가시나이까

　무량수불 앞에

　뉘우침 말 많다고 아뢰어 주소서

　다짐 깊으신 부처님께 우러러

　두 손 모아 꼿꼿이 앉아

　원왕생願往生 원왕생

　그리워하는 사람 있다고 아뢰소서

　아!

　이몸을 버려두고

　사십팔대원 이루실까?

원왕생가는 원왕생願往生 곧 극락세계에 태어나기를 바라는 노래다.

　이 노래를 이해하는 데 가장 중요한 것은 그 작자를 명확히 알아야
한다는 것이다. 배경 설화에는 지은이가 명확하게 나와 있지 않기 때
문이다. 이 노래에 등장하는 인물은 모두 셋인데 광덕, 엄장, 광덕 처

가 그들이다. 이 세 사람 중에서 누가 이 노래를 지었는가에 따라서 노래가 갖고 있는 정서가 달라지기 때문에 작자 문제가 중요한 무게를 지닌다.

이 작자 문제는 배경설화의 원문이 지닌 모호성 때문에 빚어진다. 배경설화의 끄트머리에 있는, 원문의 '蓋十九應身之一德嘗有歌云개십구응신지일덕상유가운'이 띄어 읽기에 따라 그 작자가 달라지기 때문이다. 곧 '蓋十九應身之一개십구응신지일'에서 띌 것이냐, '蓋十九應身之一德개십구응신지일덕'에서 띌 것이냐의 문제다. 앞엣것을 따르면 "(그 아내는 분황사의 계집종으로) 19응신의 하나이다. 덕[廣德광덕]은 일찍이 이런 노래를 갖고 있었다."의 뜻이 되고, 뒤엣것을 따르면 "(그 아내는 분황사의 계집종으로) 19응신의 한 분[一德일덕]인데 일찍이 이런 노래가 있었다."의 뜻이 된다. 이에서 보듯, 전자를 따르면 노래의 작자는 광덕이 될 듯하고, 후자를 따르면 그 작자는 광덕의 처가 될 성싶다.

이에 대한 논의를 하기 전에 먼저 19 응신에 대해 알아보자. 응신應身이란 부처가 중생을 제도하기 위하여 각자의 처지에 맞게 변신해 나타나는 것을 뜻한다. 현신이나 화신과 비슷한 말이다. 관세음보살의 응신은 『법화경』에는 33가지, 『능엄경』에는 32가지로 응신한다고 되어 있다. 그럼 법화경의 내용을 잠깐 보기로 하자.

『법화경』 관세음보살 보문품에 무진의보살이 세존에게 관세음보살의 화현을 묻는 장면이 나온다.

무진의 보살이 부처님께 여쭈었다.

"세존이시여, 관세음보살은 어떻게 이 사바세계에서 노니시며, 어떻게 중생을 위하여 설법 하시며, 방편의 힘으로 하시는 그 일은 어떠하나이까?"

부처님께서 무진의보살에게 말씀하셨다.

"선남자야, 만일 어떤 국토의 중생을 부처님의 몸으로 제도할 이에게는 관세음보살이 곧 부처님의 몸을 나타내어 법을 설하고, 벽지불의 몸으로 제도할 이에게는 곧 벽지불의 몸을 나타내어 법을 설하며, 성문의 몸으로 제도할 이에게는 곧 성문의 몸을 나타내어 법을 설해주느니라."

관세음보살이 중생을 제도하기 위하여 부처, 벽지불辟支佛(부처의 가르침에 기대지 않고 스스로 도를 깨달은 성자. 연각緣覺이라고도 함), 성문聲聞(부처님의 말씀을 듣고 깨달음을 구한 성자) 등 33가지의 모습으로 이 세상에 몸을 바꾸어 나타내 보인다는 것이다. 그 중 19번째에 장자長者(덕망이 뛰어나고 경험이 많아 세상일에 익숙한 어른), 거사, 재상, 바라문의 부인으로 응신한다고 되어 있다.

광덕과 엄장의 이야기에 나오는 "광덕의 아내는 19응신의 한 분이었다."는 것은 이것과 관련된다. 즉 광덕의 처는 원래 관세음보살인데 중생을 제도하기 위하여 분황사의 여자 종, 광덕의 아내 등으로 몸을 바꾸어 응신했다는 것이다.

그럼 원래의 논의로 돌아가자. 이 노래의 작자가 광덕이냐 광덕 처이냐의 갈래는 원문의 구절을 어떻게 띄어 읽느냐의 문제로 야기되어 왔다는 것을 위에서 밝힌 바 있다.

여기서의 요체는 '덕德' 자다. 이 '덕' 자는 성자 특히 수행이 높은 승려를 높여 부를 때 붙이는 경칭이다. 그런데 여기서는 또 '광덕'의 줄임인 '덕德'으로도 해석될 수도 있기 때문에 혼란이 빚어진다.

위에서 살핀, 전자의 경우를 따르자면 '19응신의 하나이다'가 되어 관세음보살의 응신을 가리키기에는 존경의 뜻이 부족하다. 후자를 따르면 '19응신의 한 분(일덕—德 곧 성자)이다'가 되어 관세음보살을 높여 부르는 응대에 부합한다. 그러므로 '蓋十九應身之一개십구응신지일'에서 끊어 읽을 수는 없다. '蓋十九應身之一德개십구응신지일덕'이 되어야 한다. 그래야 존경의 뜻을 붙인 '19응신의 한 분(일덕—德 곧 성자)이다'가 된다. 즉 '하나'가 아니라, '한 분'이 되는 것이다.

이런 점에서 볼 때, '德덕' 자를 떼어 뒤로 붙여 '德嘗有歌덕상유가' 즉, "광덕은 일찍 노래를 갖고 있었다."로 해석하기는 어렵다. 그러므로 이 노래를 광덕이 지었다고 단정할 수는 없는 것이다.

그렇다고 하여 이 노래의 작자를 광덕의 아내로 단정하기에도 무리가 있어 보인다. 왜냐하면, 이 문맥을 자세히 들여다보면 그 이전에 주요한 하나의 맹점이 숨어 있기 때문이다. 그것은 배경설화에 '일찍이 노래를 지었다' 즉 '작가作歌'가 아니라, '일찍이 노래가 있었다' 즉 '유가有歌'라고 한 사실이다. 또 원문의 문맥을 볼 때 '일찍이 노래가 있었다'

는 말이, 바로 앞의 '19 응신의 일덕'과 밀접히 연결되어 있지 않다. 그러므로 일덕—德 즉 광덕의 처가 지었다고 할 수는 없다.

그러므로 종래와 같이 이 구절에서 작자를 찾는 것은 합당하지 않음을 알 수 있다. 그러면 그 답은 누구일까? 여러 번 강조한 바이자만 『삼국유사』의 서술은 겉보기와는 달리 짜여진 구조를 갖고 있으며, 향가 기록도 배경설화와 노래가 긴밀하게 맺어져 있다. 그래서 이 노래의 작자도 이런 전체 속에서 파악되어야 한다. 미시적인 관찰만으로는 부족하다.

그럼 '광덕과 엄장'과 같이 두 사람이 등장하는 『삼국유사』 소재의 설화 한 편을 보기로 하자.

『삼국유사』 탑상 제4의 '남백월의 두 성인 노힐부득과 달달박박'이란 제목에 실린 이야기다.

백월산 동남쪽에 선천촌이란 마을이 있는데, 그곳에 노힐부득이라는 사람과 달달박박이라는 사람이 살고 있었다. 이들은 풍채와 골격이 평범하지 않고 속세를 벗어난 높은 사상이 있어 서로 벗이 되어 사이좋게 지냈다. 나이 스무 살이 되자 마을 동북쪽 밖의 법적방으로 가 의지하여 머리를 깎고 중이 되었다. 두 사람은 백월산 무등곡으로 들어갔는데, 박박은 북쪽 고개 사자암에 터를 잡아 여덟 자의 판잣집을 짓고 살았으므로 판방이라 하였고, 부득은 동쪽 고개 돌무더기 아래의 물이 있는 곳에 방을 짓고 살았기 때문에 뇌방이라 하였다.

각기 암자에 살면서 부득은 부지런히 미륵불을 구하고, 박박은 미타불을 염불하였다. 3년이 못 된 성덕왕 8년의 일이었다. 해가 저물어 갈 무렵, 스무 살 가량 되어 보이는 아주 아름다운 모습의 낭자가 갑자기 난초와 사향 냄새를 풍기며 북쪽 암자에 당도하여, 자고 가기를 간청하였다.

박박이 말했다.

"절은 깨끗함을 지키는 데 힘써야 하므로 그대가 가까이 올 수 있는 곳이 아니오. 이곳에 머물 수 없으니 빨리 떠나시오."

박박은 문을 닫고 들어갔다. 낭자가 남암으로 가 또 이전과 같이 간청하니, 부득은 말하였다.

"그대는 이 밤중에 어디에서 왔소?"

낭자가 대답하였다.

"저의 고요하고 맑은 모습이 태허太虛와 같은 몸인데, 어디를 오고 가겠습니까? 다만 어진 선비의 뜻과 소원이 깊고 덕행이 높고 견고하다는 말을 듣고 장차 보리菩提(깨달음)를 이루도록 도와주려는 것입니다."

부득은 놀라면서 말했다.

"이곳은 부인과 함께 있을 곳이 아니지만, 중생의 뜻에 따르는 것도 또한 보살행의 하나지요. 더구나 깊은 골짜기에 밤이 어두웠으니, 어찌 소홀히 대접할 수 있겠소."

그리고는 그를 맞이하여 읍하고 암자 안에 머물게 하였다. 밤이 되자 부득은 마음을 맑게 하고 몸가짐을 가다듬고, 반벽에 희미한 등불을 켜고 고요히 염불을 하였다. 밤이 끝나갈 무렵에 낭자가 불러 말하였다.

"내가 불행하게도 산기가 있으니, 스님께서는 짚자리를 깔아주십시오."

부득은 그 모습에 측은한 생각이 들어 거절하지 못하고 촛불을 은은하게 밝혔다. 낭자는 해산을 마치자 또 목욕시켜 주기를 간청하였다. 부득은 부끄러운 마음과 두려움이 엇갈렸으나, 애처로운 마음이 더해져 거절하지 못하고 목욕통을 준비하여 낭자를 통 속에 앉히고 더운물로 목욕을 시켰다. 그러자 얼마 후 통 속의 물에서 향기가 풍기며 물이 금색으로 변하였다. 부득이 몹시 놀라니, 낭자가 말했다.

"우리 스님께서도 물에 목욕을 하십시오."

노힐부득이 마지못해 그의 말에 따르자 문득 정신이 맑아지더니, 피부가 금빛으로 변하고 갑자기 옆에 하나의 연화대가 생겼다. 낭자가 거기에 앉기를 권하면서 말하였다.

"나는 관세음보살인데 이곳에 와서 대사를 도와 큰 깨달음을 이루도록 한 것이오."

말을 마치고 낭자는 사라졌다. 한편 박박은 생각하였다. 오늘 밤 노힐이 반드시 계를 더럽혔을 것이니 가서 실컷 비웃어 주리

라. 박박이 가서 보았더니 노힐은 연화대에 앉아서 미륵존상이 되어 광채를 발하고 있었다. 그래서 자신도 모르게 머리를 조아리고 예를 갖추어 말하였다.

"어떻게 이렇게 되셨습니까?"

그 연유를 모두 자세히 말하니, 박박이 탄식하며 말하였다.

"나는 마음이 막혀서 요행히 부처님을 만났는데도 도리어 예우하지 못하였습니다. 큰 덕이 있고 지극히 어진 스님께서 나보다 먼저 성불했으니, 옛날의 교훈을 잊지 마시고 함께 도와 주십시오."

노힐이 말하였다.

"통 안에 아직도 남은 물이 있으니 목욕을 할 수 있을 것이오."

박박도 몸을 씻자 부득처럼 무량수 부처가 되어, 두 부처가 엄연히 마주 대하게 되었다.

이 설화는 그 구조가 '광덕 엄장'의 이야기와 비슷하다. 두 사람이 약속을 하고 함께 수행하고 있으며, 그 중 한 사람이 먼저 성취하고 거기에서 교훈을 얻어 남은 한 사람도 성취한다는 점이 유사하다.

그런데 여기서 우리가 주의하여 보아야 할 하나의 사실이 있다. 이 이야기에 등장하는 인물 중에서 뉘우치며 탄식하는 사람은 먼저 성취한 노힐부득이 아니라, 뒤에 성취한 달달박박이라는 사실이다. 박박이 먼저 성취한 부득을 보면서 하는 행동과 말을 다시 한 번 보자.

노힐은 연화대에 앉아서 미륵존상이 되어 광채를 발하고 있었
다. 그래서 자신도 모르게 머리를 조아리고 예를 갖추어 말하였다.

"어떻게 이렇게 되셨습니까?"

그 연유를 모두 자세히 말하니, 박박이 탄식하며 말하였다.

"나는 마음이 막혀서 요행히 부처님을 만났는데도 도리어 예우
하지 못하였습니다. 큰 덕이 있고 지극히 어진 스님께서 나보다 먼
저 성불했으니, 옛날의 교훈을 잊지 마시고 함께 도와 주십시오."

박박은 '자신도 모르게 머리를 조아리고 예를 갖추어 탄식하며 말했
다'는 것이다. 여기서 우리는 하나의 커다란 시사를 받을 수 있다. 머
리를 조아리고 탄식하는 말은, 뒤에 깨달은 사람의 입에서만 나올 수
있다는 것이다. 큰 실수와 장애를 겪지 않은 사람은 애절한 탄사를 발
할 수 없는 것이다. 그것은 어쩌면 당연한 일이다.

뒤에 득도한 자가 크게 뉘우치고 자기의 행동을 탄식하거나, 성취의
희원을 담은 노래를 지어 부를 사람은 의당히 늦게 득도한 사람이다.
이러한 구조는 송고승전이나 『삼국유사』의 낙산이대성 관음정취조신
조에 나오는 의상과 원효 이야기에서도 똑같다. 의상은 당나라에 가서
수학하고 돌아올 때, 그간에 그를 사모하던 선묘善妙 아가씨의 간곡한
사랑을 뿌리치고 낙산의 동굴에 들어가 관음보살을 친견한다. 원효 또
한 관음보살을 친히 뵙기 위하여 성굴에 들어가 관음을 보려 한다. 그
러나 이미 요석공주와 정을 통했고, 또 가는 도중에 벼를 베는 여인과

생리대를 빨고 있는 여인을 희롱했던 그는 끝내 관음을 뵙지 못했다. 원효는 그 후에 속인으로 돌아가 귀의의 뜻을 담은 무애가無㝵歌를 지어 부르며 전도의 길을 걸은 뒤에 깨달음을 얻는다.

이에서 보듯이 노래를 지은 사람은 먼저 깨달은 의상이 아니라, 뒤에 깨달은 원효이다.

그러면 '광덕과 엄장'에서 탄식을 발하며 깨달음을 얻기 위하여 탄식 어린 기원의 노래를 지어 부를 사람은 누구이겠는가? 특히 노랫말 속에 있는 "무량수불 앞에 뉘우침의 말 많다고 아뢰어 주소서"라고 간원할 사람은 누구이겠는가? 그것은 당연히 엄장이다. 엄장 이외에 '뉘우침의 말'을 할 사람은 아무도 없다.

그러한 '뉘우침'은 배경설화에도 잘 나타나 있다. 광덕이 죽자 그 부인과 함께 장사를 치르고, 그날 밤에 동침하려 하자 광덕의 처로부터 심한 질책을 받는다. 당신이 극락왕생을 바라는 것은, 나무 위에 올라가 고기를 구하는 것과 같고, 서방을 가려고 하면서 동방을 향해 가는 것이라고 꾸짖었다. 그래서 엄장은 이 말을 듣고 부끄러워 물러나, 그길로 원효 법사의 처소로 가서 참된 요체를 간곡하게 구하였다. 뒤이어 몸을 깨끗이 하고 잘못을 뉘우쳐 스스로 꾸짖고 한 마음으로 도를 닦으니, 그도 역시 서방정토로 가게 되었다고 하였다. 이로 볼 때, 이 노래는 뉘우치는 엄장의 목소리일 수밖에 없다.

엄장이 이 노래의 작자임은 배경설화 전체의 문맥에서도 읽을 수 있다. '광덕과 엄장' 설화의 전체적 짜임을 자세히 살펴보면, 이 이야기가 엄장 위주의 이야기라는 것을 알 수 있다. 어디까지나 엄장이 주인 공이라는 것이다. 수행력이 약한 엄장을 관음이 애써 깨우치는 이야기 다. 모든 하찮은 중생도 자신의 불성을 찾아 수행하면 누구나 부처가 될 수 있다는 불교의 이치를 함축적으로 표현하고 있는 것이 광덕과 엄장의 이야기다.

또 향가의 작자 이름은 그 작품의 내용을 상징하고 있는 경우가 많은데, 엄장도 그런 요소를 포함하고 있다. 엄장嚴莊은 장엄莊嚴의 희서 戱書(익살을 섞어 흥미롭게 씀. pun)라 생각된다. 이 희서는 일본이나 우리 나라에서 다 같이 가요를 기록하는 데 사용했던 기사법의 하나다. 여기서는 장엄을 거꾸로 하여 빙 둘러 엄장이라 한 것이다. 장엄이란 불교 용어로, 아름다운 것으로 국토를 꾸미고 향, 꽃 등을 부처님께 올려 장식하거나, 나쁜 일로부터 자기의 몸을 삼가서 훌륭한 공덕을 쌓는 것을 가리키는 말이다.

여인을 범하려 했던 엄장이 크게 뉘우치고 삼가서 16관을 닦으면서 장엄세계인 극락에 왕생하기를 소원하였는데, 엄장이 소원했던 그 '장엄' 세계를 희서하여 '엄장'이란 설화적 인물명으로 만들어 놓은 것이라 생각된다. 『삼국유사』 권3 '순도조려順道肇麗'란 제목에 보이는 '엄장사'도 그렇게 에둘러 나타낸 희서적 표현의 일례라 하겠다.

마침내 잘못을 뉘우치고 탄식한 엄장은 그렇게 노래를 불렀다. 그럼 여기서 이 원왕생가의 노랫말 하나를 보기로 하자. 원왕생가에서 해독상 문제가 되고 있는 것은 제4행인데 우선 그 원문을 보자.

'惱叱古音(鄕言云報言也)多可支白遣賜立

뇌질고음(향언운보언야)다가지백견사립

　이 줄의 '惱叱古音多可支뇌질고음다가지'에 대해서는 여러 가지 설이 있다. 특히 이 중 '惱叱古音뇌질고음'에 대해서는 기록 당시부터 뜻을 알기 어려웠기 때문에 한문으로 '鄕言云報言也향언운보언야'라 주를 달고 있다. 즉 '惱叱古音뇌질고음'은 '우리말로 報言보언(알리는 말)의 뜻'이라는 것이다. 이에 이끌려 대부분의 해독자들은 '惱叱古音뇌질고음'을 '이르다, 보고하다'로 풀이하였다.

　그렇게 풀이하면 이 행은 '일러서 사뢰소서'라는 뜻이 되어, 문맥상의 껄끄러움을 피하기 어렵다. 다시 말하면, '말해서 말하소서'의 의미가 되어 이상한 동어반복tautology이 되고 만다. 이것은 의미상의 충돌을 일으킬 뿐만 아니라, 시의 특징인 압축성의 원리에도 어긋난다.

　이 말을 해석함에는 먼저 핵이 되는 '뇌惱'와 '보報'에 대해 세심히 들여다 볼 필요가 있다.

　'뇌惱'는 '괴로워하다', '원망하다' '오뇌懊惱하다(뉘우치다)' 등의 뜻이 있다. 원왕생가의 '뇌惱' 자도 이러한 뜻 즉 자신의 잘못에 괴로워하고, 자신에 대해 원망하고, 뉘우친다는 뜻으로 해석해야 한다. 이 노래의 '惱叱뇌질'은 뉘우치다의 옛말 '뉘웃다/뉘웆다'의 어간 '뉘웃/뉘웆'을 표기한 것이다. 여기서 '叱'은 물론 ㅅ(ㅊ)을 표시한 글자다. 그럼 이에 대한 몇 개의 예문을 보자.

늘구메 다드라 그듸 맛나미 느주믈 뉘웃디 아니ᄒᄂ노니

(늙음에 다다라 그대 만남이 늦음을 뉘우치지 아니하나니)　〈두시언해〉

부텻 일홈 듣ᄌᆞᆸ고 즉재 뉘으쳐 이블 다므니

(부처 이름 듣고 즉시 뉘우쳐 입을 다무니)　〈월인석보〉

뉘으초ᄃᆡ 고틸 주를 아디 몯호미 하등엣 사ᄅᆞ미니

(뉘우치되 고칠 줄을 알지 못함이 하등 의 사람이니)　〈번역소학〉

　그리고 '惱叱古音뇌질고음'의 '音음'자는 명사형 어미 '-ㅁ'을 표기한 것이다. 그러므로 '惱叱古音뇌질고음'은 '뉘읏곰' 즉 '뉘우침'이란 뜻이다.

　다음으로 '多可支다가지'를 보자.

　'多'는 많다는 뜻인 '하(다)'를 표기한 것이고, '可支가지'는 '가可'의 'ㄱ'과 지支'의 'ㅣ'를 합하여 어미 '-기'를 표기한 것이다. '多可支다가지'는 '하기' 즉 '많게'를 뜻한다. 어미 '-기'는 경상도 방언에서 아직까지도 표준어 '-게'의 뜻으로 쓰이고 있다. 곧 '많게'를 '많기'로, '하게'를 '하기'로 쓰고 있다.

　그러면 '報言보언'의 '報보'는 무엇을 가리키는 것일까?

　'報보' 자는 원래 죄를 짓고 벌을 받은 사람을 뜻하는 글자다. 즉 공초供招하다란 뜻이다. 공사供辭라고도 한다. 공초나 공사는 죄인이 범죄 사실을 진술하는 일을 말한다. 그러니 '報보'는 '죄인이 범죄 사실을 진술하다'는 것이 주된 뜻이다. 곧 '자기의 잘못을 말하다'란 뜻이다. 그러므로 여기서의 '報言보언'도 단순히 알리는 말이라는 의미가 아니라, '자신의 잘못이 담긴 말' 즉 '뉘우치는 말, 후회하는 말'이란 뜻이다.

이상에서 살핀 바를 요약하면, '惱叱古音 多可支뇌질고음 다가지'는 '뉘우침 많게'란 뜻이다. 즉 '報言보언'의 뜻이다. 그래서 이 노래의 4행은 '뉘우침 많게 사뢰소서'란 의미다. 즉, '달님이여, 제가 많이 뉘우치고 있다고 무량수불에게 아뢰어 주소서'의 뜻이다.

이는 곧 뉘우치고 있는 엄장의 말이다. 이것은 바로 이 노래의 작자가 엄장이라는 것을 확신케 하는 증좌이기도 하다.

다음으로 이 노래에 나오는 48대원에 대해 알아보자.

48대원이란 아미타부처가 전생에서 부처가 되기 전 법장비구로 있으면서 수행할 당시 그가 세운 다짐의 소원이다. 중생이 성불할 이상적인 국토의 구체적인 조건 48가지를 세워, 그것이 실현될 때 자신이 부처가 되겠다고 세운 원이다. 그 서원들은 한결같이 남을 위하는 자비에 가득 찬 이타행으로 되어 있다. 그것이 보살행의 구체적 표현이 되었기 때문에 신라의 승려들은 이를 크게 중요시하였다.

법장비구는 48 가지 큰 소원이 이루어지지 않으면 결코 부처가 되지 않겠다고 맹세했는데, 그 내용은 『불설무량수경佛說無量壽經』에 적혀 있다. 그 몇 가지를 보면 이러하다.

- 내 불국토에는 지옥·아귀·축생 등 삼악도의 불행이 없을 것
- 이생에서 반드시 성불할 것

- 지극한 마음으로 불국토에 태어나려는 이는 내 이름을 외우면 왕생(극락세계에 태어남) 하게 될 것
- 내 불국토에 태어나려는 중생들은 그들이 임종할 때에 내가 그들을 맞이하게 될 것
- 내 불국토에 태어나려는 중생들은 반드시 왕생하게 될 것
- 내 불국토에 태어나는 중생들은 즐거움만을 받고 다시는 번뇌 와 집착이 일어나지 않을 것

여기서 원왕생가의 마지막 장을 한 번 더 보자. 시적 화자(작자)는 "아아, 이 몸을 버리고서야 어찌 48대원을 이루신다 하겠습니까?"라고 읊고 있는데, 이는 누구의 목소리여야 할까? 그것은 두말할 것도 없이 왕생하지 못해 크게 탄식하는 사람의 목소리일 수밖에 없다. 곧 엄장 이 그 목소리의 주인이다. 그래서 엄장은 탄원한다. 48대원 중에 "내 불국토에 태어나려는 중생들은 반드시 왕생하게 될 것이라고 다짐했 는데, 정녕 나를 버리신다면 어찌 그 48대원이 이루어졌다고 할 수가 있단 말입니까?"라고.

이에서 보듯 수행이 뛰어난 광덕은 극락으로 갔다. 그러나 같이 수 행의 길에 들어선 엄장은 여러 모로 수행력이 부족하여 극락에 왕생하 지 못하였다. 그래서 그는 서방(극락)으로 떠가는 달을 바라보면서, 마 음을 모아 극락세계를 주관하는 무량수 부처님께 지극 정성으로 왕생 하기를 바란다는 자신의 주원을 전해달라는 것이다.

달님이여 이제

서방까지 가시나이까

무량수불 앞에

뉘우침 말 많다고 아뢰어 주소서

다짐 깊으신 부처님께 우러러

두 손 모아 꼿꼿이 앉아

원왕생願往生 원왕생

그리워하는 사람 있다고 아뢰소서

아!

이몸을 버려두고

사십팔대원 이루실까?

    달님이여, 서방 극락정토를 다스리는 무량수부처님께 뉘우침 말씀 많다고 전해 주오.

    마흔여덟 가지 다짐을 깊이 하신 부처님께 우러러 두 손 모으고 곧추앉아 비옵나니, 극락에 왕생하기를 바랍니다. 극락세계에 왕생하기를 바랍니다.

    아아, 이 몸을 버려두고서야 어찌 48대원을 이루신다 하겠습니까? 란 뜻이다.

    노래가 안고 있는 이러한 주원성에 의하여 엄장은 마침내 극락왕생을 하게 된 것이다.

나. 누이의 왕생을 위한 주원 제망매가(祭亡妹歌)

제망매가는『삼국유사』권2 '월명사 도솔가'란 제목 아래 도솔가와 함께 다음과 같이 실려 있다.

월명은 또 일찍이 죽은 누이동생을 위해서 재를 올렸는데 향가를 지어 제사 지냈다. 갑자기 회오리바람이 일어나더니 종이돈을 불어서 서쪽으로 날려 없어지게 했다. 향가는 이러하다.

죽고 사는 길이

여기 있으매 질러가고

나는 간다는 말도

못 이르고 가는구나

어느 가을 이른 바람에

여기 저기 떨어지는 잎같이

한 가지에 나고서도

가는 곳을 모르는구나

아!

극락에서 너를 만나볼 나는

도 닦으며 기다리련다

월명은 항상 사천왕사에 있으면서 피리를 잘 불었다. 어느 날 달밤에 피리를 불면서 문 앞 큰길을 지나가니 달이 그를 위해서 움직이지 않고 서 있었다. 이 때문에 그곳을 월명리라고 했다. 월명사도 이 일 때문에 이름을 나타냈다.

월명사는 능준 대사의 제자이다. 신라 사람들도 향가를 숭상한 지가 오래되었는데, 이것은 대개 『시경』의 송頌과 같은 것이다. 그래서 이따금 천지와 귀신을 감동시킨 것이 한 두 가지가 아니다.

다음과 같이 기린다.

바람이 종이돈을 날려 저승 가는 누이의 노자를 삼게 하였고
피리 소리는 밝은 달을 움직여 항아(달 속에 산다는 미인)를 머무르게 하고
도솔천이 하늘처럼 멀다고 말하지 말라
만덕화萬德花 한 곡조로 즐겨 맞으리

제망매가는 신이한 주원력을 지니고 있는 노래로, 사천왕사에 거주했던 월명사가 지은 작품이다. 요절한 누이에 대한 애절함이 전편을 가득 채우고 있다. 한 어버이에게서 태어난 오누이의 정을 한 가지에 태어난 잎과 같다고 한 비유는 말 그대로 절창이다. 또 그러한 슬픔을 한낱 슬픔으로 메우지 않고, 극락세계에서 만날 수 있도록 도를 닦으며 기다리겠다는 종교적 승화를 보여 주고 있다.

이 노래는 10구체 향가의 전형적 형식인 3장 구조를 가지고 있음은 여타 향가와 다를 바 없으나, 서정적 자아의 목소리가 장을 획으로 하여 바뀌고 있는 점이 특이하다. 즉 1장(1~4행)은 '듣는 이 중심'의 화법으로 되어 있고, 3장(9~10행)은 '말하는 이 중심'의 화법으로 되어 있으며, 2장(5~8행)은 죽음의 정황에 대한 '화제 중심'의 화법으로 구성되어 있다.

그럼 먼저 1장을 보자.

죽고 사는 길이
여기 있으매 질러가고
나는 간다는 말도
못 이르고 가는구나

이 연은 듣는 이 중심의 화법으로, 내면적 주체는 죽은 누이이다. 생사로가 존재하는 여기에 살고 있기 때문에 죽음은 피할 수 없는 필연적인 것이다. 그러나 '누이 너는 남보다 왜 이렇게도 일찍이 간다는 말 한 마디도 없이 가버렸는가' 라고, 시적 화자는 듣는 이에게 슬픔의 목소리를 토해 내고 있다. 여기서 '가버린' 주체는 물론 망매이다. 이에 대응되는 것이 마지막 3장이다.

아, 극락에서 너를 만나볼 나는

도 닦으며 기다리련다

이것은 화자 자신에 대한 발화이며 그 행동 주체는 시적 화자 자신
이다. "극락에 가 있는 누이를 만나볼 수 있도록 나는 도 닦아 기다리
겠노라."고 한 것은 자신을 향한 다짐이며 부르짖음이다. 물론 여기서
의 기다리는 주체는 화자 자신이다.

이와 같이 1장과 3장의 대립적 발화를 완충시키는 것이 제2장이다.

어느 가을 이른 바람에
여기 저기 떨어지는 잎같이
한 가지에 나고서도
가는 곳을 모르는구나

둘째 장은 화제 중심의 발화이며, 내적인 행동 주체는 누이와 월명
사 양자이다. 어느 가을 이른 바람에 여기저기 떨어져 흩어지는 나뭇
잎처럼, 한 동기로 태어났지만 서로 가는 곳을 모른다고 읊고 있는데,
이는 내적 독백이다. 여기서의 행동 주체는 '간' 것은 누이이며, 가는
곳을 '모르는' 것은 월명사다.

이에서 보듯, 이 작품은 서정적 자아의 목소리를 기준하여 보았을
때, 1장의 듣는 이 중심에서 2장의 화제 중심으로, 그리고 3장의 말하
는 이 중심의 이동이라는 질서정연한 구도로 이루어져 있다.

그러므로 이 시가의 장 구성에 대하여, 어떤 이는 앞 8행과 후 2행 즉 결사 부분이 단절된 시상을 보이고 있다고 하고, 또 어떤 이는 전절과 후절이 불연속적 현상을 보이고 있는 것이라고도 하였으나, 이런 의견들은 다 이 노래가 지니고 있는 그러한 질서를 간과한 데서 나온 견해다.

그리고 이 노래가 지니는 시어상의 커다란 특징의 하나는 '간다'라는 동사적 상황이 주가 되어 있다는 사실이다. '나는 간다는 말도 이르지 못하고 가는구나'나 '한 가지에 나고서도 가는 곳을 모르는구나'와 같이 '가는'이 시상을 사로잡고 있다. 뿐만 아니라, 1행에 나타나는 '생사로'의 '길'도 간다는 상황을 함축하고 있는 시어이며, 6행의 '여기저기 떨어지는' 것도 역시 죽어가는 상황을 내포하고 있으며, 9행의 '극락에서 만나는' 것도 '가는' 것을 전제로 한다. 이러한 '가는' 상황은 배경설화에 보이는 바와 같이, 문득 광풍이 일어 지전이 서쪽으로 '날아갔다'는 상황에서 최종적으로 통합·귀결된다.

이러한 '가는' 상황에 대립되는 것이 10행의 '기다리는' 상황이다. '가는' 것은 누이가 주체요, '기다리는' 것은 '나'가 주체다. 가는 누이와 기다리는 나와의 장력tension, 그리고 듣는 이 중심과 말하는 이 중심의 장력, 이 두 가지 장력이 이 노래의 서정성을 떠받치면서 그 부르짖음이 시가 되도록 하고 있다.

그러면 이 시가의 시상적 구조에 비추어 볼 때, 이 노래에서 가장 난

해한 어구로 지목되는 2행 원문의 '次肹伊遣차흘이견'의 말뜻은 어떤 것이어야 할 것인가를 잠깐 살펴보기로 한다.

生死路隱생사로은

此矣 有阿米 次肹伊遣 차의 유아미 차흘이견

이 '次肹伊遣차흘이견'의 앞 부분은 누가 보더라도 '생사로는 이에 있으매'로 쉽게 읽힌다. 그런데 이 '次肹伊遣차흘이견'이 난해의 어구다.

이 시가의 문학적 작업이나 이해를 위해서 꼭히 해결되어야 할 과제이다. 종래 이 구절의 해독을 보면 사람마다 각양각색이어서 혼란스럽기 그지없다. 학자에 따라 이 말을 '두려워하고, 원한스럽고, 낳고, 죽고, 어찌릿고, 머무적거리고, 머물리거니와, 머뭇거리고' 등으로 풀었다.

그러면 먼저 이 해독 중 양주동이 주장한 '두려워하고'를 대입해 보자. '생사로는 여기에 있어서 두려워하고 나는 간다는 말도 이르지 못하고 가버렸는가'가 된다. 앞에서 살펴본 대로 제1장은 듣는 이 중심의 목소리로서 그 내면적 행동 주체는 누이이며 '가는' 상황이 지배하고 있다. 그러므로 '두려워하는' 상황도 행동 주체인 누이여야 한다. 그렇다면 결국 누이는 나고 죽고 하는 인간의 고통이 두려워서 간다는 말도 못했다는 말이 된다. 이렇게 되면 의미의 맥락이 서지 않을 뿐만 아니라, 시의 긴밀한 구조도 시어의 압축성도 모두 깨어지고 만다.

또 다른 해독인 '죽고, 나고, 머뭇거리고' 등의 어휘를 넣어 봐도 마찬가지다. 만약 이 '次肹伊遣차흘이견'의 말뜻이 그런 것이라면, 듣는 이인 '가는' 누이에게 던지는 시적자아가 부르짖는 애절한 물음과는 전혀 어울리지 않으며, 오히려 인간고에 몸부림치는 오라비의 절규를 망각시키는 일상적 발언으로 떨어지고 만다. 그렇다면 '次肹伊遣차흘이견'이 '구조'라는 문학의 유기체에 참여하는 올바른 재료가 되려면 과연 어떤 의미를 가져야 할까?

이것은 '즈흘이고'로 읽어야 한다. '즈흘이다'는 즈흘이다>즈을이다>즐이다>즈리다>지리다'로 변해온 말로 그 뜻은 '이르다[早조]', '지르다[捷첩, 徑경(질러가다)]'이다. 경상도 방언에는 '지리다'란 말이 지금도 쓰이고 있다. 조선 초의 여러 불경 언해에서 '즐어'가 '요[夭(일찍)]'나 '경[徑(질러서)]'의 번역으로 쓰인 것을 보아도 알 수 있다.

몯아ᄃᆞ리 즐어 업스니(맏아들이 일찍 죽으니)

: 長嗣夭亡장사요망 　　　　　　　　　　　　　　　　〈월인석보〉

바비 업서 즐어 주구믈 닐위요라(밥이 없어 일찍 죽음을 이루었다)

: 無食致夭折무식치요절 　　　　　　　　　　　　　　〈두시언해〉

즐어 불지를 트며(일찍 질러서 불지에 오르며)

: 徑登佛地경등불지 　　　　　　　　　　　　　　　　〈목우자수심결〉

위의 예에서 보는 바와 같이 '즐어'가 현대어 '질러/일찍'의 뜻임을 알겠다. 중세어의 '즈름길, 즐음씰'이나 현대어의 '지름길, 지레짐작'

등도 다 '질러서 일찍 가다'의 뜻을 지닌 '즈르다'에 그 어원을 두고 있음은 말할 필요도 없다.

그런데 여기서 한 가지 유의할 것은 이 '즈르다'가 '즈르죽다, 즈려죽다, 즐어디다, 즐어죽다'와 같이, 각종 불경언해에서 '죽다'라는 어휘와 합성어를 많이 이루고 있다는 점이다. 이로 보아 '즈흘이고(즈리고)'는 누이의 '가는(죽는)' 상황과 더할 수 없이 호응될 수 있는 시어라 하겠다. 따라서 이 노래 1, 2행은 '생사길이 여기에 있어서 (남보다) 일찍이 질러서 간다는 말도 이르지 않고 가버렸는가'의 뜻이 되겠다. 이렇게 읽어야 배경설화에 나오는 "일찍 죽은 누이를 위해 재를 지냈다."는 것과 일치한다. 그뿐만 아니라, 제5행의 '이른 바람에 떨어진 잎'과도 의미의 맥락이 긴밀하게 이어진다.

이 노래의 작자 월명사는 승려다. 그러면 이 노래를 떠받치고 있는 불교 사상적 측면을 더듬어 보기로 하자. 한 마디로 말하여 이 노래는 불교의 사성제四聖諦를 밑동으로 하여 지은 것이다.

사성제는 석가가 도를 깨친 후 처음으로 베나레스 교외에 있는 녹야원에서, 교진여 등 다섯 비구에게 베푼 설법으로서 초기 경전인『아함경』에 잘 나타나 있다. 이 사성제는 인생의 모든 문제와 그 해결 방법에 대한 네 가지의 근본 진리를 의미하는 불교의 중심교리다. 곧 네 가지 가장 훌륭한 진리라는 뜻으로 줄여서 사제四諦라고도 한다. 제諦는 진리, 진실이란 뜻이며, 그러한 진리가 신성한 것이라 하여 사성제 또는 사진제四眞諦라 한다. 불교의 실천적 원리를 나타내는 석가가 말한 큰 강령으로 고제苦諦 · 집제集諦 · 멸제滅諦 · 도제道諦의 네 가지 진리가 그것이다.

이것은 깨달음의 세계와 무명의 세계와의 인과를 설명하여 중생으로 하여금 참다운 인생관과 세계관을 심어 주기 위한 가르침으로서, 인간 현실의 모습은 고통이라는 고제, 그 고통의 원인을 집제, 고통을 없애고 깨달음의 경지에 이른 멸제, 깨달음에 이르는 수단과 방법인 도제가 그것이다. 이는 석가 자신을 의사에 비유하고 사성제를 의사의 치료에 비유한 것이다. 즉 고제는 환자의 병에, 집제는 그 병의 원인에, 멸제는 병의 완치에, 도제는 병을 치료하는 처방에 각각 비유한 것이다. 그러니 사성제는 결과 - 원인 - 결과 - 원인의 순서로 짜여 있다.

그럼 이 사제에 대하여 좀 더 자세히 알아보기로 하자.

고제는 현실세계의 참 모습을 설명하는 것으로 범부 중생의 현실세계는 모두가 고통 즉 괴로움이라는 것이다. 인간은 태어나서 늙고 병들어 죽는, 생로병사의 사고四苦를 기본적으로 갖고 있고, 여기에다가 다시 사랑하는 사람과 이별해야 하는 괴로움인 애별리고愛別離苦, 미워하는 사람과 만나게 되는 괴로움인 원증회고怨憎會苦, 원하고 구하는 것을 이루지도 못하고 얻지도 못하는 괴로움인 구부득고求不得苦, 그리고 이러한 괴로움의 근본이 되는 색色 · 수受 · 상想 · 행行 · 식識의 오온五蘊에 집착하는 괴로움인 오음성고五陰盛苦 등 여덟 가지 고통[八苦팔괴] 속에서 윤회하는 존재다.

오온五蘊이란 인간의 육신과 정신을 표현하는 다섯 가지 요소 즉 색·수·상·행·식을 말한다. 색은 물질적인 요소 즉 인간의 육체요, 수상행식은 인간의 마음이다. 그 마음의 작용을 나누고 세분하여 살핀 것이 수상행식이다.

수受는 괴롭다, 즐겁다, 괴롭다 등으로 느끼는 마음의 작용을 말한다. 상想은 외계의 사물을 마음속에 받아들이고 그것을 과거의 경험과 관련지어 연상하거나 상상하여 보는 마음의 작용을 가리킨다. 곧 표상表象 작용이다. 행行은 인연 따라 생겨나서 시간적으로 변천하는 마음의 작용, 곧 반응이나 의지를 말한다. 그리고 식識은 의식하고 분별하는 마음의 작용 곧 무엇임을 아는 것을 말한다.

그런데 마음이 실제로 이와 같이 수상행식 네 가지로 나뉘어 있는 것은 아니다. 다만 마음이 어떤 과정을 거쳐 번뇌가 생기며, 그것을 소멸시키려면 어떻게 할 것인가를 알기 위해 세분하여 살핀 결과에서 나온 것이다.

이들 오온의 관계에서 빚어지는 과정은 실제로는 색→식→상→수→행의 순서로 이루어진다. 몸[色색]으로 외부의 대상인 홍길동을 접촉했을 때 그것이 길동이라는 것을 알며[識식], 알고 나서는 길동이에 대한 기억이나 기존 관념이 자동적으로 연상되고[想상], 이런 기억과 관념으로 인해 역시 자동적으로 그에 대한 좋고 싫은 느낌[受수]이 생기고, 길동이에 대한 느낌이 좋으면 붙잡고, 싫은 느낌이면 저항하려는 반응이나 의지[行행]가 생겨난다. 물론 이런 과정은 극도로 빨리 이루어진다. 마음이 그만큼 빠르게 작동되어 실제로는 거의 감지하기가 어렵다.

그런데 이 오온은 고정된 실체가 없다고 불교는 가르친다. 중생은 자아라고 할 만한 불변의 실체가 없고, 다만 오온이 인연에 의하여 잠시 모인 것에 불과하다는 것이 불교의 가르침이다. 깨치지 못한 중생은 실체가 없는 이것에 애욕이 생겨 집착하여 그에 따른 번뇌와 생사에 시달린다. 오온이 텅 비어 실체가 없는 것임을 모르고 영원히 존재하는 것으로 착각하여 온갖 욕심을 내고 죄업을 지어, 천만가지 괴로움 속에 헤매게 된다는 것이다. 우주 만물의 현상세계가 다 오온이 인연에 의하여 일시적으로 모여 이루어진 것이기 때문에, 영원히 존재하는 실체는 어디에도 없다는 것이다. 그것을 가리키는 말이 공空이다.

집제는 현실세계의 모든 괴로움의 원인을 설명하는 것으로, 무명, 번뇌의 애욕에 대한 집착 때문에 한없이 윤회 전생하게 된다는 것이다. 여기에서 괴로움의 원인을 바깥에 있다고 보지 않고, 내 마음 안에 있다고 보는 것이 불교의 특색이다.

멸제는 온갖 괴로움을 멸하고 무명, 번뇌를 없애는 것으로 이가 곧 열반이요 해탈이다. 열반과 해탈의 세계가 곧 불교가 추구하는 이상세계다. 온갖 애욕을 놓아버리고 집착에서 벗어난 경지다.

도제는 괴로움과 무명·번뇌를 멸하고, 열반·해탈을 얻어 자유자재하기 위한 방법을 말한다. 흔히 말하는 도 닦는 과정을 가리킨다. 이러한 도 닦는 방법을 팔정도八正道 또는 팔성도八聖道라 하는데, 곧 정

견正見·정사유正思惟, 정어正語, 정업正業, 정명正命, 정정진正精進, 정념
正念, 정정正定의 실천 수행이 그것이다.

정견은 올바른 견해로서 있는 그대로 보는 것이다. 정사유는 올바른
생각, 정어는 올바른 말, 정업은 올바른 행동, 정명은 올바른 생활, 정
정진은 올바른 수행 정진, 정념은 마음을 바르게 통일하는 것, 정정은
올바른 선정禪定이다.

그러면 제망매가의 내용을 사성제에 비추어 보자.
제1장은 모든 것이 고통이라는 고제에서 출발한다.

죽고 사는 길이
여기 있으매 질러가고
나는 간다는 말도
못 이르고 가는구나

태어나는 것도 죽는 것도 다 고통이다. 태어남이 있기 때문에 죽음
이 있다. 1장은 종국적으로 누이의 죽음 즉 '가는' 데 대한 애달픈 물음
이다. '가는' 것은 무엇에 연유함인가? 생사로가 여기 있기 때문이다.
그러기에 여기서는 생고生苦와 사고死苦를 압축 표현하였다. 『사성제
경』에서는, 모든 인간은 '나는' 것을 좇아서 나기를 더하게 되어, 그에
따라 애욕이 이루어지므로 오음이 생겨서 생명의 뿌리를 얻게 되나니

이를 태어남이라 하였다. 모든 괴로움은 이 태어남으로 인연되어지니 이가 곧 생고生苦요, 일체의 생명 있는 것은 죽음의 괴로움이 있으니 이것이 사고死苦이다. 이 괴로움은 미혹한 중생들의 제일 큰 괴로움이다. 인간이면 누구나 받아야 할 원천적 괴로움이기에, 월명사의 누이 또한 예외일 수는 없다. 그래서 월명사는 여기서 누이가 지름길로 일찍 가버린 것은 이 생사고 때문이라 탄식하고 있다.

2장은 집제를 깔고 읊어진다.

어느 가을 이른 바람에
여기 저기 떨어지는 잎같이
한 가지에 나고서도
가는 곳을 모르는구나

둘째 장에서는 누이가 간 시간과 공간을 비유적으로 대비시키면서 시상을 고조시키고 있는데, 월명사가 있는 '여기'와 누이가 가 있는 '저기'와의 거리에 대한 탄식은 '한 가지에 태어났다'는 동기간의 애타는 집착에 원천을 두고 있다. 이것이 곧 집제다.

집集이라는 것은 집착을 불러일으킨다는 뜻이니, 번뇌의 다른 이름이다. 집의 근원은 모든 번뇌의 근본인 애타는 집착에서 나온다. 그 갈애의 근본은 무명이다. 무명에서부터 미혹한 세계와 미혹한 인간이 있게 되므로, 고제는 번뇌의 결과인 미혹의 세계이고 집제는 미혹의 원인이 되는 것이다. 1장에서 말하는 애별리고의 결과는 2장의 갈애에 기인됨을 차례대로 읊조리고 있는데, 이러한 구조는 3장 첫머리의 극락으로 함축되는 멸제로 자연스레 연결되어지고 있다.

제3장 첫행은 멸제에 바탕하고 있다.

아, 극락에서 너를 만나볼 나는

도 닦으며 기다리련다

멸이란 적멸寂滅이니 고제와 집제를 다 없앤 경지인데, 불교의 이상경인 열반을 말하는 것이다. 모든 욕망이 사라지고 번뇌의 속박으로부터 해탈하여 일체의 집착이 없어진 무애자재無礙自在의 경지다. 지금 누이는 그러한 세계인 극락에 가 있다는 것이다. 월명사는 여기에서, 일찍 바람에 떨어져 간 누이는 고제와 집제를 벗어나, 열반의 경지에 가 있다고 읊고 있다.

마지막 행은 도제다. 작자는 누이가 가 있는 극락에서 함께 만나기 위하여 자신도 도를 닦겠다는 것이다. 즉 팔정도를 행하겠다는 것이다. 누이의 죽음에 대한 슬픔을 슬픔으로 맞는 것이 아니라, 슬픔을 자신의 도 닦음으로 전환시키고 있다. 이것은 마치 만해가 '님의 침묵'에서 "이별을 쓸데없는 눈물의 원천을 만들고 마는 것은 스스로 사랑을 깨치는 것인 줄 아는 까닭에 걷잡을 수 없는 슬픔의 힘을 옮겨서 새 희망의 정수박이에 들어 부었습니다."라고 한 경지와 유사하다. 이 마지막 행은 누이의 죽음에 대한 슬픔을 자신의 수련 결의로 오버랩시킨 묘구라 하겠다.

어떻든 '도 닦아 기다리겠다'는 도제 그 자체다. 미혹과 업과 괴로움이 없어지는 열반에 이르기 위하여 바르게 보고[正見정견], 바르게 생각하는[正思정사], 등 팔정도를 바르게 닦겠다는 마음의 다짐이다. 모든 것은 변한다는 제행무상諸行無常의 이치와 모든 것은 고정된 실체가 없다는 제법무아諸法無我의 이치를 깨달아, 집착에서 벗어나 열반적정涅槃寂靜에 이르겠다는 것이다.

시간적으로 모든 현상은 변한다. 그러기에 생긴 것은 다 멸한다. 공간적으로 모든 존재는 실체가 없다. 다만 인연에 의하여 모였다 흩어졌다 할 뿐이다. 그러기에 '누이'나 '나'라는 현상에 연연하여 집착하고 내세울 아무것도 없으니, 집착 곧 갈애에서 빚어지는 슬픔과 같은 일체 번뇌에서 일어나는 망상의 불을 끄겠다는 것이다.

그런데 여기서 유의해야 할 하나의 사항이 있으니, 그것은 이 배경 설화의 마지막에 쓰인 "갑자기 회오리바람이 일어나더니 종이돈을 불어서 서쪽으로 날려 없어지게 했다."는 구절의 숨은 의미다. 종이돈은 누이가 극락 갈 때 쓸 노잣돈이다. '서쪽'은 극락의 딴 이름인 '서방정토'를 가리킨다. 월명이 제사에서 이 노래를 부르니 그 주원력으로 누이가 서방정토 곧 극락세계로 가게 되었다는 뜻이다. 이것이 바로 제망매가가 지니는 주원성이다.

(2) 일괴(日怪) 소멸을 위한 주원 도솔가(兜率歌)

도솔가는 『삼국유사』 권5에 '월명사月明師의 도솔가'란 제목으로 제 망매가와 함께 실려 있는데, 먼저 도솔가 관련 부분을 보기로 한다.

경덕왕 19년 경자 4월 초하룻날 해가 둘이 나란히 나타나서 열 흘 동안이나 없어지지 않았다. 일관이 아뢰기를,

"인연 있는 중을 청하여 산화공덕散花功德을 지으면 재앙을 물 리칠 수 있을 것입니다."

하였다. 이에 조원전에 단을 정결히 모으고, 임금이 청양루에 올라 인연 있는 중이 오기를 기다렸다. 이때 월명사가 밭두둑의 남쪽 길을 가고 있었다. 왕이 사람을 보내 그를 불러, 단을 열고 기 도하는 글을 짓게 하니 월명사가 말하기를,

"저는 다만 국선의 무리에 속해 있기 때문에 겨우 향가만 알 뿐 이고 범성梵聲은 익히지 못했습니다."

하였다.

이에 왕은,

"이미 인연이 있는 중으로 뽑혔으니 향가라도 좋소."

하였다. 이에 월명이 도솔가를 지어 바쳤는데 그 가사는 이러 하다.

오늘 여기에 산화가 부르며
날려 보내는 꽃아 너는
곧은 마음의 명령을 받들어
미륵부처님 모셔라

그 시를 해석하면 다음과 같다.

용루龍樓에서 오늘 산화가를 불러
푸른 구름에 한 송이 꽃을 날려 보낸다
은근하고 곧은 마음이 시키는 것이니
도솔천의 대선가大仙家를 멀리서 맞이하리

지금 민간에서는 이것을 산화가라고 하지만 잘못이다. 마땅히 도솔가라고 해야 한다. 산화가는 따로 있다. 이리 하여 이내 해의 변괴가 사라졌다. 왕이 이것을 가상히 여겨 좋은 차 한 봉지와 수정염주 108개를 하사했다.

이때 갑자기 동자 하나가 나타났는데 모양이 곱고 깨끗했다. 공손히 차와 염주를 받들고 대궐 서쪽 작은 문으로 나갔다. 월명은 이것을 내궁의 심부름꾼으로 알고, 왕은 스님이 데리고 온 아이로 알았다. 그러나 자세히 알고 보니 모두 틀린 추측이었다. 왕은 몹시 이상히 여겨 사람을 시켜 좇게 하니 동자는 내원 탑 속으로 숨고 차와 염주는 남쪽의 미륵상 벽화 앞에 있었다. 월명의 지극한 덕과 정성이 미륵보살을 밝게 감동시킴이 이와 같은 것을 알고 조정이나 민간에서 모르는 이가 없었다. 왕은 더욱 공경하여 다시 비단 일백 필을 주어 큰 성의를 표시했다.

도솔가는 향가 중의 대표적 주원가로 알려져 있으며, 그 배경 사상은 미륵신앙이 줄기를 이루고 있는 것으로 평가되어 왔다. 이것은 그 창작 배경을 설명해 주는 설화의 문면에 '두 해가 나란히 나타난[二日並現이일병현]' 괴변을 다스리기 위하여, 월명사가 산화가를 부르면서 미륵보살에게 주원하는 노래를 불렀다는 사실에 근거하고 있다.

그럼 여기에 등장하는 산화공덕과 미륵보살에 대해 알아보자.

산화 의식은 꽃을 뿌려 부처에게 공양하는 일인데, 이때 부르는 노래가 산화가다. 꽃이 있으면 부처가 와서 앉는다고 한다. 또 귀신은 향내 맡는 것과 꽃 보기를 싫어한다. 때문에 꽃을 뿌리는 것은 악귀를 쫓고 부처를 맞는다는 의미를 갖는다. 산화 의식을 통하여 재앙을 쫓고 소원을 성취하기를 주원하는 것을 산화공덕이라 한다. 공덕은 공을 베풀어 덕이 자기에게 돌아오는 것을 뜻한다.

그리고 미륵은 친구를 뜻하는 미트라mitra에서 파생한 마이트리야Maitreya를 음역한 것으로, 자씨慈氏로 의역된다. 따라서 미륵보살은 흔히 자씨보살이라 불린다.

불교사상의 발전과 함께 미래불이 나타나 석가모니 부처님이 구제

할 수 없었던 중생들을 남김없이 구제한다는 사상이 싹트게 됨에 따라 미륵보살이 등장하게 되었다. 이 미륵보살은 인도 바라나시국의 바라문 집안에서 태어나 석가모니불의 교화를 받으면서 수도하였고, 미래에 성불하리라는 수기授記(부처가 되리라고 미리 예언함)를 받은 뒤 도솔천兜率天에 올라가 현재 하늘에 사는 사람들을 위해서 설법하고 있다고 한다. 그러나 아직 부처가 되기 이전 단계에 있기 때문에 보살이라고 부른다.

부처는 지혜의 완성자이고, 보살은 지혜의 완성을 향해 가고 있거나 중생 구제를 위해 부처의 자리를 잠시 유보해 놓고 있는 이들이다. 미륵보살도 때가 오면 미륵부처의 몸으로 나타나게 된다.

그는 석가모니불이 입멸入滅한 뒤 56억7000만 년이 되는 때, 즉 인간의 수명이 8만 세가 될 때 이 사바세계에 태어나서 화림원華林園 안의 용화수 아래서 성불하여 3회의 설법으로 272억 인을 교화한다고 한다. 그때의 이 세계는 이상적인 국토로 변하여 땅은 유리와 같이 평평하고 깨끗하며 꽃과 향이 뒤덮여 있다고 한다.

이러한 미륵보살이 도솔천에 머물다가 다시 태어날 때까지의 기간 동안, 먼 미래를 생각하며 명상에 잠겨 있는 자세가 곧 미륵반가사유상이다. 우리나라에서는 특히 삼국시대에 이 미륵반가사유상 불상이 많이 조성되었다.

또한 미륵보살을 신앙하는 사람이 오랜 세월을 기다릴 수 없을 때는, 현재 보살이 있는 도솔천에 태어나고자(이를 상생上生이라 함), 또는 보살이 보다 빨리 지상에 강림하기를(이를 하생下生이라 함) 염원하며 수행하는 미륵신앙이 우리나라에서 널리 유행하였다.

이 미륵불의 세계인 용화세계에 태어나기 위해서는 현실세계에서의 갖가지 노력이 요청된다. 미륵보살을 경애하는 마음으로 이미 지은 죄를 참회하는 것과, 미륵보살의 덕을 우러러 받들고 믿는 것, 그리고 탑을 닦고 마당을 쓸며 향과 꽃을 공양하는 등의 일이다. 도솔가에 보이는 산화 의식도 바로 그러한 데 연유한 것이다. 즉, 향화를 공양해야 미륵부처를 맞이할 수 있는 것이다.

다음으로 이일병현 즉 '두 해가 나타난 것'에 대해 살펴보자.

'두 해가 나타난 것'이 무엇을 암시한 것이며, 왜 이를 없애는 데 미륵보살이 등장하는가?

고대인들은 해, 달, 별 등의 천체에 일어나는 변화는 곧 인간세상의 변고와 직결되는 것으로 생각하였다. 그래서 일괴日怪, 월변月變, 혜성 출현 등과 지진, 기상이변 등에 대한 사실은 사서에 빠짐없이 기록하였다.

천문이나 기상의 이변은 곧 임금이 부덕한 탓으로 여겼다. 이것을 재이론災異論이라 하는데 동양의 오랜 사상이다. 전한前漢의 동중서董仲舒는 나라에 실정이 있을 때, 하늘이 우선 재앙을 내림으로써 인간을 꾸짖고, 그래도 마음을 고쳐먹지 않으면 자연에 이상 현상을 일으켜서 위협한다고 하였으며, 이것도 소용이 없으면 멸망시킨다고 주장하였다. 재이론은 기본적으로 자연 재해를 전제 군주의 횡포에 대한 제어 수단으로 삼으려는 사고방식에서 나온 것이다.

전해오는 '태종우' 이야기도 이러한 사상을 밑동으로 하여 생긴 것이다.

조선의 태종은 재위 중 가뭄이 들면 자신의 부덕으로 하늘이 노한 탓이라며 대성통곡하는 일이 잦았다. 그가 임종할 때 날이 몹시 가문 것을 걱정하여 "내 마땅히 옥황상제님께 빌어 한바탕 비가 오게 하여 우리 백성들에게 은혜를 베풀리라." 하였다. 그 후 태종이 죽자마자 비가 쏟아졌다. 그 뒤에도 태종의 기일이 되면 비가 내렸으므로 백성들은 이에 감사하면서 그 비를 '태종우'라 하였다는 것이다.

이처럼 일월식이나 별의 역행은 평상의 일이 아니며 인간세상의 혼란사로 여겼으므로, 천체의 운행을 잘 관찰하여 그 길흉을 점치고 그것이 흉조일 때는 그것을 물리치는 제사의식을 거행하였다. 신라에서는 입추 후 진일辰日에 영성靈星에게 제사했으며, 문열림에서는 일월제 日月祭를 행했고, 영묘사 남쪽에서는 오성제五星祭를 행하였던바, 이들은 모두가 고대인의 그러한 천문관에서 비롯된 것이다.

그러면 이 '월명사 도솔가' 제목에 보이는 '이일병현'은 어떠한 구체적 사실을 암시하고 있는 것일까?

해가 둘 혹은 세 개 나탔다는 기록은 삼국사기에도 보인다. 즉 혜공왕 2년에 해가 둘 나타났으며, 문성왕 7년에는 두 개의 해가 나타났다는 것이 그것이다. 그 기록을 보면, 그런 일괴와 관련하여 나라에 변괴가 잇따라 생겼다는 것을 함께 적고 있다.

해는 임금을 상징한다. 그러므로 해가 두 개 나타난다는 것은 왕권에 도전하는 또 하나의 강력한 세력 내지는 그 중심인물을 상징하는 것으로 생각해 왔다. 그래서 '월명사 도솔가' 라는 제목 아래 쓰인 '이일병현'은 경덕왕대에 벌어졌던 왕당파와 반왕당파 간의 대립을 의미한다고 보아 왔다.

이는 당대의 역사적 사실을 바탕으로 한 실증적 고구라는 점에서 상당한 강점을 가지고 있다. 그러나 그것은 설화와의 맥락을 끊고 있다는 점에서 다시 한 번 검토해야 할 필요가 있다. 왜냐하면 이 설화 어디에도 왕당파와 반왕당파의 대립이라는 사실을 엿볼 수 있는 요소가 없기 때문이다.

이와 비슷한 천체의 변괴와 관련하여 지은 혜성가에서는 지상의 변란을 짐작할 수 있는 사실이 나타나 있다. 즉 융천사가 혜성가를 지어 부르자, 천체의 변괴인 혜성이 사라짐과 아울러 지상의 변란인 왜군이 물러갔다는 것이 그것이다. 그러나 도솔가에서는 두 해가 나타난 일괴는 일어났지만, 그에 따른 지상적 변란은 나타나 있지 않다. 그러므로 도솔가와 관련된 이일병현이 반드시 왕당파와 반왕당파의 대립을 의미한다고 단정 지을 수는 없는 것이다.

도솔가에서는 그 노래에서 주원한 미륵보살이 동자의 몸으로 현신하였다. 월명사가 도솔가를 지어 부르자 해의 괴이함이 사라졌으므로, 왕은 이를 기려 차 한 봉지와 수정염주 108개를 주었다. 이때 갑자기,

모습이 말쑥한 동자 하나가 나타나 공손히 꿇어 앉아 차와 염주를 받들어, 궁전 서쪽의 작은 문으로 사라졌다고 한 것이 바로 그것이다. 이 점에 우리는 주목해야 한다.

그러면 두 해가 나란히 나타난 일괴와 미륵보살의 출현은 어떤 관계가 있을까? 이에 대한 답을 찾을 수 있는 것이 『삼국유사』의 탑상 제4에 기록되어 있는 '미륵선화 미시랑 진자사'란 제목에 나와 있는 내용이다. 결론부터 말하면, 이 노래에 등장하는 미륵좌주는 미륵선화彌勒仙花 곧 국선을 가리키며, 그 훌륭한 국선의 힘으로 변괴를 물리침과 아울러 나라를 편안하게 하려는 주원을 담고 있다.

'미륵선화 미시랑 진자사' 제목의 글에는 제24대 진흥왕이 일심으로 부처를 받들고 풍월도를 크게 숭상하여 화랑제도를 확립하고, 설원랑을 최초의 국선으로 삼았다는 사실이 기록되어 있고, 이어서 진흥왕대의 중 진자가 미륵선화 모시기를 간구한 끝에, 미시랑을 만나게 되었다는 다음과 같은 설화가 실려 있다.

진지왕 때에 흥륜사에 진자라는 중이 있었는데, 언제나 미륵상 앞에 나아가, "우리 미륵보살님이시여 화랑으로 화신하셔서 이 세상에 태어나소서."라고 발원하였다. 그 정성스럽고 지극한 기원의 심정이 날로 더욱 독실하더니, 어느 날 밤 꿈에 한 중이 나타나 그에게 말하기를, 웅천 수원사에 가면 미륵선화를 뵐 수 있을 것이라 하였다.

진자는 현몽한 대로 찾아가서 한 소년을 만났으나, 그가 미륵 선화인 줄 알지 못하고 지나쳐 버렸다. 그 후 영묘사 동북쪽 길 가 나무 밑에서 그를 찾아, 이를 왕께 아뢰니 왕은 그를 국선으로 삼 았다. 그는 화랑도들을 화목하게 했으며, 예의와 풍속을 교화함이 보통 사람과는 다른 점이 많았는데, 그의 풍류가 세상에 빛남이 거 의 7년이나 되더니 문득 간 곳이 없어졌다. 진자는 그를 매우 슬퍼 하였다.

이 설화는 당시의 미륵사상과 화랑과의 관계, 나아가서 화랑단 내 에서의 승려낭도(승려 신분인 화랑도)의 위치 등을 잘 설명해 주고 있다. 더욱 주목할 사실의 하나는 이 설화 말미에 "지금 나라 사람들이 국선 을 일러서 미륵선화라 한다."는 내용이 적혀 있다. 곧 미륵선화는 국선 을 가리키는 말이라는 것이다. 화랑 미시랑은 미륵불의 화신이라는 것 이다. 미시未尸라는 이름도 미륵을 회서戲書(빙 둘러 표기함)한 것인데, 미未는 미륵彌勒의 미彌와 소리가 가깝고 시尸는 역力과 글자 모양이 비 슷하여, 미륵의 륵勒을 표기하고 있기 때문이다.

화랑은 국선國仙이라고도 불렀다. 일연은 배경설화 말미의 기리는 글에서 도솔대선가兜率大仙家로 표기했다. 따라서 국선의 선仙은 신선 을 가리키는 '선'이 아니라 미륵불을 의미한다. 단석산 신선사神仙寺에 는 미륵불을 조성해 모셨는데, 절 이름 신선도 미륵을 의미하는 것이 었다.

미륵보살이 곧 국선이란 관념을 갖는 것은, 김유신이 화랑이 되었을 때 그 단체를 용화향도龍華香徒라 한 것에서도 잘 나타나고 있다.

미륵은 미래불이다. 석가가 입적한 후에 이 땅에 내려와 평화로운 세상을 만들어 준다는 부처다. 용화란 미륵보살이 도솔천에서 내려와 세 차례의 법회를 여는 곳인데, 용화는 동시에 미륵불 자체를 가리키는 말이다. 화랑 김유신의 무리를 용화향도라 하였으니, 화랑은 곧 미륵이요 용화인 것이다.

이와 같은 화랑과 미륵사상의 결합은 신라인의 불연국토사상佛緣國土思想(신라가 처음부터 부처와 인연 지어진 땅이라는 생각)에서 비롯된 것이다. 신라인들은 신라야말로 이 세상에서 가장 훌륭한 불교국이고, 현실적 불국토라고 믿었으며, 또한 현세불인 석가여래 이전의 가섭불 때에도 신라에는 불법이 성하였다고 믿었다. 이렇게 생각한 신라인들은 신라를 미륵불의 강림처인 용화의 땅이라고 믿었다. 그러기에 진흥왕은 스스로 미륵이 출현하면 나타난다는 전륜성왕이 되고자 하였다.

그러므로 도솔가에서 미륵좌주를 모신다는 것은 미륵보살이 화랑의 몸으로 현신하기를 바란다는 뜻이다. 곧 훌륭한 국선을 맞이한다는 의미다. 그리하여 그들의 나라가 재앙이 없는 이상적인 불국토가 되기를 염원하였다. 신라인들이 화랑을 미륵과 동일시한 것은 현세의 재난과 고역을 화랑의 힘으로 소멸시키려 한 발상이라고 바꾸어 말할 수 있다. 월명사가 쓴 도솔가의 표현은 바로 그러한 사상에서 나온 것이다. 도솔가는 미륵좌주 곧 훌륭한 국선의 위대한 힘으로, 이일병현이란 일

괴를 소멸시키고자 한, 신라의 독특한 불교사상을 근저로 한 주원가라
할 수 있다.

위에서도 말했지만 도솔가의 배경설화에 나오는 이일병현은 별도의
사태가 명기되어 있지 않다. 도솔가를 불러 그 변괴를 소멸할 수 있는
미륵좌주 곧 훌륭한 국선을 맞이할 뿐이다. 그러므로 여기서의 이일병
현은 꼭히 현실적인 사태를 상징하기보다는 일괴 그 자체일 뿐이다.

하늘에 여러 개의 태양이 나타나는 현상은 자연계에서 가끔 나타날
수 있는 현상이다. 환일幻日현상이란 것이 바로 그것이다. 환일현상은
햇무리의 특수한 형태로, 얼음 결정체가 만드는 천문현상이다. 무리해
라고도 한다. 대기 중에 떠 있는 얼음 결정인 빙정氷晶이 태양 빛을 굴
절시켜, 실제 태양과 떨어진 곳에 다른 형상을 보이게 하는 현상이라
고 한다. 태양의 고도가 낮을 때 태양빛이 대기 중에 있는 열이 결정
체에 반사됨으로써, 태양 안쪽의 무리와 해의 둘레가 교차되는 부분이
한층 더 밝게 빛나서 생긴다고 한다. 환일 현상은 태양과 같은 고도에
서 좌우 양측에 출현하는데 대개 흰색이나 붉은 색을 띠게 된다.

실제 환일현상은 영조 24년 10월 16일의 기록에도 보인다.

"8시경에 해무리가 두 개 나타났고, 10시경과 정오 무렵에 또
해무리와 양쪽에 햇귀가 있었다. 해무리 위에는 모자가 있었고 해
모자 위에는 햇등이 있었다. 햇등의 안쪽은 붉은 색이고 바깥은

파란 색이었다. 흰 무지개가 해를 뚫었다.”

는 기록이 그것이다.

최근 대만 펑후제도의 하늘에서도 두 개의 태양 현상이 나타났는데, 대만 방송이 이것을 공개하면서 전 세계의 이목을 집중시켰다. 우리나라에서도, 수년 전 경북 청송군 일대 남쪽 하늘에서 태양의 양 옆에 두 개의 태양 형상이 나타난 적이 있다고 한다. 최근에는 2017년 3월 12일 오전 8시23분부터 49분까지 26분간, 영주 부석사 하늘에 3개의 태양이 뜬 사실이 영남일보를 비롯한 여러 언론기관에 보도되어 화제가 되었다.

고대인들은 이러한 환일현상이 나라에 위해를 끼칠 불길한 징조라 생각하고, 이를 미륵의 화신인 위대한 국선의 힘으로 물리치고자 하였다. 그리하여 온 나라가 평화로운 불국토가 이루어지기를 바랐다. 그것이 이루어지기를 바라는 마음이 바로 도솔가에 나오는 ‘곧은 마음’이다. 그러한 곧은 마음을 산화가와 더불어 뿌린 꽃에 담아 날리는 것이다.

그리하여 태평한 부처님의 나라를 만들 미륵보살님이 나타나기를 간구한 주원가가 바로 도솔가다. 그래서 월명사는 이렇게 창송했다.

오늘 여기에 산화가 부르며
날려 보내는 꽃아 너는
곧은 마음의 명령을 받들어
미륵부처님 모셔라

"오늘 여기 제단에서 산화가를 부르며 꽃을 뿌립니다. 공중에 높이 솟아 날으는 꽃이여! 너는 우리의 이 간절하고 진실된 마음의 명령을 받들어, 이 땅을 평안하게 할 미륵보살님의 현신인 위대한 화랑을 모셔라"

이 노래의 주원력에 의하여, 마침내 미륵보살은 국선으로 삼을 수 있는 동자의 몸으로 나타나, 들고 있던 차와 염주는 남쪽의 미륵상 벽화 앞에 두고 내원 탑 속으로 들어간 것이다.

(3) 불사 완성(佛事完成)을 위한 주원 풍요(風謠)

풍요는『삼국유사』권4에 '양지가 중의 지팡이를 부리다'란 제목으로 다음과 같이 실려 있다.

　　중 양지는 그 조상이나 고향에 대해서는 자세히 알 수 없다. 오직 신라 선덕왕 때에 자취를 나타냈을 뿐이다. 중이 쓰는 지팡이 끝에 포대 하나를 걸어 두기만 하면, 그 지팡이가 저절로 날아 시주하는 사람의 집에 가서 흔들리면서 소리를 냈다. 그 집에서 이를 알고 재齋에 쓸 비용을 거기에 넣는데, 포대가 차면 날아서 돌아왔다. 그래서 그가 있던 곳을 석장사錫杖寺라고 했다.

　　양지의 신이하고 헤아릴 수 없는 재주가 모두 이와 같았다. 거기에다 한편으로 여러 가지 기예에도 통달해서 신묘함이 비길 데가 없었다. 또 손재주에도 능하여 영묘사 장륙존상과 천왕상, 또 전탑의 기와와 천왕사 탑 밑의 팔부신장과 법림사의 주불 삼존과 좌우 금강신 등은 모두 그가 만든 것이다. 영묘사와 법림사의 현판을 쓰고, 또 일찍이 벽돌을 새겨서 작은 탑 하나를 만들고, 아울러 삼천불을 만들어 그 탑을 절 안에 모셔 두고 공경했다. 그가 영묘사의 장륙상을 만들 때에는 선정禪定에 들어 삼매의 태도로 주물러서 만드니, 온 성 안의 남녀들이 다투어 진흙을 날라다 주었다. 그때 부른 풍요는 이러하다.

왔다 왔다

왔다 왔다

설움 많도다

설움 많네

무리여

공덕 닦으러 왔다

지금까지도 시골 사람들이 방아를 찧을 때나 다른 일을 할 때
에 모두 이 노래를 부르는데 대개 이때 시작된 것이다. 장륙상을
처음 만들 때에 든 비용은 곡식 2만3천7백 석이었다. 양지 스님은
가히 재주가 온전하고 덕이 충만한 분이었다. 그는 여러 가지 방
면의 대가로서 하찮은 재주만 드러내고 자기 실력은 숨긴 것이라
할 것이다.

논평해서 말한다.

"법사는 재주가 완벽하고 덕을 갖춘 큰 인물로서 하찮은 기술
에 숨어 지낸 자라고 할 수 있다."

다음과 같이 기린다.

재를 마치니 북당 앞에 지팡이 한가롭고

고요한 몸가짐으로 향불 살피며 스스로 단향을 피우네

못다 읽은 불경을 읽고 나면 할 일이 없어져

부처님 모습을 빚어 놓고 합장하여 뵌다네

풍요는 위의 기록에서 보는 것처럼 불상을 조성할 때 온 성안의 남녀들이 진흙을 나르면서 함께 부른 노동요다. 불교 의식에 이운移運의식이란 것이 있다. 불사리佛舍利나 괘불掛佛 등을 일정한 장소에서 다른 장소로 옮길 때 행하는 불교의식인데, 이운의식에는 괘불이운掛佛移運, 가사이운袈裟移運, 불사리이운佛舍利移運, 고승사리이운高僧舍利移運, 금은전이운金銀錢移運, 경함이운經函移運 등이 있다.

괘불이운은 괘불(걸 수 있게 두루말이 형태로 만든 대형의 탱화)을 밖에 내어 걸기 위하여 옮길 때 행하는 의식이고, 불사리이운은 부처님의 사리를 불탑佛塔에 모시기 위하여 불탑 쪽으로 옮길 때 행하는 의식이다. 사리이운은 고승의 다비茶毘(화장) 때 사리가 나오면, 이 사리는 부도浮屠를 조성하여 그 속에 장치하게 되는데, 이때 고승 사리를 부도 앞에 옮겨놓고 행하는 의식이다.

금은전이운은 금은전을 옮길 때 행하는 의식인데, 금은전이란 예수재預修齋(살아 있는 사람이 죽은 후를 위하여 미리 하는 기도) 때 사용하는 지전紙錢이다. 예수재에서는 사람의 생년월일에 따라 저승에서 갚아야 할 빚의 액수가 정해져 있어 이를 갚는 의식을 행하는데, 이때 종이로 지전을 만들어 사용하고 이 지전을 의식 장소까지 옮길 때 금은전이운 의식을 행하게 된다.

이운의식은 신앙의 대상이 되는 것, 또는 신앙의 대상과 관계있는 것을 옮기거나 손을 댈 경우, 함부로 다루지 않고 경건한 신앙심을 가지도록 하기 위하여 행하는 것이다. 그리고 이들 이운의식의 각 절차에 맞는 각종 의식음악과 의식무용 등을 곁들여서 신앙심을 더욱 북돋우게 한다.

풍요 또한 이들 이운의식을 본 따 부른 노래로 보인다. 이운의식에는 각종 게송偈頌(부처의 가르침이나 공덕을 기린 노래)을 부르는데, 풍요는 성안의 선남선녀들이 부처를 조성할 흙을 옮기면서 게송처럼 부른 노래라 생각된다.

풍요는 일연이 『삼국유사』를 지을 당시까지 방아노래로 전승되어 왔다. 그런데 이 노래는 『삼국유사』에 다음과 같이 4행으로 기록되어 있다.

來如來如來如

來如哀反多羅

哀反多矣徒良

德修叱如良來如

그래서 해독자들도 이에 이끌려 대개 다음과 같이 4행 3음보로 읽었다.

왔다 왔다 왔다

왔다 설움 많도다

설움 많네 무리여

공덕 닦으러 왔다

그러나 이런 해독은 다시 고려해야 할 필요가 있다. 왜냐하면 이것은 풍요의 성격이나 율격이 깊이 고려되지 않았기 때문이다. 풍요는 집단 노동요의 성격을 지닌 노래로서, 후대에 방아노래로 불린 민요라는 특성을 고려하여야 한다. 다시 말하면, 집단노동요의 율격에 맞게 해독하여야 한다. 종래 해독자들이 푼 3음보는 노동의 동작보다는 춤의 동작이나 음악적 선율이 화려하게 변하는 호흡에 맞는 율격이다.

우리 민요의 율격은 보는 관점에 따라 다르긴 하지만, 대체로 1, 2, 3, 4 음보가 있는데 그 중 4음보가 가장 흔하다. 노동요 중에는 급박한 동작으로 이루어지는 보리타작이 1음보이고, 물레노래 같은 길쌈 노동요가 드물게 3음보일 뿐, 그 외는 모두 2음보 아니면 4음보로 되어 있다. 방아노래는 급격한 동작도 아니며 경쾌한 느낌을 주는 3음보를 필요로 할 리 없고, 규칙적인 반복 동작을 필요로 하는 것이므로 2음보 혹은 4음보를 자연스레 요구하게 되어, 현존하는 방아노래들도 거의가 4음보로 되어 있다.

또 공동 작업을 하면서 부르는 집단노동요는 호흡의 고름과 장단을 맞추어야 하는 필요성 때문에 4음보가 대부분이다. 풍요가 성안의 남녀들이 부른 집단노동요이며 후대에 사람들이 방아를 찧을 때 부른 노래라면, 이 또한 마땅히 4음보로 된 노래여야 한다.

고려의 방아노래인 상저가相杵歌도 4음보를 유지하고 있으며, 퇴계의 창작 상저가도 또한 이에 벗어나지 아니한다. 고려 속요의 대부분이 3음보를 유지하고 있음에도, 고려속요 상저가가 유독 4음보로 되어 있다는 것은 방아를 찧을 때의 규칙을 벗어날 수 없는, 하나의 엄격성에서 비롯된 것이다.

그러므로 풍요는 4음보로 율독되어야 한다.

그리고 풍요의 율독에서 고려되어야 할 중요한 조건의 하나는 어휘의 반복성이라는 것이다. 어휘의 반복성이란 것은 민요에 나타나는 공통적 특질이긴 하나, 특히 집단노동요에서는 두드러지게 나타나는 하나의 특징이기 때문이다. 위에서 말한 바와 같이 노동요가 지니는 어휘의 반복과 4음보라는 특성에 바탕하여 이를 율독하면 다음과 같다.

왔다 왔다 왔다 왔다
설움 많도다 설움 많네
무리여 공덕 닦으러 왔다

1행에서는 '왔다 왔다'를 두 번 반복하고, 2행에서는 '설움 많다'를 두 번 반복하여 집단노동의 박자를 맞추고, 3행에서는 단순 반복성에서 일전하여 노래 부르는 사람들의 내적 정서를 한데 모아 표출시키고 있다. 이러한 4음보로 된 노래라야, 규칙적 신체 운동과 행동 통일이라는 노동요 본래의 목적을 수행할 수 있게 된다.

그러므로 풍요는 이와 같이 3행 4음보의 향가로 처리되어야 한다. 민요는 2행, 4행 등의 짝수행이 많으나, 3행의 민요도 적지 않다. 방아노래 계열의 전래 민요 중에도 풍요와 같은 3행 4음보의 민요가 일찍이 보고되어 있다. 조선총독부가 1927년에 경기도 마전군에서 채록한 방아노래를 본다.

에야라 방아요 이방아가 뉘방아인가
강태공의 조작방아 경신일월 뚜렷하다
에헤에헤요 어허 울어라 방아로구나

이 방아노래는 3행 첫 구에 감탄어가 오고 있어서 풍요의 형식과 너무나 유사하다. 이는 풍요가 3행 4음보일 수 있음을 뒷받침해 주는 증거인 동시에 민요의 끈질긴 생명력을 말해 주는 것이기도 하다.

그런데 노동요를 부를 때는 독창, 제창도 하지만은 주로 선후창과 교환창으로 부른다. 선후창은 소리를 메기는 사람이 의미 있는 사설을 한 구절 부르면, 소리를 받는 여러 사람들은 의미 없는 후렴구를 부르는 방식이다. '쾌지나칭칭', '옹헤야' 등이 이에 속한다. 교환창은 사람들이 두 패로 나누어져, 의미 있는 사설을 한 구절씩 서로 바꿔 부르는 방식이다. 모내기 노래, 김매기 노래, 방아타령 등이 이에 속한다.

이들 방식 중 풍요는 가사의 배열 형태로 보아 교환창으로 불린 것 같다. 그러므로 풍요를 실제 부를 때는 반복어를 마디로 하여 숨 고름을 하며 다음과 같이 불렀을 것이다.

    Ⅰ 왔다 왔다

      왔다 왔다

    Ⅱ 설움 많도다

      설움 많네

    Ⅲ 무리여

      공덕 닦으러 왔다

이러한 풍요의 기본 형식을 바탕으로 하여 뒷날 8구체, 10구체 향가로 반전하게 되었는데, 그 전개 과정은 앞의 향가 발전 과정에서 살핀 바와 같다.

그러면 이 노래에 담긴 정감을 더듬어 보자. 양지라는 승려는 뛰어난 예술가였다. 전탑의 기와도 만들고, 천왕사 탑 밑의 팔부신장, 법림사의 주불 삼존과 좌우 금강신 등은 모두 그가 만든 것이다. 영묘사와 법림사의 현판을 쓰고, 또 일찍이 벽돌을 새겨서 작은 탑 하나를 만들고, 아울러 삼천불을 만들어 그 탑을 절 안에 모시기도 했다.

풍요는 양지가 영묘사 장륙존상을 흙으로 조성할 때 온 성안의 남녀들이 이 불사에 참여하면서 부른 노래다. 불상을 만드는 데 흙을 나르는 일은 하나의 큰 시주요, 공덕을 쌓는 일이다. 인간의 삶은 모두가 고통이라는 것이 불교의 기본 가르침이다. 늙고 병들고 죽는 것이 삶인데, 그러한 고통은 태어나기 때문에 빚어진 것이다. 그러므로 태어나는 것도 고통인 것이다. 『삼국유사』의 '사복이 말을 못하다'라는 제목에, 원효가 사복의 어머니 시신 앞에 가서 "태어나지 말지니, 죽는 것이 괴롭다. 죽지 말지니 태어나는 것이 괴롭다."라고 한 것은 바로 그러한 고통의 진리를 나타낸 말이다. 인간으로 태어나는 그 자체가 하나의 윤회이자 고통이다. 해탈의 세계 곧 열반은 그 윤회를 끊는 것이다.

태어남으로 인한 고통, 다시 말하면 이 세상에 '왔기 때문에' 빚어지는 고통과 결부하여 풍요는 이렇게 노래한다.

왔다 왔다
왔다 왔다
설움 많도다
설움 많네
무리여
공덕 닦으러 왔다

인간으로 태어난 것은 고통의 세계에 '온' 것이다. 그래서 풍요의 첫

머리는 '왔다'에서 시작된다. 나도 '왔다'요 너도 '왔다'요 남자도 '왔다'
요 여자도 '왔다'다. 고통의 세계에 온, 즉 '왔다'는 곧 '설움'이다. 그러
므로 나도 '설움 많다'요 너도 '설움 많다'요 모두가 '설움 많다'다. 이 설
움 즉 고통을 그치려면 공덕을 닦아야 한다. 선업을 쌓고 부처를 공경
하고 팔정도를 닦아야 한다. 그러한 수행의 하나로 불상을 만드는 데
참여하여 흙을 운반하는 것이다. 이것이 곧 이 노래의 정조情操다. 이
때 부른 노래의 힘 즉 주원성에 의하여 불사는 완성된 것이다.

풍요란 이름은 원래 민요란 뜻이다. 민요는 어느 한 개인이 창작한
노래가 아니다. 민중이란 집단이 함께 짓고 부른 것이다. 이 풍요도 양
지나 어느 한 사람이 지은 것이 아니다. 영묘사 장륙존상을 소조하는
데 참여한 사람들이 흙을 나르면서 불렀다. 그러므로 어느 날 갑자기
이러한 가사의 노래가 지어져 불린 노래가 아니라, 풍요 이전에 이미
이와 유사한 노래가 선덕왕 때 있었을 것이다. 민요란 것은 원래 그러
한 속성을 가지고 있다. 이미 있던 유사한 노래에 가사를 약간 변형시
켜 부르는 것이 민요의 한 모습이다. 그러한 민요 개작의 대표적인 예
를 경북 상주 지방의 '연밥따기 노래'에서 보기로 한다.

상주함창 공갈못에
연밥따는 저처자야
연밥을랑 내따주마

세간살이 내랑살자

상주함창 공갈못에
연밥따는 저큰아기
연밥줄밥 내따줌세
요내말씀 들어주소

상주함창 공갈못에
연밥따는 저큰아가
연밥수밥은 내따줄게
내품안에 잠들어라

상주함창 공갈못에
연밥다는 저처자야
연밥을랑 따나따나
연순일랑 끊지마라

상주함창 공갈못에
연밥다는 저큰아가
연밥줄밥 내따줄께
이내말씀 듣고가소

이들에서 보는 것과 같이, 같은 곡조에 따라 거의 같은 가사로 불러 내려오다가, 부르는 이의 정의를 표출하는 마지막 행에서 가사를 변개시키고 있는 것이다.

또 '상주함창'이 지방의 바뀜에 따라 '밀양남산, 밀양삼랑, 미랑이라, 상주산골, 연못공장, 저건너' 등으로 개작되기도 한다.

또 제2행의 '연밥따는'이 작업 내용에 따라 '배추씻는, 목화따는, 채약하는, 뽕따는, 동백따는, 산약캐는, 명주짜는, 동부따는, 당패캐는 …' 등으로 바뀌기도 한다.

　상주함창 공갈못에이
　상추씻는 저큰아가
　겉의겉잎은 후채조리에 담고
　속의속잎은 나를주게

여기서 보는 것처럼, 민요는 원래 있던 노래의 바탕에다 그때그때의 작업 환경이나 여건에 따라 그에 맞는 가사로 개작하는 것이다. '연밥 따기 노래'의 원형인 '연밥 따는'이 '동백 따는, 목화 따는' 등으로 개작된 것은 서술어의 의미 '따다'에 견인된 것임은 말할 필요도 없다. 풍요도 이와 마찬가지로 기존의 노동요에다 불사에 참여하러 온 사람들이 거기에 맞추어 가사를 개작하였을 것이다.

그러면 풍요는 어떤 내용의 원래 가사에서 개작된 것일까?

그것은 아마도 마지막 행의 '닦으러'와 관련된 민요였을 것이다. 이러한 '닦기' 작업의 노동요 즉 '터 닦이, 길 닦기, 둑 닦기(달구질)' 등의 닦기 작업 노래에서 유래했을 것이다. 이들 노래에는 '터 닦으러 왔다' 혹은 '길 닦으러 왔다, 둑 닦으러 왔다' 등으로 불리는 노래였을 것이다. 이러한 예에 속하는 부산 지방의 '구덕 망께 터다지기' 노래를 한 예로 보자. 망께란 터를 다질 때 사용하는 넓적한 돌이나 쇳덩이를 가리키는 말이다.

> 어여차 가래야 어여차 가래야
> 닦읍시다 닦읍시다 이 집터를 닦읍시다
> 이 집터를 닦은 후에 이 터에다 집을 짓고
> 만수무강 현판 달고 산수 좋은 구덕산에
> 불로초와 불사약을 여기저기 심어 놓고
> 학발양친 봉양하여 세세익수 하여 보세
> 여보시오 가래꾼들 신명나게 당겨주소
> 어여차 가래야 어여차 가래야

이러한 갈래의 '닦기 노래'가 널리 온 성안에 널리 퍼져 있다가, 사찰에 들어와 불사의 민요로 개작될 때 이와 비슷한 '공덕 닦으러 왔다'로 변형 개작된 것이라 보인다. 이는 '닦다'가 '(길을) 닦다[拓척, 築축]'와 '(도를) 닦다[修수]'처럼 유사한 의미를 갖는 다의성多義性에 기인한다.

그러면 '(도를) 닦다'의 뜻을 가진 '닦다[修슈]'를 머금고 있는 풍요가 후대에 어떻게 방아노래로 변형되었을까?

이 또한 '닦다'가 갖는 다의성에 연유한다. '닦이다, 대끼다'란 말이 '방아 찧다[舂용]'의 뜻을 가지고 있기 때문이다. '닦이다, 대끼다'란 말은 풍요가 불려진 경주를 비롯한 경상도 전역은 물론, 경기지방에까지 널리 쓰인 말로서 그 말뜻은 다음과 같다.

- 닦이다 - 보리, 수수 따위를 슳어서 속껍질을 벗기다

  〈문세영, 국어대사전〉

- 대끼다 - 애벌 찧은 수수나 능근 보리 따위를 다시 물을 쳐가면서 깨끗하게 찧다

  〈조선어학회 조선말큰사전〉

예전에 방아를 찧어 알곡을 만드는 과정에서 낱알의 껍질을 벗기려고 물을 붓고 애벌을 찧는 것을 '능근다(기본형은 능그다)'고 하고, 애벌 찧은 수수나 보리 따위를 물을 쳐가면서 마지막으로 깨끗하게 찧는 것을 '닦인다/ 대낀다'라고 한다. 대개 쌀을 찧는 과정은 매조미[玄米]로 '능그고(애벌찧기)' 속겨를 슳고 대껴 비로소 정백미를 만든다.

이와 같이 '닦다'가 '(도를) 닦다[修]', '(곡식)을 닦다[舂]'와 같이 다의성을 가진 말이기 때문에 불교적인 노래 '(공덕) 닦으러'가 보리 등을 찧을 때는 '(보리) 닦으러'로 가사가 쉽게 개작될 수 있었던 것이다.

이러한 연유로 '공덕 닦는' 풍요가 후대에 '보리 닦는' 방아노래로 전용된 것이다.

이상에서 언급한 풍요의 가사 변개 과정을 요약 정리하면 다음과 같다.

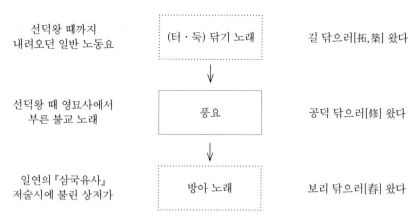

선덕왕 때까지
내려오던 일반 노동요 · · · · · (터 · 둑) 닦기 노래 · · · · · 길 닦으러[拓, 築] 왔다

선덕왕 때 영묘사에서
부른 불교 노래 · · · · · 풍요 · · · · · 공덕 닦으러[修] 왔다

일연의『삼국유사』
저술시에 불린 상저가 · · · · · 방아 노래 · · · · · 보리 닦으러[春] 왔다

(4) 병 치료를 위한 주원

가. 눈 밝기를 위한 주원 맹아득안가(盲兒得眼歌)

맹아득안가는 『삼국유사』 권3에 '분황사 천수대비千手大悲가 맹아의 눈을 뜨게 하다'란 제목 아래 다음과 같이 실려 있다.

경덕왕 때에 한기리에 사는 여자 희명希明의 아이가, 태어난 지 5년 만에 갑자기 눈이 멀었다. 어느 날 그 어머니는 이 아이를 안고 분황사 좌전 북쪽 벽에 그린 천수관음 앞에 나가서 아이를 시켜 노래를 지어 빌게 했더니 멀었던 눈이 드디어 떠졌다. 그 노래는 이러하다.

무릎을 꼿꼿이 모으고
두 손바닥 모아
천수관음 앞에
비옵나이다
일천 손과 일천 눈을
하나를 내어 덜어주기를
둘 다 없는 이몸이오니
하나만이라도 주시옵소서

아!

저에게 주시오면

그 자비 얼마나 클 것인가

다음과 같이 기린다.

대나무 말 타고 파피리 불며 거리에서 놀더니

하루아침에 푸른 두 눈이 멀었네

보살님이 자비로운 두 눈을 돌려주지 않았다면

헛되이 버들꽃을 보냄이 몇 번의 봄제사가 되었을까

이 노래는 학자들의 견해에 따라 그 노래 이름도 여러 가지로 불리고 있는데, 맹아득안가, 도천수관음가, 관음가, 눈밝안노래, 천수천안관음가, 천수대비가 등이 그것이다. 이들 가명은 나름대로 다 그 의미를 함축하고 있으나, 『삼국유사』 기록문의 제목이 맹아득안盲兒得眼이라 되어 있고, 또 이 노래가 불린 의도가 득안得眼에 있으며, 이것은 곧 향가의 특질인 주원성을 드러내는 데도 가장 적합하다는 점 등을 고려하면, 맹아득안가란 것이 노래 이름으로 가장 적절한 듯하다. 즉 맹아가 개안을 한 노래라 부름이 그 내용에 맞아 떨어지기 때문이다.

눈이 멀게 된, 희명의 5세 아이가 분황사의 관음상 앞에 나아가 이 노래를 부름으로써 다시 눈을 뜨게 되었다는 것이다. 이 노래의 주원력으로 다시 밝음을 찾았다는 것인데, 이 노래를 이해하기 위해서는 우선 관음은 어떤 위신력을 가졌는가를 알아야 하고, 다음으로 노래의 작자가 과연 누구인가를 확정해야 한다. 그러면 관음신앙에 대하여 먼저 살펴보자.

관음이란 고뇌에 찬 인간들의 소리[音음]를 듣고 이를 본다[觀관]는 뜻이다. 관세음보살은 자비로 중생의 괴로움을 구제한다는 불교의 보살이다. 산스크리트어로 아바로키테슈바라Avalokitevara이며, 중국에서 이를 뜻으로 옮겨 광세음光世音·관세음觀世音·관자재觀自在·관세자재觀世自在·관세음자재觀世音自在 등으로 썼는데 줄여서 관음觀音이라 한다. 지금 우리나라 불교 신도들이 가장 많이 독송하는 『천수경』 안에 들어 있는 '신묘장구대다라니'의 첫머리에 '바로기제 새바라야'라는 어구가 있는데, 이것은 아바로키테슈바라를 표기한 것이다.

그런데 관세음은 옛 번역이며 관자재는 새 번역인데, 산스크리트어 '아바로키테슈바라'는 자재롭게 보는 이, 자재로운 관찰 등의 뜻이므로 '관자재'가 원어의 뜻에 가깝다고 할 수 있다. 그러나 한국에서는 일찍부터 관세음보살로 신앙되어 왔으며 관음보살이라 약칭하였다.

관세음觀世音은 세상의 모든 소리를 살펴본다는 뜻이며, 관자재觀自在는 이 세상의 모든 것을 자재롭게 관조觀照하여 보살핀다는 뜻이니, 결국 뜻으로 보면 관세음이나 관자재는 같다.

보살bodhisattva은 세간과 중생을 이익 되게 하는 성자이므로, 이 관세음보살은 대자대비의 마음으로 중생을 구제하고 제도하는 보살이다. 위로는 보리를 구하고 ,아래로는 중생을 구제하는 분이다.

관음은 아승기겁阿僧祇劫(무수히 오랜 세월) 이전에 이미 부처가 된 정법명왕여래로서 본디 부처의 반열에 올랐으나, 중생들의 고뇌를 구해주기 위하여 보살의 몸으로 인간 세상에 머문다는 자비의 화신으로 아미타불의 협시脇侍(옆에서 모심)보살이다.

그런데 이 관음이 지닌 묘한 능력을 『법화경』 관세음보살 보문품은 다음과 같이 적고 있다.

헤아릴 수 없이 많은 백천만억 중생이 여러 가지 괴로움을 받을 때에, 이 관세음보살의 이름을 듣고 일심으로 관세음보살의 이름을 일컬으면, 관세음보살은 곧 그 음성을 굽어보시고 그들을 모두 고뇌에서 벗어나게 하느니라. 관세음보살의 이름을 받들어 지니는 이는 큰 불 속에 들어가도 능히 태우지 못할 것이며, 큰물에 떠내려가더라도 그 이름을 일컬으면 곧 얕은 곳을 얻게 될 것이며, 폭풍우를 만나 그 배가 나찰들의 나라에 도착하였을 때, 그 중의 한 사람이라도 관세음의 이름을 일컫는 이가 있으면, 여러 사람들이 모두 나찰의 난을 벗어나게 될 것이다.

이외에도 여인이 아들을 낳기 위해서 관세음보살께 예배하고 공양하면, 문득 복덕 많고 지혜 있는 아들을 낳게 된다는 등의 수없이 많은 묘한 지혜의 힘을 열거하고 있다. 이와 같이 관음은 중생의 곤액을 해결하고 고통을 구원한다고 하였으니, 아미타불이나 석가세존이 인류에 대한 부성애로 나타난 성현이라면, 관세음보살은 모성애로 나타난 성현이라 할 수 있다. 그래서 불교에서는 관세음보살을 어머니같이 대하여 백의성모, 애자성모로 받들어 귀명하는 것이다.

또한 관음은 중생을 제도하기 위하여 여러 가지 모습으로 응신(화신)하는바, 『수능음경』에는 32가지 모습으로 응신한다고 하였고, 『관음경』에는 33가지의 모습으로 응신한다고 되어 있다. 그러나 사실은 불교의 여러 영험록에 나타나 있는 바와 같이 수천수만의 모습으로 응신하고 있다.

그런데 관음은 신앙되어지면서 여러 가지의 관음이 생겨나게 되는데, 육관음, 칠관음, 삼십삼관음이 그런 것이다. 그 중 신라에서는 육관음에 속하는 천수관음과 십일면관음, 그리고 33관음에 속하는 백의관음 등이 많이 신앙되었다. 맹아득안가의 창작 모티브로 작용하고 있는 천수관음은 육도 즉 지옥, 아귀, 축생, 아수라, 사람, 하늘의 중생을 교화하고 재도하기 위하여 화현하는 육관음의 하나로서, 천수천안千手千眼을 가진 보살이다. 천수천안은 천 개의 손과 그 손에 각각 한 개씩의 눈 곧 천개의 눈을 가졌다는 보살이다. 이 천수천안은 곤액에 시달리는 모든 중생을 천 개의 눈으로 빠짐없이 살피고, 천 개의 손으로 빠짐없이 어루만져 구제한다는 것을 상징한다. 『대비심다라니경』에는 이에 대한 내력을 다음과 같이 적고 있다.

서원을 말하되, "만약 내가 앞으로 오는 세상에 능히 모든 중생을 이익 되게 하고 안락을 줄 수 있는 자라면, 바로 내 몸에 천 개의 손과 천 개의 눈이 갖추어지이다." 라고 말하자, 바로 몸에 천 개의 손과 천 개의 눈이 갖추어졌으며, 시방十方의 대지가 여섯 가지로 진동하고, 시방에 계시는 모든 부처님이 광명을 놓아 제 몸과 사방의 가없는 세계를 함께 비추었다.

천수관음이 천 개의 손과 천 개의 눈을 갖추게 된 연유와 그 장엄한 순간을 설해 놓고 있다. 그리고 이 천수천안관음의 무한한 영험력을 『관세음보살이근원통장觀世音菩薩耳根圓通章』에서는 다음과 같이 적고 있다.

저는 여러 가지 묘한 용모를 나타내어 그지없이 비밀한 신령스러운 주문呪文를 말하나이다. 이 중에서 하나의 머리, 셋 머리, 다섯 머리, 일곱 머리, 아홉 머리, 열한 개 머리 내지 108개 머리, 천의 머리, 만의 머리, 팔만사천 머리를 나타내기도 하고, 두 팔, 네 팔, 여섯 팔, 여덟 팔, 열 팔, 열두 팔, 열네 팔, 열여섯 팔, 열여덟 팔, 스물, 스물넷, 내지 일백팔, 천, 만, 팔만사천 팔을 나타내기도 하고, 두 눈, 세 눈, 네 눈, 아홉 눈 내지 일백팔 눈, 천 눈, 만 눈, 팔만사천 눈을 나타내기도 하는데, 혹은 자비하게 혹은 위엄있게, 혹은 선정禪定으로 혹은 지혜로 중생을 구호하여 대자재를 얻나니라.

천수천안관음은 수천수만의 머리, 팔, 눈을 나타내어 무한한 지혜의 힘을 나타내는 보살임을 말해 주고 있다. 그래서 실명한 희명의 오세 아는 맹아득안가에서 무릎을 꿇고,

일천 손과 일천 눈을
하나를 내어 덜어주기를
둘 다 없는 이몸이오니
하나만이라도 주시옵소서

라고 관음상 앞에서 빌고 있는 것이다. 천 개의 눈을 가진 관음보살 이시여, 그 중 하나만을 들어내어 저에게 주시옵소서라고 간원하는 것 이다.

이 관음신앙이 신라에 전래된 것은 6세기경으로 알려져 있다. 관 음신앙이 신라에 쉽게 퍼지게 된 것은 소박한 기존의 무속신앙과 통 할 수 있는 주원성 때문이라고 보고 있다. 그런데 관음신앙 중 천수관 음신앙이 언제 신라에 들어왔는지는 정확히 알 수 없다. 다만『삼국유 사』권5 자장정률 조에 천수관음이 등장하는 것으로 보아, 적어도 7세 기 중반 이전에는 전파되었던 것으로 보인다. 그리고 후대인 경덕왕 대(8세기 중엽)에는 신라에 이 천수관음이 널리 유포되었음을 문헌에서 찾아볼 수 있다. 맹아득안가도 당대 신라 사회의 이러한 불교 사상적 기반을 배경으로 하여 창작된 향가다.

그러면 이제 이 노래의 작자가 누구인지를 살피고, 그와 관련하여 노래의 정감을 맛보기로 하자.

맹아득안가는 원왕생가와 더불어 작자 문제가 여러 갈래로 제기되고 있는 향가 중의 하나이다. 문학 작품은 시대정신이란 토양 위에 작가의 식이라는 창조적 형상화에 의하여 배어 나오는 하나의 문화적 산물이다. 굳이 역사주의 내지는 사회주의 비평 이론을 들먹일 필요도 없이, 정확한 작자의 해명은 그 작품 이해에 필수적 관건이 됨은 다시 말할 필요도 없다. 작자가 누구냐에 따라서 그 작품의 톤tone도 달라진다.

이 노래의 작자 문제가 논의되는 까닭은 배경설화 문면에 나타난 모호성 때문이다. 배경설화에 따르면, 갑자기 눈이 멀게 된 5세아의 어머니 희명이 그 아들을 데리고 천수대비상 앞에 나아가 '슈兒作歌禱之영아작가도지' 했다는 것이다. 이 '슈兒作歌禱之영아작가도지'란 문구는, 그 문맥적 의미가 아주 모호하게 해석되어질 수 있는 문장이다. 즉 "아이로 하여금 노래를 지어 기도하게 했다"로 해석될 수도 있고, "아이로 하여금 (희명이) 노래를 지어 그대로 빌게 하였다."로도 해석할 수 있는 것이다. 전자의 해석대로 하면, '지음'도 '기도'도 그 주체는 5세아가 될 것이요, 후자의 해석을 따른다면 '지음'은 희명이요, 희명의 지시에 따라 '기도'하는 행위의 주체는 5세아가 될 것이다.

이러한 기록문의 모호성 때문에 이 노래의 작자에 대한 견해는 여러 가지로 제기되었다. 양주동은 '노래를 지었다[作歌작가]'는 것은 '노래를 불렀다[唱歌창가]'의 의미라고 하여 그 작자를 희명이라 단정하였고, 양재연은 배경설화 어디에도 희명이 작사했다는 명확한 근거가 없다는 이유를 들어, 문면대로 5세 소아의 작으로 해야 한다고 주장하였다. 그런가 하면 조동일은 분황사 쪽의 어떤 승려가 작자라고 하였고, 최철은 단순한 개인 창작의 시가라기보다는 오랫동안 민중들에 의하여 만들어진 기도문이라 하여 작자를 민중으로 보았다.

그러면 이 노래의 작자 규명을 위하여 맹아득안가의 정조를 살펴보기로 하자.

이 노래의 주된 기원은 제2장에 나타나 있다. 천수관음이 지닌 일천 손 하나를 놓아서, 그 손끝에 달린 눈 하나를 빼어서 나에게 달라는 것이다. 나무나 소박하고 원초적인 간구다. 천수관음의 일천 손, 일천 눈은 중생에게 그것을 직접 빼 주기 위하여 갖고 있는 것이 아니다. 천수천안은 관세음보살이 뭇 중생을 낱낱이 살피고, 낱낱이 건져 주는 활동에 상응하는 상징적인 눈이요 손이다. 만약 이 노래가 승려에 의하여 지어졌다면, 눈을 빼어 달라는 식의, 교리에서 벗어난 일차적인 표현을 할 까닭이 없다. 이것은 강렬한 모성애가 빚어 놓은 결과다. 천수천안은 중생 구제의 상징이며 결코 빼 주는 것이 아닌데도, 천수천안의 본질적 교리와는 멀게, 손 하나를 놓아 눈 하나를 빼어 달라는 원초적이고 육감적인 표현은, 평범하고 소박한 어머니의 모성애가 자아내는 강렬함에서 나온 표현이며, 종교적인 이념으로 닦여지고 승화된 승려의 목소리는 결코 아니다.

그리고 여기서 한 가지 간과할 수 없는 사실은 이 노래가 불린 장소가 당대의 이름난 절인 분황사의 법당이 아니라, 분황사 북쪽 벽화 앞이라는 점이다. 만약 분황사의 승려가 맹아의 득안을 위하여 노래를 불러 기도했다면, 법당에서 했을 것이며 법당을 두고 굳이 절 뒤쪽 벽화 앞에 가서 주원하지는 않았을 것이다.

　승려가 노래하지 않았음을 추정할 수 있는 정황은 또 있다. 만약 당대의 큰 절인 분황사 승려가 개안을 위해 노래했다면, 이런 소박한 노래가 아니라 불교 의례에 따른 경문이나 다라니陀羅尼(범어로 된 긴 문구를 번역하지 않고 그대로 읽거나 외우는 주문)로 했을 것이다. 『천수천안관세음보살 치병합약경』에 다음과 같이 염불이나 송주誦呪(다라니를 외움)를 하라고 말하고 있음은 이를 잘 말해 준다.

　• 또 이 다라니를 법대로 외워 지닐 때에 마땅히 천 개의 눈으로 비추어 보고 천 개의 손 으로써 두호할 것이니라. 이로부터 세간의 경서를 다 능히 가지며 모든 외도의 법술 및 전적까지도 또한 능히 통달할 것이며, 이 신주神呪를 외워 지니는 이는 세간의 팔만사 천 가지 병을 다 치료하여 낫게 할 수 있으며, 또한 일체 귀신을 시켜 천마와 외도를 항복 받게 하리라.

　• 만약 집안에 큰 병이 생기며, 여러 가지 좋지 못한 일들이 일어나고, 귀신과 삿된 마군이 그 가정을 시끄럽게 하며, 나쁜 사람

들이 해롭히고 구설로써 모함하여 집안의 대소 내외 가 화평하지 못할 때에는, 마땅히 대비천안상 앞에 단과 도량을 설치하고 지극한 마음 으로 관세음보살을 생각하라. 그런 후에 이 다라니 일천 편을 외우면 그러한 나쁜 일들 이 다 없어지고 영원토록 편안함을 얻으리라.

이상에서 보는 바와 같이, 안질을 비롯한 각종 질병 치료에는 다라니로써 하게 되어 있다. 만약 승려가 불렀다면 정식 불교의례대로 다라니로 했을 것이다. 이로써 보더라도 이 노래는 승려의 작이 아니라, 5세아가 홀연히 맹아가 된 것을 안타까워하는 어머니의 소박한 기원을 담은 것임을 알 수 있다.

여기서 둘째 장의 끝 두 줄을 보자.

둘 다 없는 이몸이오니
하나만이라도 주시옵소서

라 읊조리고 있다. 여기서 잠깐 생각해 볼 문제는 '이몸'이라고 하는 일인칭의 쓰임이다. 둘 다 없는 '이몸'은 물론 5세아다. 이 문면대로 보면 이 노래는 어머니가 아닌 5세아가 지은 것이 된다. 그러나 이것은 어머니가 지어 읊는 대로 아이로 하여금 따라 부르게 한 것이다. 그러니 어머니는 민간 주술사다. 민간 주술사는 다른 말로 가정 주술사다. 가정의 사소한 제의는 그 집의 할머니, 어머니가 이를 행한다. 지금도 시골에서는 귀신을 물리는 것이나 특정한 날의 무속의례는 그 집의 주부가 담당하고 있다. 경북 남부 지역에서 행해지고 있는 하나의 예를 소개한다.

자다가 밤중에 일어나 대변을 보는, 나쁜 습관에 젖어 있는 아이가 있으면, 이를 고치기 위하여 민간 주술사(할머니나 어머니)가 밤에 아이를 닭 집 앞으로 데리고 가서 손을 모아 절을 시키고는, "닭이 밤에 똥을 누지 사람이 어찌 밤에 똥을 누나?"라고 읊조리게 한다. 민간 주술사가 부르는 대로 아이는 따라하게 하는 것이다.

이 민간 습속에서 보듯이, 민간 주술사가 주원하는 구절들을 환자인 아이는 시키는 대로 따라 외우게 된다. 이와 마찬가지로 맹아득안가도 그 어머니가 아이의 입장에서 간구하는 내용을 읊고, 환자인 5세아로 하여금 그것을 자신이 지은 것처럼 따라 하게 했을 것이다. 맹아득안가의 1인칭 화법은 바로 이러한 주원 방법에서 나온 것이다.

맹아득안가는 강렬한 모성에 바탕을 둔 소박한 아낙네의 목소리로 구성된 향가인바, 그것은 이 노래가 지니는 함축성이나 논리의 질서가 결여된 직설적 표현으로 되어 있다. 이 노래는 은유 하나 없이 시종 일상적인 언어로만 문맥을 이어가면서도, 그처럼 텐션을 자아내게 된 까닭은, 희명이라는 범상한 아낙네의 절박한 심경이, 오직 소망 성취라는 목적 달성 일변도로 내달린 순수한 직설 때문이다.

그러면 이 노래가 5세아의 어머니 희명인데, 어찌해서 배경설화에는 '아이로 하여금 노래를 짓게 해서 부르게 했다'라 했을까? 곧 노래의 작자가 희명이 아닌 5세아인 것처럼 기록했을까? 이는 앞에서 말한 바와 같이 민간주술의 방법상에 의한 것으로 볼 수 있겠지만, 당시에 회자되던 관음영험록(관음의 여러 가지 영험에 대한 기록)과 마찬가지로, 당대 신라 사회에 필요한 하나의 관음신앙의 포교담으로 활용되어진 것에 큰 연유가 있는 듯하다.

이 배경설화의 문면이 간단한 것도 대중에게 널리 퍼뜨려질 수 있는 좋은 조건이 될 수 있을 뿐만 아니라, 그 간단한 문면 속에서도 관음신앙의 정수를 전달할 수 있게끔 정묘하게 구도가 짜여 있음을 발견할 수 있다. 다시 말하면, 맹아득안가의 배경설화는 간단하지만 포교용으로 가장 적절하고 성공적인 구도와 배치를 지니고 있는 것이다. 맹아득안가 또한 어려운 교리적 어휘와 상징이 없고, 직설적으로 일반인에게 전달될 수 있는 노래여서 더욱 포교에 용이했을 것이다.

이러한 측면에서 볼 때, 포교담의 주인공이 5세아라는 것은 포교의 호소력을 강화시키기에 적절한 하나의 소재적 배치라고 할 수 있다. 나이 많은 사람이 실명했다기보다는 어린 5세아의 갑작스런 실명은 한층 더 비감을 실어 주기에 충분하다. 지금 전하는 오세암 설화에 등장하는 5세아도 영험을 한층 증대시키기 위한 배치라 하겠다.

포교를 위한 영험설화의 생명은 신이성에 있다. 이 이야기가 이러한 신이성이 고조되려면, 포교의 핵이 되는 기도의 목소리가 그 어머니라 하기보다는 5세아라야 될 것이다. 처음에 그 어머니 희명이 부르고 아이가 따라 부른 이야기가, 포교를 위한 전파 과정에서 신이성 제고를 위해 변개되었을 것이다. 이 같은 결과로 '아이가 노래를 지어 불렀다'는 기록을 낳은 것이다.

나. 아들 낳기를 위한 주원 찬기파랑가(讚耆波郎歌)

찬기파랑가는 『삼국유사』 권2에 '기파랑을 찬미한 노래'란 제목으로 안민가와 함께 다음과 같이 실려 있다.

당나라에서 도덕경 등을 보내니 왕이 예를 갖추어 받았다.

왕이 나라를 다스린 지 24년이 되던 해에, 5악五嶽과 삼산신三 山神 들이 때때로 나타나서 대궐 뜰에서 왕을 모셨다. 3월 3일 왕 이 귀정문 문루 위에 나가서 좌우 신하들에게 일렀다.

"누가 길거리에서 위엄과 풍모 있는 중을 한 사람을 데리고 올 수 있겠느냐?"

이때 마침 위엄과 풍모가 깨끗한 고승 하나가 길에서 이리저리 배회하고 있었다. 좌우 신하들이 이 중을 왕에게로 데리고 오니 왕이 말했다.

"내가 말하는 위엄과 풍모가 있는 중이 아니다."

하고 그를 돌려보냈다.

다시 중 한 사람이 있는데 누비옷을 입고 벗나무로 만든 통을 지고 남쪽에서 오고 있었다. 왕이 보고 기뻐하여 문루 위로 맞아 들였다. 통 속을 살펴보니 차 달이는 도구가 가득 들어 있었다. 왕 이 물었다.

"그대는 대체 누구요?"

"소승은 충담이라고 합니다,"

… (중간 부분 생략. 안민가 배경설화 참조) …

중은 이에 차를 끓여 바쳤는데, 찻잔 속에서 향내가 풍겼다. 왕
이 말하였다.

"짐은 일찍이 대사가 기파랑을 찬미한 사뇌가의 뜻이 매우 높
다고 들었는데, 정말 그러하오?"

"그렇습니다."

… (중간 부분 생략. 안민가 배경설화 참조) …

찬기파랑가는 이러하다.

목메어 자리하매

나타난 달이

흰 구름 따라 떠가 숨었구나

모래 깔린 물가에

기파랑의 모습이 있으라

일오나리 조약돌에서

낭郎이 지니신

마음을 좇으려 하네

아!

잣나무 가지 드높아

눈도 덮지 못할 고깔이여

경덕왕은 성기의 길이가 8촌이나 되었다. 아들이 없어 왕비를 폐하고 사량 부인으로 봉했다. 후비 만월 부인의 시호는 경수태후이니 의충 각간의 딸이었다. 어느 날 왕은 표훈대덕에게 명했다.

"내가 복이 없어서 아들을 두지 못했으니, 바라건대 대사는 상제께 청하여 아들을 두게 해 주시오."

표훈은 명령을 받아 천제에게 올라가 고하고 돌아와 왕께 아뢰었다.

"상제께서 말씀하시기를 딸을 구한다면 될 수 있지만 아들은 될 수 없다고 하셨습니다." 왕은 다시 말하였다.

"원컨대 딸을 바꾸어 아들로 만들어 주시오."

표훈은 다시 하늘로 올라가 천제께 청하니 천제는 말하기를,

"될 수는 있지만 아들이면 나라가 위태로울 것이다."

하였다.

표훈이 내려오려고 하자 천제는 다시 불러 말했다.

"하늘과 사람 사이를 어지럽게 할 수는 없는데 지금 대사는 마치 이웃을 왕래하듯이 하여 천기를 누설했으니, 이제부터는 아예 다니지 말도록 하라."

표훈은 돌아와서 천제의 말대로 왕께 알아듣도록 말했지만 왕은 또 다시 말하였다.

"나라가 비록 위태롭더라도 아들을 얻어서 대를 잇게 하고 싶소."

이리하여 만월왕후가 태자를 낳으니 왕은 무척 기뻐하였다. 8세 때에 왕이 돌아가시매 태자가 왕위에 오르니 이 사람이 혜공왕

이다. 나이가 매우 어린 때문에 태후가 섭정하였는데, 정사가 잘 다스려지지 않아 도둑이 벌떼처럼 일어나 이루 막을 수가 없었다. 표훈대덕의 말이 맞은 것이다.

왕은 이미 여자로서 남자가 되었기 때문에 돌날부터 왕위에 오르는 날까지 항상 여자의 놀이를 하고 자랐다. 비단 주머니 차기를 좋아하고 도교의 무리들과 어울려 희롱하며 노니, 나라가 크게 어지러워지고 마침내 선덕왕과 김양상에게 죽음을 당하였다.

표훈 이후에는 신라에 성인이 나지 않았다 한다.

종래 찬기파랑가는 배경설화가 없는 노래로 인식되어 왔다. 또 이 노래를 기파랑이라는 화랑을 찬미한 노래로 알아 왔다. 그러나 이 점에 대하여는 다시 한 번 세심히 더듬어 봐야 할 필요가 있다. 그럼 이에 대해 하나하나 살펴보자.

향가 기록은 산문인 배경설화와 운문인 시가 하나의 구조로 짜여 있는 변문(變文=講唱)의 형태로 되어 있다는 것을 앞에서 말했다. 산문이 빠지거나 혹은 운문이 빠지거나 하면 그것은 완전한 글이 되지 못한다. 바꾸어 말하면 두 가지 형태의 글이 합해져야 완결을 이루는 체제다. 이것은 일찍이 인도에서 유래한 불교적인 고유 문체다.

그뿐만 아니라, 『삼국유사』 또한 겉으로는 질서가 없는 기록 같지만, 속을 자세히 살피면 모두가 할 말을 다하는 짜인 구조를 갖고 있다. 그러므로 언뜻 보이는 외형에 이끌려 찬기파랑가의 배경설화가 없다고 단정 지을 수는 없다.

　그러면 여기서 이 배경설화의 전체적 구조와 거기 담긴 숨은 의미를 찾아보자. 이 설화는 다음과 같은 세 가지의 내용으로 짜여 있다.

　① 왕이 도덕경을 예를 갖추어 받았다.
　② 충담사로 하여금 안민가를 짓게 했다.
　③ 표훈대덕으로 하여금 상제께 고하여 아들 갖기를 간절히 원했으며, 이렇게 해서 얻은 아들인 혜공왕은 어릴 때부터 도교의 무리들과 놀기를 좋아했으며, 치세 중에는 나라가 크게 어지러워져 마침내 그는 시해되었다.

　여기서 우선 주목되는 것은 이 설화에 등장하는 인물들이 모두 도교와 관련되어 있다는 것이다. 도덕경을 받아들인 경덕왕은 말할 것도 없고, 표훈대덕 또한 완전히 신선화된 인물이다. 일반적으로 신선이라 하면 하늘나라에 자유로이 왕래하여 조물자인 천제와 접할 수 있고, 인간세계에 나타나서는 생사의 한계와 시공의 경계를 초월하여 활동할 수 있는 것을 뜻하는바, 왕의 후사를 얻기 위하여 천제에게 올라가 고하는 표훈대덕의 행적은 불승으로서는 설명할 수 없는 완전한 도교적 인물이라 할 수 있다. 하늘에 올라가고 땅으로 내려오며 인간 세상을 자유로이 드나드는 신선이다. 혜공왕 역시 어릴 때부터 도교의 무리들과 섞여 놀기를 좋아했다는 것으로 보아 도교적 인물이다.

불교국인 신라에서 볼 때 도교는 하나의 이단일 수밖에 없다. 그러한 시대적 조류가 이 설화의 밑바탕에 깔려 있다. 즉 이단적인 도교에 기대었기 때문에 혜공왕의 치세는 어지러웠고 끝내는 시해되었다는 것이 이 설화의 요지다.

이처럼 『삼국유사』의 설화는 날줄과 씨줄로 긴밀히 짜인 구조로 되어 있다. 겉으로는 엉성한 것 같지만 속은 매우 긴밀한 짜임새를 갖고 있다. 그러므로 찬기파랑가의 배경설화는 없다고 하는 종래의 주장은 그만큼 위험성을 안고 있다. 이 설화의 후반부 즉 "찬기파랑가 왈曰"로 시작되는 이야기는 바로 찬기파랑가의 배경설화라고 할 수 있다.

그러면 찬기파랑가의 성격에 대하여 살펴보자.

신라 향가의 작자 이름은 설화성이 상당히 높다. 작자명이 실명이라기보다는 노래 내용을 함축하는 예명일 가능성이 짙다. 그러면 작품과 그 작자 이름과의 관련성을 살펴보자.

- 모죽지랑가의 작자 득오는 죽지랑 만나기를 '시름'하며 지은바, 득오得鳥의 뜻이 '시름[憂우]'이다.

- 안민가의 작자 충담사는 충성[忠충]과 관련된 말[談담]을 노래했다 하여 충담사忠談師다.

- 처용가의 작자 처용은 역신을 용납[容용]하여 처리[處처]했으므로 처용處容이다.

- 서동요의 작자 서동은 마[薯서]를 캐는 아이[童동]와 관련지어 서동薯童이다.
- 맹아득안가의 작자 희명은 5세 된 딸의 눈이 밝아지기를[明명] 바랐다[希희] 하여 희명希明이다.
- 혜성가의 작자 융천사는 하늘[天천]의 혜성과 융통[融융]했다 하여 융천사(融天師)다.
- 원가의 작자 신충은 임금의 신임[信신]과 작자의 충성[忠충]을 관련지어 신충信忠이다.
- 우적가의 작자 영재는 향가를 부르는[永=詠영] 재주[才재]가 뛰어났다 하여 영재永才다.

이에서 보면 향가의 내용과 작자명은 상당히 밀착되어 있음을 볼 수 있다.

이러한 점은 찬기파랑가의 성격을 설명하는데 상당한 시사를 준다. 그것은 충담사가 지은 안민가가 충성[忠충]과 관련된 말[談담]과 관련된 내용이듯이, 충담사가 지은 찬기파랑가 역시 충성[忠충]과 관련된 말[談담]과 연관이 있는 내용이 되어야 한다는 것이다. 이로 본다면, 찬기파랑가 역시 충담사가 왕에 대한 충성의 말을 담고 있는 노래라는 것을 유추할 수 있다.

그러므로 이 노래를 기파랑이라는 한 화랑을 찬미한 것으로 파악해 온 견해는 반드시 재고되어야 한다.

그리고 이 배경설화를 겉으로 보면, 왕이 충담사를 처음 보는 것 같지만 사실은 왕은 이미 충담사를 익히 알고 있었던 것으로 보인다. 처음 위엄과 풍모를 갖춘 승려 한 명을 데려오라 해서 신하들이 한 승려를 데리고 오자, 그를 본 왕은 단번에 "내가 말한 위엄과 풍모가 있는 중이 아니다."라고 하면서 물리쳤다. 이를 보면 겉으로 말은 하지 않았지만 미리 점 찍어 놓은 사람이 있었음을 짐작할 수 있다. 그가 곧 충담사다. 왕은 이미 충담사가 지은 찬기파랑가의 '뜻이 매우 높다'는 것까지 알고 있었음은 그러한 사실을 더욱 확실케 한다.

나아가 '뜻이 매우 깊다'는 것 또한 일반적인 말이 아니라, 남이 모를 깊은 뜻이 거기에 담겨 있다는 것을 암시한다. 단순히 시적 수준이 높다는 뜻이 아닌, 일반인들이 언뜻 알아차릴 수 없는 그 어떤 비밀스런 내용을 함축하고 있다는 뜻이다.

그렇다면, 그 의미는 무엇일까? 그에 대한 답은 잠시 뒤로 미루고 '랑郎'의 의미에 대해 먼저 알아보자. '기파랑'이란 이름에 '랑' 자가 붙어 있으니, 기파랑을 화랑으로 단정해 왔다. 그러나 '랑' 자가 붙는다고 하여 전부 화랑이라 할 수는 없다. 또 이 배경설화의 어디에도 기파랑이 화랑이라는 것을 단정할 수 있는 단서는 없다. '랑' 자는 화랑이 아닌 사람에게도 얼마든지 붙일 수 있는 글자다.

종들이 주인을 높여서 단랑檀郎이라 불렀고, 벼슬 이름으로 원외랑員外郎, 시랑侍郎, 등화랑登化郎 등이 있고 화왕계에는 풍당랑馮唐郎이 등장하고, 『삼국유사』에는 연오랑, 처용랑, 비형랑, 명랑 등의 인물이 나온다. 또 이규보의『동명왕편』에는 천왕랑이 나오고,『사물이명록』에는 풍류랑馮六郎이라는 귀신이 나오며,『중화대자전』에는 중을 일러 치랑緇郞이라 한다고 되어 있다. 그러므로 기파랑을 화랑이라고 단정할 수는 없다.

이상의 논의를 통해서 찬기파랑가의 성격을 요약해 보자.

① 충담사는 어려움에 처해 있는 왕을 위해 충성 어린 안민가를 지었다. 찬기파랑가 역시 향가가 갖는 작자명의 설화성으로 볼 때 왕을 위한 충성을 담아 지은 노래다.

② 왕과 충담사는 이전부터 서로 알고 있는 사이며, 찬기파랑가는 겉으로는 퍼뜩 알 수 없 는 '의미가 범상치 않은' 노래다.

③ 기파랑은 화랑이 아니라 왕의 고민을 해결하는데 도움을 줄 수 있는 기원의 대상이 되는 인물이다.

어지러워진 신라 하대의 난국을 수습하기 위한 처방으로 지은 노래가 안민가라면, 찬기파랑가는 왕의 어떤 고민을 해결하기 위한 주원으로 지은 노래다.

여기에 나타난 고민은 배경설화의 내용으로 보아 대를 잇기 위한 아들 낳기다. 그런데 경덕왕은 자식을 낳을 수 없는 것이다. 경덕왕의 고민은 바로 그것이다. 충담사는 그것을 해결하기 위해 찬기파랑가를 지은 것이다. 그것이 바로 일반 사람들이 잘 알 수 없는, '뜻이 매우 높은'

이유다. 그러면 왕은 왜 자식을 낳을 수 없는 것일까?

그것은 바로 왕의 성기의 길이가 8촌이나 되는 기형에 있다. 성기가 너무 커서 그것을 받아 줄 상대가 없는 것이다. 성기가 커서 배필을 구할 수 없는 이야기는 『삼국유사』 지철로왕 조에 일찍이 보인다.

왕은 음경의 길이가 1척 5촌이나 되어서 배우자를 얻기가 어려웠다. 사자使者를 세 방면으로 보내어 배필을 구하였다. 사자가 모량부의 동로수 나무 밑에 이르러 보니 개 두 마리가 북만 한 똥 덩어리 하나를 물었는데 두 끝을 다투어 가며 깨물고 있었다. 동네 사람에게 물으니 한 소녀가 말하였다.

"이 부部 상공의 딸이 이곳에서 빨래를 하다가 수풀 속에 숨어서 눈 것입니다."

사자가 그 집을 찾아가 알아보니 그 여자의 키는 7척 5촌이었다. 사자가 사실을 갖추어 아뢰니 왕은 수레를 보내 궁중으로 맞아들여 왕후로 삼았다. 여러 신하들이 모두 치하하였다.

왕의 성기가 너무 커 거기에 맞는 배필을 구할 수 없어 애를 먹다가, 마침 키가 7척 5촌이나 되고, 평소에 똥덩이가 북만 한 것을 누는 모량부의 거대한 여자를 구해 왕후로 맞이했다는 이야기다. 경덕왕도 성기가 너무 커서 첫 왕비는 폐하고 후비 만월부인을 맞아 들였다.

그래서 왕은 충담사로 하여금 은밀히 자신이 가진 이 병 아닌 병을 치료하기 위하여 찬기파랑가를 지어 주원했던 것이다. 그러니 찬기파랑가는 아들을 갖기 위한 성기와 관련된 주원을 담은 노래다. 충담은 그것을 비는 의식에서 기파랑을 찬미하고 있는 것이다.

그러면 기파랑은 누구인가?

기파는 불교 경전에 등장하는 유명한 의사다.

그는 왕사성王舍城 빈파사라왕의 아들 아사세와 절색의 창녀 바라밧데 사이에서 태어났다. 나자마자 바라밧데는 하녀에게 당부해서 하얀 옷으로 아이를 싸서 길가에다 버렸는데, 마침 왕궁에 참례參禮하기 위하여 마차를 타고 가던 무이라는 사람에게 발견되어, 기파라는 이름을 얻고 유모에 의하여 양육된다. 기파라고 하는 것은 목숨, 장명長命이란 뜻인데, 버려졌을 때 살아 있었기 때문에 얻어진 이름이다.

자라면서 그는 의술을 배우기로 작정하고, 토쿠사시라국에 성이 아다일러, 이름을 힝카라라고 하는 명의에게 가서 의술을 배우기 시작한다. 7년 만에 모든 의술을 습득하고 후계자로 지명된 그는, 다시 마갈타국 왕사성으로 돌아와서 여러 곳을 돌아다니며 수많은 난치병자를 치료하는 신술을 발휘하였고, 마침내는 왕의 시의가 되어 여러 가지 고민스러운 왕의 병을 치유해 주는 명의가 되었다.

또 기파는 악인 아사세를 회개시킨 불자로도 유명하다. 부왕을 죽게 한 아사세는 자기가 저지른 죄책감에 스스로 괴로워하여 끝내는 온 몸에 종기가 생겨 크게 고생을 하는데, 마음에서 생긴 이 종기는 절대로 낫지 않을 것이라 생각하고·더욱 고민한다. 이때 기파가 나타나, 악을 범해도 곧 참회하고 두 번 다시 악을 범하지 않으면 그 죄는 지워진다고 역설하고, 마침내 세존에게 인도하여 그를 불문에 귀의시켰다.

이상에서 본 바와 같이, 기파는 왕을 비롯한 여러 사람의 심신을 치유한 명의로서, 또 충성스러운 신하로 부각되어 있으며, 세존까지도 그를 극구 찬양하리만큼 위대한 인물로 불전에 나타나 있다.

나라의 안민을 비는 충성스러운 신하요 불제자였던 충담사는 아사세왕의 고질적인 병 치료와, 정성으로 그를 회개시킨 의사요 불자였던 기파의 덕을 찬미하고, 그럼으로써 경덕왕의 성기 이상을 치유하고 아들을 갖고 싶다는 정신적 고민을 해결하고자 염원했으며, 이의 발원이 찬기파랑가로 나타났던 것이다.

그리고 '찬기파랑가'의 '찬讚'이란 어휘의 뜻도 새겨보아야 한다. '찬'은 단순히 칭찬하여 말한다는 의미가 아니다. 『자휘字彙』라는 책과 『문심조룡文心彫龍』이란 책에 '찬은 송頌이라'고 쓰여 있다. 송은 신에 고하는 것을 말한다. 그러니까 찬은 단순히 찬미하는 것을 넘어서서 신께 주원하는 것을 가리킨다. 여기서도 찬기파랑가가 단순히 한 사람의 화랑을 찬미하는 노래가 아니라, 불전에 나오는 위대한 신적 존재인 기파에게 주원하는 노래라는 것을 다시 한 번 확인할 수 있다.

또 『삼국유사』에 실려 전하는 향가 중에서 찬기파랑가만이 유일하게 '찬기파랑 사뇌가'라 하여 '사뇌가'라는 이름을 덧붙이고 있다. 사뇌가란 '아으'란 감탄사가 붙어 있는 완결체 향가 즉 10구체 향가를 지칭하는 말이다. 『삼국유사』의 제3노례왕 제목에 "처음으로 도솔가를 지었는데 차사嗟辭(감탄어) 사뇌격詞腦格이 있었다."는 구절이 있고, 균여전에는 "11수의 향가는 노랫말이 맑고 글귀가 아름다워 그 지어진 것을 사뇌라 부른다."라고도 하고, 또 "뜻이 노랫말에 정밀히 나타나기에 뇌腦라고 한다."는 등의 언급이 있다. 이를 통해 볼 때 찬기파랑 사뇌가는 뜻이 '맑고 아름답고 정묘한 노래'임을 알 수 있다.

사뇌가란 '신께 사뢰는 노래, 신가, 찬양의 노래'라는 뜻이다. 그러므로 '찬기파랑 사뇌가' 또한 단순히 한 사람의 화랑을 기리는 노래가 아니라, 신령한 기파에게 바치는 노래라는 것을 알 수 있다.

거듭 말하거니와, 찬기파랑가는 충담사가 왕의 성기 이상을 치료하기 위하여 충성된 마음을 담아 그 해결을 위한 제사의식에서, 불자요 명의인 기파를 찬하며 부른 주원가다. 충담사는 '일오나리 물가'에 제단을 세우고 목메어 울면서 정성을 다하여 기파를 찬한다. 달은 이미 지려 하는 밤중인데 일오나리 물가의 조약돌을 밟고서 기파의 위대한 마음 즉 은덕을 기리며 주원한다. 기파랑의 그러한 높은 덕은 너무 높아서 한겨울의 눈도 그것을 덮지는 못할 것이라 찬하는 것이다. 그렇게 하여 명의인 기파의 힘으로 경덕왕의 비정상적인 성기로 빚어진 아들 얻기를 주원한 것이다.

그런데 이 시에서 유의해야 할 것은 마지막 행의 '고깔[花瓣화판]'이란 말이다. 고깔은 중의 전유물로서 '누비옷[衲衣납의]'과 더불어 중을 가리키는 말로 쓰이어 왔다. 그러니 고깔은 곧 '중'의 제유堤喩다. 여기서의 고깔은 그런 의미로 쓰여 불자 기파를 가리킨다.

그러면 이러한 사연을 가진 찬기파랑가를 다시 한 번 읽어보자.

목메어 자리하매
나타난 달이
흰 구름 따라 떠가 숨었구나
모래 깔린 물가에
기파랑의 모습이 있으라
일오나리 조약돌에서
낭郎이 지니신
마음을 좇으려 하네
아!
잣나무 가지 드높아
눈도 덮지 못할 고깔이여

목이 메는 간절한 마음으로 달이 지나가는, 저 흰 모래 깔린 맑은 물가 제단에 기파랑이 와 계시는구나. 일오나리 가의 깨끗한 조약돌에서 기파랑이 지니신 그 고결한 마음을 따르려(추모하려) 하네. 그 마음[恩德은덕] 너무 숭고하여 눈도 감히 그 고깔(불자인 기파)을 덮지는 못할 것이다.

(5) 나라 다스리기를 위한 주원 안민가(安民歌)

안민가는『삼국유사』권2에 '경덕왕 충담사 표훈대덕'이란 제목으로 찬기파랑가와 함께 실려 있다.

당나라에서 도덕경 등을 보내니 대왕이 예를 갖추어 받았다.

왕이 나라를 다스린 지 24년이 되던 해에, 5악五嶽과 삼산신三 山神 들이 때때로 나타나서 대궐 뜰에서 왕을 모셨다. 3월 3일 왕 이 귀정문 문루 위에 나가서 좌우 신하들에게 일렀다.

"누가 길거리에서 위엄과 풍모 있는 중을 한 사람 데리고 올 수 있겠느냐?"

이때 마침 위엄과 풍모가 깨끗한 고승 하나가 길에서 이리저리 배회하고 있었다. 좌우 신하들이 이 중을 왕에게로 데리고 오니 왕이 말했다.

"내가 말하는 위엄과 풍모가 있는 중이 아니다."

하고 그를 돌려보냈다.

다시 중 한 사람이 있는데 누비옷을 입고 벚나무로 만든 통을 지고 남쪽에서 오고 있었다. 왕이 보고 기뻐하여 문루 위로 맞아 들였다. 통 속을 살펴보니 차 달이는 도구가 가득 들어 있었다. 왕 이 물었다.

"그대는 대체 누구요?"

"소승은 충담이라고 합니다."

"어디서 오는 길이오?"

"소승은 3월 3일과 9월 9일에는 차를 달여서 남산 삼화령의 미륵세존께 드리는데, 지금 드리고 오는 길입니다."

"나에게도 그 차를 한잔 나누어 줄 수 있겠소?"

중이 이내 차를 달여 드리니 차 맛이 이상하였으며 찻잔 속에서 이상한 향기가 풍겼다. 왕은 다시 말했다.

"내가 일찍이 들으니 스님이 지은 기파랑을 찬미한 사뇌가가 그 뜻이 무척 깊다고 하니 그 말이 과연 사실인가요?"

"그렇습니다."

"그렇다면 나를 위하여 안민가를 지어 주시오."

충담은 이에 왕의 명을 받들어 노래를 지어 바치니, 왕은 아름답게 여기고 그를 왕사로 봉했으나, 그는 삼가 재배하며 간곡히 사양하고 받지 않았다. 안민가는 이러하다.

임금은 아버지요

신하는 사랑스런 어머니라

백성을 어린 아이라 여기시면

백성이 그 은혜를 알리라

꾸물거리며 사는 물생物生들

이를 먹여 다스려

이 땅을 버리고 어디로 가랴 하면

나라 안이 유지됨을 알리라

아!

임금답게 신하답게 백성답게 한다면

나라는 태평하리다

위 기록에서 안민가의 창작동기로 짐작할 수 있는 것은 "5악五嶽과 삼산신三山神 들이 때때로 나타나서 대궐 뜰에서 왕을 모셨다."는 구절이다. 삼산 오악은 신라가 국가적 차원에서 숭배하고 제사한 산을 말한다. 그 중 삼산은 경주 동쪽의 나력, 영천의 골화, 청도의 혈례를 가리킨다. 신라의 제사는 큰제사, 중제사, 작은제사로 나뉘는데, 삼산은 이 중 최고의 등급인 큰제사의 대상이 되었다.

또 신라가 삼국을 통일한 이후 넓은 영토를 차지하게 됨에 따라, 국토의 사방과 중앙에 해당하는 지역에 위치한 대표적인 산악을 지정하여 오악을 삼았는데, 동악에는 토함산, 서악에는 계룡산, 남악에는 지리산, 북악에는 태백산, 중악에는 팔공산이 그것이다. 이 오악은 중제사에 편입되어 나라의 평안과 발전을 기원하는 제사를 지냈다. 이와 같이 신라인들은 삼산오악에는 국가의 수호신이 거주한다고 믿어, 그곳에 정성을 기울여 제사를 지내고 그를 받들어 모시었다.

그런데 안민가의 배경설화에 기록된 바와 같이, 국가의 수호신인 "5악과 삼산신 들이 때때로 대궐 뜰에 나타났다."는 것은 무엇을 말함일까?

그것은 곧 국가에 비상한 사태가 일어날 것임을 경고하는 것이다. 이러한 산신의 출현이 국가의 흉조를 암시해 주고 있음은 『삼국유사』 의 처용랑 망해사 조에서도 볼 수 있었다. 곧 "경덕왕이 포석정에 행차했는데 남산신이 나타나 춤을 추었고, 금강령에 행차했을 때는 북악신이 나타나 춤을 추었는데, 이는 나라가 장차 망할 것이라는 것을 신이 춤으로 경고한 것이었다."는 내용이 그것이다. 그러므로 안민가 배경 설화에 보이는 산신 출현 관계 기록도 경덕왕 때의 국가적 위난을 암시해 준다고 볼 수 있다.

이와 더불어 경덕왕 때는 국가적 흉조를 암시하는 자연적 변괴나 재해에 관한 기록들이 『삼국사기』에 많이 적혀 있다. 이로 보아 경덕왕 대는 백성들이 편안함을 누리지 못하는 요소로 점철된 시대로서, 결코 태평성대가 아니었음을 알 수 있다. 경덕왕은 신라 중대를 마감하는 전제군주였던바, 신라사에 있어서 그 문물이 가장 융성한 시기에 이른 때이기도 하지만, 한편으로 왕권강화를 위한 전제정치에 따른 개혁정책이 단행되어, 전통적인 귀족 세력의 반목에 부딪혀 사회적인 혼란이 일기 시작한 때이기도 하다.

경덕왕은 지방 군현의 명칭을 중국식으로 바꾸고 중앙 관서의 명칭도 중국식으로 고침으로써, 질서가 정연한 중국의 제도를 모방하여 정치체제를 개혁하려고 애쓴 왕이다. 이를 일러 우리는 한화정책漢化政策이라 한다. 그러나 나라는 이미 쇠퇴의 길로 접어들고 사회는 곳곳에서 곪아터지고 있었다.

어떻든 이러한 조짐을 단적으로 표현한 것이 이 설화의 '5악과 삼산 신 들이 때때로 대궐 뜰에 나타났다'는 것이다. 이러한 불길한 징조에 대한 답으로, 왕은 위엄 있는 풍모를 지닌 중을 불러와 제사의식을 거행코자 한 것이며 이때 부른 주원가가 안민가다.

경덕왕은 향가에 대한 주원성을 충분히 알고 있었다. 일찍이 찬기파랑가의 심오한 힘을 알고 있었으며, 하늘에 두 해가 나란히 나타난 일괴를 없앤 도솔가의 주원력이나, 원가의 주원력을 익히 알고 있었다. 또 그의 재위 12년 계사(753년)에 가뭄이 들었을 때, 중 대현大賢이 내전에서 금광경을 강설하는 재를 올리자 갑자기 우물물이 일곱 길이나 솟는 것을 보았고, 그 이듬해에는 법해란 고승이 화엄경을 강설하여 창해滄海를 기울여 동악을 잠그게 하는 주원력을 직접 체험한 왕이다. 그러기에 그는 나라를 안정시키는 안민가를 짓게 했던 것이다.

안민가의 주원성은 오악삼산 신이 궁전의 뜰에 나타나는 데 따른 흉조를 없애는 일, 다른 말로 하면 나라를 태평스럽게 하는 일이다. 그런데 나라를 편안하게 하는 노래를 지어 달라는 왕의 요청에 대한 충담사의 노래 내용은, 단순히 나라의 태평자체를 기원한 것이 아니라, 왕에게 백성을 '사랑'하는 정치를 하도록 깨우친 노래이다. 다시 말하면, 이 노래는 왕으로 하여금 아집에서 벗어나 귀족들과의 반목을 일소하고 백성들의 소리에 귀를 기울이며, 백성을 불쌍히 여기어 잘 먹여 살리도록 힘쓰라는 깨우침의 노래다. 이것이 바로 찬기파랑가와 같이, 이 노래가 지닌 '그 뜻이 심히 높은' 이치임과 동시에 주원성인 것이다.

임금은 아버지요

신하는 사랑스런 어머니라

백성을 어린 아이라 여기시면

백성이 그 은혜를 알리라

꾸물거리며 사는 물생物生들

이를 먹여 다스려

이 땅을 버리고 어디로 가랴 하면

나라 안이 유지됨을 알리라

아!

임금답게 신하답게 백성답게 한다면

나라는 태평하리다

나라를 편안하게 다스리는 요체는, 임금은 백성들의 아버지가 되고 신하는 백성을 사랑하는 어머니가 되어서 그들을 불쌍히 여기면 백성들이 그 은혜를 알게 된다. 꾸물거리는 뭇 백성들을 힘써 먹이어 살리면, 마침내 백성들은 이 태평스런 땅을 버리고 어디로 가겠는가 하고 모두 제자리를 지켜, 백성으로서의 임무를 다하며 편안한 삶을 누릴 것이다. 아, 이처럼 임금은 임금답게, 신하는 신하답게, 백성은 백성답게 모두가 제 할 일을 다 한다면 나라는 태평하게 될 것이라는 것이다.

그러면 이러한 안민가의 주된 사상적 배경은 무엇일까?

이 노래의 마지막 장의 "임금답게 신하답게 백성답게 할지면 나라는 태평하리이다." 라는 구절이, 유교의 정명正名 사상에서 왔다고 하여 유교가 그 배경 사상이라고 하는 이가 있다. 실제『논어』안연편에 나와 있는 '군군신신민민君君臣臣民民'이란 구절이 그러한 뜻이다.

또 어떤 이는 충담사가 3월 3일과 9월 9일에는 차를 다려서 남산 삼화령의 미륵세존께 드린다는 것으로 보아 미륵사상이 그 밑바탕을 이룬다고도 한다.

그런데『논어』에 나오는 그 구절이 꼭 유교에만 존재하는 이념은 아니다. 그런 사상은 통상 국가적 질서를 강조하는 일반적 개념이다. 또 충담사가 삼화령의 미륵세존께 차를 바쳤다는 기록에 이끌려, 이 노래의 배경 사상이 곧 미륵사상이라고 추단하기도 하나, 이는 충담사가 승려이면서 화랑인 곧 승려낭도였다는 점을 고려하면, 그리 주목거리가 되지 못하는 하나의 자연스러운 사실이다. 화랑의 종교적인 면과 미륵신앙은 엄밀히 관련되어 있었으며, 미륵신앙의 도량이 화랑의 관람지가 된 것은 일반적 사실이기 때문이다. 그러므로 그러한 생각들은 그 일면만을 본 것이라 할 수 있다.

안민가의 전체적 내용은『화엄경』의 보현행원품에 나오는 항순중생恒順衆生을 그 주조로 하고 있다. 항순중생이란 항상 중생의 뜻에 순응하여 따른다는 것이다. 그것은 이 노래에 나오는 노랫말의 '꾸물거리며 사는 물생'에도 단적으로 나타나 있다. 여기서의 '물생'이 곧 중생을 가리키고, 그 형용어 '꾸물거리다'는 중생을 표현할 때 주로 쓰는 불교

적 어휘이기 때문이다. 균여가 쓴 항순중생가의 '법계 가득 구믈구믈'
이나 『몽산화상법어약로언해』의 '구믈구믈하는 중생이 다 불성이 있으
니', 『남명언해집』의 '준준蠢蠢은 구믈우믈할시라' 그리고 『선종영가집
언해』의 '구믈어려 나는 것을'이란 표현들이 다 그러한 예들이다.

그러면 안민가 창작과 관련된 그러한 요소를 좀더 깊이 있게 살펴보
기로 하자.

신라의 불교는 수용 당시부터 나라를 흥하게 하고 백성을 잘 다스리
려는 데 그 이념적 바탕을 구하였다. 이차돈이 순교에 앞서서, 이 불법
을 행하게 된다면 온 나라가 태평안락하고 진실로 경세제민에 이익이
있다고 여러 신하에게 주장한 것이나, 불교를 공인한 법흥왕이 등극하
면서, "아, 내가 덕이 없는 사람으로서 대업을 이으니, 위로는 음양의
조화가 모자라고 아래로는 백성들의 즐거움이 없어, 정사를 보살피는
여가에 불교에 마음을 두노니, 백성을 위하여 죄를 없앨 곳을 마련하
려 함이라." 한 사실 등은 신라 불교의 호국사상을 잘 말해 주고 있다.

그래서 불교의 호국 이념을 담고 있는 경전인 『금광명경金光明經』에
대한 법회를 자주 열곤 하였던 것이다. 경덕왕 때도 왕 12년에 덕이 높
은 중 대현을 불러와서 『금광명경』을 강설하게 했고, 이듬해에는 황룡
사에 나아가 중 법해에게서 『금광명경』을 들었다. 어떻든 신라는 치국
이념을 불교의 가르침에서 찾으려 하였다.

충담사가 안민의 이치를 『화엄경』의 보현행원품에서 찾고 있는 것

도 이러한 이념에 바탕을 둔 것이다. 보현행원품은 선재善才라는 동자가 보리심을 내어 53인의 덕이 높은 자를 차례로 예방하여 도를 묻고, 마지막으로 보현보살에게 10가지 행원行願(실천하고자 하는 몸과 마음의 서원)을 들었는데, 항순중생은 그 행원 중 9번째로 들은 내용이다. 그러면 그 내용을 개관해 보자.

　　내가 모든 중생들을 다 순종하여 따르고 가지가지로 잘 받들며 공양하기를 부모 공양하듯, 부처와 다름이 없이 하리니 여러 병고에는 좋은 의사가 되고, 길을 잃은 자에게는 바른 길을 찾게 하며, 어둔 밤에는 광명이 되고, 빈궁한 자에게는 흙에 묻힌 보물을 얻게 하는 등 이같이 평등하게 널리 이익 되게 하리라. 어찌하여 그러냐 하면 중생을 순종하여 따르면 그것은 곧 여러 신에 따르는 것이 되며, 중생을 존중하고 섬기면 곧 여래를 존경하고 숭배함이 되며, 중생을 기쁘게 하면 모든 부처를 기쁘게 하는 것이라. …… 생사의 넓은 벌판에서는 보리수왕菩提樹王(부처님)도 이와 같아서 모든 중생이 나무의 뿌리가 되고, 여러 부처와 보살이 꽃과 열매가 되니, 대비수大悲水로써 중생을 이롭게 하면 능히 여러 부처와 보살의 지혜와 화과花果를 성취하는 것이다. 왜냐하면 모든 보살이 대비수로써 중생을 이롭게 하면 곧 높은 깨달음을 성취하는 까닭이 되기 때문이다. 중생이 없으면 모든 보살이 마침내 최상의 깨달음을 얻지 못한다.

이 항순중생의 요지는 한말로 하면, 중생을 잘 따르고 섬기는 것이 부처를 따르는 것이고 깨달음을 얻는 길이라는 것이다. 이것은 물생 곧 중생을 어리고 불쌍히 여기며, 이것을 따르는 것이 참된 군왕의 도라는 것을 말한 안민가의 발상과 일치한다. 또 여기서 여래를 보리수 왕에, 보살은 화과에, 그리고 중생은 뿌리에 각각 비유하고 있는 것은, 안민가에서 군을 아비에, 신을 어미에 민을 아이에 비유하고 있는 발상과 매우 근접하고, 특히 중생을 뿌리로 파악한 항순중생 사상은 물생 즉 민民을 나라의 근간으로 파악한 안민가의 기조와 일치한다. 또한 보살이 대비수로 중생을 이롭게 해야 마침내 큰 깨달음을 이룬다는 것은, 안민가에서 물생을 어리고 불쌍히 여길 때 나라가 태평해진다는 구도와 일치한다.

보현보살은 마지막으로, "네가 이 뜻을 알고 응하여 중생의 마음을 평등히 하면 곧 능히 원만한 대비심을 성취하며, 대비심으로 중생을 따르는 고로 능히 여래에게 공양함을 성취하리라."라고 말한다. 대비로써 중생에 따르라는 이 사상은 바로 안민가의 주제 그대로다. 이와 같이 항순중생 사상과 안민가는 그 발상의 구도와 전개면에서 일치하고 있다.

더구나 이에 바탕하여 지은 균여의 항순중생가는 안민가의 발상과 내용면에서 너무나 유사함을 볼 수 있다.

부처님은

어린 중생을 뿌리 삼으니라

자비의 물로 적시어

시들지 않으리

온 세상 가득 꾸물꾸물하는

나도 함께 살고 함께 죽고

마음을 꾸준히 이어 끊임이 없이

부처 한 바와 같이 공경하리로다

아!

중생이 편안하다면

부처 모름지기 기뻐하시리

이 노래 1, 2행의 '부처님은 어린 중생을 뿌리로 삼으니라'는 안민가의 '임금은 아비고 백성은 어린 아이라'와 그 의미 맥락을 같이 하며, 3~6행의 '자비의 물로 적시면 시들지 않으리. 온 세상에 가득 꾸물꾸물하는 나도 함께 살고 함께 죽고'는 안민가의 '꾸물꾸물 사는 물생 이를 먹여 다스려'와 대응된다. 그리고 이 노래 마지막 두 행의 '아, 중생이 편안하다면 부처 모름지기 기뻐하시리'는 안민가의 마지막 장의 '아, 임금답게 신하답게 백성답게 한다면 나라가 태평하리다'와 그 시적 어법이 일치한다.

이와 같이 안민가의 창작 기저에 깔려 있는 사상은 불교의 화엄사상

특히『화엄경』보현행원품에 나타난 항순중생이다. 충담사는 여기에 나타난 항순중생을, 경덕왕의 아집을 바로 잡고 백성을 편안하게 다스리는 통치자의 바른 길이 되는 요체라고 생각하였다. 그래서 그는 이 항순중생에 바탕을 둔 안민가를 지어 제사의식에서 불러 바친 것이다.

그런데 안민가가 화엄사상과 관계가 깊을 것이란 것은, 이 노래가 갖는 주원성의 일차적 대상인 오악삼산이 기본적으로 전제주의를 사상적으로 뒷받침해 준 화엄종과의 깊은 인연에 발생한 것이란 데서 더욱 확인될 수 있다. 오악은 경덕왕의 전제적 집권체제와 결부된 화엄종의 산실이었기 때문이다.

신라 오악의 성립과 관련되는 오대산 신앙은 자장이 당나라에서 화엄신앙을 수용한 데서 비롯되었다. 이는『삼국유사』오대산오만진신 제목에 잘 나타나 있다. 이 기록을 간략히 살펴보면, 보천이란 사람이 오대산에서 수행을 계속하다 임종시에 이르러 뒷날 산 속에서 행할, 국가를 도울 행사를 기록하여 두었다. 그 내용을 보면, 보천은 오대산을 백두산의 큰 줄기라 하여 오대산에 대한 신성성을 강조하고, 다시 오대산 성소를 동・서・남・북・중으로 조직하여 그 다섯 방위에 원통사, 금강사, 수정사, 백련사, 화엄사를 두고, 이 다섯 절을 관리하는 본사로 화엄사를 두어 그 신앙적 의미를 부여하였다.

이들 다섯 절에는 각각 관음신앙, 지장신앙, 미타신앙, 석가신앙 및 나한신앙, 화엄 및 문수신앙 등이 성행하였는데, 이 다섯 분야의 신앙 형태는 결국은 본사인 화엄사에서의 화엄회의 개설 즉 화엄신앙에 의하여 한데로 모아졌다. 다시 말하면, 다섯 분야의 신앙 형태가 각각 그 특징을 지니되, 이들은 화엄사상에 의하여 통일된다는 화엄 만다라曼陀羅(Mandala, 깨달음의 경지 또는 그것을 그림으로 나타낸 것)적인 신앙 조직이다.

그런데 보천이 나라를 위하여 도움이 될 이러한 방안을 제시한 연대가 경덕왕대의 사회적 혼란기를 그 배경으로 하고 있는데, 이는 경덕왕대의 개혁 정치 및 중앙집권 정부에 도움을 주기 위한 것이었다.

위와 같은 여러 가지 사실을 종합해 볼 때, 오악은 경덕왕의 전제정치 및 당대의 사회적 불안과 밀접한 관련을 가지고 있으며, 이에는 화엄 신앙이 밀접히 연계되고 있음을 알 수 있다. 안민가 창작 관련 설화의 첫머리에 나오는 "오악 삼산신이 궁전 뜰에 나타났다."고 한 사실이 단순한 허구적 사실이 아님을 알게 됨은 물론, 오악 삼산신 출현과 관련하여 베풀어진 제사의식에서 불린 안민가가, 그 표면적 주원 대상인 오악 삼산신과 연계되는 화엄사상과 결코 무관하지 않는 것임을 쉽게 알 수 있다.

요약컨대, 안민가는 그 발상과 시적 어법을 분석하여 볼 때나, 주원 대상인 오악 삼산신 관련 설화를 고찰해 볼 때, 그 밑바탕에는 화엄 신앙이 밑받침되고 있음을 알 수 있다.

위에서 살펴본 바와 같이, 안민가는 항상 중생을 뿌리로 알고 사랑

하라는 보현행원의 사상을 밑바탕으로 하여 지어진 노래다. 그래서 충담사의 안민가는 균여의 항순중생가와 너무나 닮아 있다. 즉 항순중생가의 부처는 안민가에서는 임금으로, 항순중생가의 어린 중생은 안민가에서는 어린 아이 곧 물생으로, 항순중생가의 대비수는 안민가에서는 사랑으로 대치되고 있다. 중생이 편안하면 부처가 기쁘다는 항순중생가의 뜻은 임금이 백성을 사랑하면 나라가 태평해진다는 안민가의 내용으로 변용되어 있다.

(6) 사회 교화의 주원 우적가(遇賊歌)

우적가는『삼국유사』권5에 '영재永才가 도둑을 만나다'란 제목으로 다음과 같이 실려 있다. 노래 원문에 세 군데 도합 4자가 빠져 있으므로 원문을 함께 보기로 하자.

중 영재는 성품이 골계적滑稽的이었고 재물에 얽매이지 않았으며 향가를 잘 불렀다. 만년에 남악(지리산)에 은거하려고 대현령에 이르렀을 때 도둑 60여 명이 나타났다. 도둑들이 그를 해치려고 하였으나 영재는 칼날 앞에서도 두려워하는 기색이 없이 온화하게 대하였다.

도둑들이 이를 이상히 여겨 그 이름을 물으니 영재라고 대답했다. 도둑들은 평소에 그 이름을 듣고 있었으므로 노래를 짓게 했다. 그때 부른 노래는 이러하다.

自矣 心米
저의 ᄆᆞᆷ매   제 마음에
兒史 毛達只將來吞隱 日
줏 모ᄃᆞ럇단 날   형상을 모르던 날
遠鳥逸 □□ 過出知遣
머리 지나치고   오랜 동안 지나치고

今呑 籔未 去遣省如

열쫀 수메 가고쇼다　　　　이제는 숨어서 살려 하네

但 非乎隱焉 破□主

오직 외온 파계주　　　　오직 그릇된 파계破戒님들

次弗 □史 內於 都 還於尸朗也

저플 즈재 ㄴ 외 쏘 돌려　　두려워 다시 돌아가랴

此 兵物叱沙 過乎

이 잠글ㅅ아 디내온　　　　이 무기로써 지내고는

好尸日 沙也內乎呑尼

됴홀날 새누오ᄉ아니　　　　좋을 날이 새어 올까보냐

阿耶

아!　　　　　　　　　　　아!

唯只 伊吾 音之叱恨隱 澔陵隱

오직 이내 소릿한 선은　　　오직 내가 말한 선善은

安支尙宅 都乎隱以多

안ㅎ상택 도외다　　　　　편안하고 고상한 집이 됩니다.

　도적들은 그 노래에 감동하여 비단 두 단을 그에게 주니 영재
는 웃으면서 사절했다.
　"재물이 지옥에 가는 근본임을 알고 바야흐로 깊은 산중으로
피해 가서 일생을 보내려 하는데 어떻게 감히 이것을 받겠는가?"

이에 그것을 땅에 던져버렸다. 도적들은 또 그 말에 감동되어 모두 가졌던 칼과 창을 버리고 머리를 깎고 영재의 제자가 되어 함께 지리산에 숨어 다시 세상에 나오지 않았다. 영재의 나이 거의 아흔 살이었으니 원성대왕의 시대이다.

기린다.

> 지팡이를 짚고 산으로 가니 그 뜻 한결 깊은데
> 비단과 구슬이 어찌 마음을 다스리랴
> 녹림군자들아 그것을랑 주지 마라
> 지옥은 다름 아닌 촌금寸金이 근본이란다

이 배경설화의 줄거리는, 영재가 대현령에서 도적 60여 명을 만나 우적가를 불러 그들을 감복시켜 중이 되게 했다는 것이다. 곧 노래의 주원성으로 인하여 도적을 교화시킨 것이다.

이 노래가 창작된 원성왕대는 신라의 하대에 속하는 시대로서, 중대 말 혜공왕으로 시작된 쇠퇴기에 접어든 시기이다. 신라 하대의 정치 사회적 배경은 귀족 세력이 날뛰고 당쟁의 폐습이 생기어 왕위 쟁탈을 위한 음모와 반역, 골육상잔의 난이 그치지 않은 때였다. 원성왕 자신도 혜공왕 말년에 반역한 신하들이 날뛸 때, 김양상과 더불어 이를 평정하고 양상을 왕으로 옹립하는 데 참여하였고, 그 공로로 상대등에 올랐던 인물이다. 선덕왕이 세상을 떠나자 왕의 친족뻘 되는 김주원을 제치고 스스로 왕위에 오른 사람이다.

원성왕대의 사회 혼란상을 짐작케 하는 자연 재해 기록은 즉위 2년부터 14년 6월까지 계속 이어져 나온다. 메뚜기의 재해, 서리와 가뭄 그리고 역질의 재해가 이어지고, 도적이 봉기하고 권력 쟁탈을 위한 모반 사건이 잇달아 발생하여, 백성들의 삶은 파탄에 이르게 되고, 사회는 동요하여 뺏고 빼앗기는 그야말로 일대 싸움의 수라장으로 변모되어 갔다. 우적가 배경설화에 보이는 도적도 신라 하대가 낳은 그런 병폐의 하나로 불거진 것이다.

석가가 카필라성 밖에 있는 니그로다 숲에서 삼독三毒(인간이 빠지기 쉬운 세 가지 나쁜 독성 곧 탐욕, 성냄, 어리석음) 중 탐욕에 대해 말하기를, "탐욕 때문에 왕은 왕과 다투고 바라문은 바라문과 다투며, 부모는 자식과 다투고 형제끼리, 친구 끼리 서로 다투게 되는 것이다. 싸우고 욕질하다가 마침내는 몽둥이를 들거나 칼을 휘둘러서 죽이기까지 하니, 이것이 탐욕의 재앙이라." 하였다.

영재가 만난 60명의 도적들도 단순히 물질적인 욕심에 사로잡힌 무리들만을 가리키는 것이 아니라, 왕위 찬탈, 귀족간의 세력 다툼, 더 가지기 위한 칼부림, 이 모든 것이 석가의 말을 빌리지 않더라도, 다 탐욕에서 나온 것이다. 신라 하대에서 탐욕으로 빚어진 이러한 모든 다툼의 모습이 이 설화에서는 '도적'으로 환치되어 있다.

이 노래는 바로 그러한 욕망의 투쟁으로 칼부림하는 신라 하대 사회를 불교의 힘으로 교화하기 위한 방편으로 지어진 시가라 할 수 있다.

신라 불교의 특색은 불국토 사상과 나라를 흥하게 하고 백성을 이롭게 하는 흥국이민 사상으로 대변된다. 신라는 흥국이민 내지 호국사상을 드높이기 위하여 백고좌百高座(고승 백 명을 모시고 설법하는 큰 법회)법회를 수시로 베풀었다.

영재 또한 신라 불교의 특성의 하나인 흥국이민의 정신을 발휘하여, 빼앗고 더 가지려는 욕망으로 가득 찬 신라 사회의 부조리를 교화하고 정화해 보려는 고승이었으며, 그가 지은 우적가는 그의 이러한 사상을 담은 교화가다. 배경설화에서 영재의 나이 거의 90에 은거하려고 대현령에 들었다고 하였지만, 사실 이러한 행위는 어지러운 신라 사회의 탐욕 집단의 하나였던 도적을 교화하기 위한 의도적 행위의 일환이 아니었던가 싶다.

도적들이 영재라는 이름을 듣고서 단번에 그를 알아보았다는 것은, 그가 평소에 향가를 지어 부르면서 교화 활동에 진력하고 있었음을 암시한다. 아울러 영재의 성품이 골계적이었다고 한 것이나 도적을 중이 되게 했다는 행위는, 신라 선대의 다른 교화승들의 여러 행적과 유사하다는 점도 그러한 사실을 뒷받침한다.

신라 대중 교화승의 선각자로서는 혜숙, 혜공, 대안, 원효 등을 들 수 있는데, 이들의 교화 행적을 볼 때 모두 성품이 골계적이었으며, 때로는 노래도 부르면서 하층계급이나 타락자 등과 접촉하였다.

중 혜숙은 적선촌에 숨어 산 지 20여 년이나 되었는데, 그때 국선 구담공이 거기에 가서 사냥을 하게 되었다. 하루는 혜숙이 길가에 나가 말고삐를 잡으며, 소승도 따라가고 싶은데 어떻겠습니까 하고 청하니 공이 이를 허락하였다. 이에 이리 뛰고 저리 달려 옷을 벗어젖히고 서로 앞을 다투니 공이 기뻐하였다. 앉아 쉬면서 잡은 고기를 굽고 삶아 서로 먹기를 권하니, 혜숙도 또한 같이 먹으며 조금도 꺼리는 기색이 없었다.

이윽고 혜숙이 공의 앞에 나아가 지금 맛있는 고기가 여기 있는데 좀 더 드릴까요 하니, 공이 좋다 하므로 혜숙은 사람을 물리치고 제 다리의 살을 베어 소반에 놓아 올리니, 옷에 붉은 피가 줄줄 흘러내렸다. 이에 공은 이게 무슨 일이오 하니 혜숙이 말하기를,

"처음에 제가 생각하기는 공은 어진 사람이라 능히 자기를 미루어 사물에까지 미치리라 생각하고 따라왔는데, 지금 와서 보니 오직 죽이는 것만을 몹시 즐기니 우리의 무리는 아니 되겠습니다."

라고 하였다.

공은 마침내 크게 부끄러워하였는데, 혜숙이 먹던 고기 그릇을 보니 고기가 고스란히 그대로 있었다. 이 이야기를 들은 진평왕이 사자使者를 보내어, 혜숙을 맞아오게 하였으므로 사자가 혜숙을 찾아가니, 혜숙은 어떤 부녀자의 침상에서 자고 있었다. 이를 본 사자가 더럽게 생각하고 그 길로 돌아와 버렸는데, 그 사자가 7, 8리쯤 왔을 때, 맞은편에서 걸어오고 있는 혜숙을 만나게 되었다. 사자가 하도 이상해서 물으니, 혜숙은 성중의 신도 집에서 7일재가

있어 갔다가 이제 마치고 돌아오는 길이라고 하였다.

혜숙은 서울에서 멀리 떨어진 곳에 은거하면서 살았다는 것이다. 그런데 여기서 숨어 살았다는 것은 세상을 피하여 깊은 산 속에 숨어 살았다는 것이 아니다. 거기서 사냥을 일삼고 살생을 즐기는 잔인한 국선을 눈뜨게 하고, 신도 집에 재를 지내 주었다는 등의 이야기를 통해 볼 때, 혜숙은 그 마을에서 사람들을 두루 교화하였음을 알 수 있다. 그러므로 그 은거는 세상을 피하여 숨는 소극적인 자세가 아니고, 귀족 중심의 불교와 도성 중심의 불교에서 벗어나, 호사스러움과 안락의 생활에서 떠난 적극적인 은거라고 볼 수 있다. 이것은 바로 귀족과 도성 중심의 불교로 하여금, 시골의 촌민에게 불교의 교화를 미치게 하였던 대중불교 운동의 선구적 행위였음을 짐작할 수 있다.

그런데 혜숙이 구담공을 깨우치는 과정을 볼 때, 다리 살을 베어주는 섬뜩함이라든가, 부녀자의 침상에서 자고 있는 것 같았으나 알고 보니 신도의 집에서 재를 행하고 오더라는 등의 이적이 개입되고 있어서 의아스러움을 자아낸다. 구담과 같이 살생에 어긋나는 사냥도 하고 함께 고기도 먹는 과정을 통한 특이한 교화 방법을 행한다. 이러한 기이한 교화 행동의 밑에 흐르는 것은 바로 골계 그것이다. 그러므로 영재의 골계를 바탕으로 한 도적 교화는 이러한 신라 교화승의 전통을 그대로 잇고 있다고 할 수 있다.

다음으로 혜공을 보기로 하자.

중 혜공은 항상 이름 없는 조그만 절에 살았다. 언제나 미치광이처럼 술에 취하여 삼태기를 지고 거리에서 노래하고 춤추었으므로, 그를 가리켜 삼태기 화상이라 불렀으며, 그가 있는 절을 삼태기 절이라 하였다. 그렇게 거리를 휩쓸다가 절에 돌아오면, 언제나 절의 우물 속에 들어가곤 했는데, 한 번 들어가면 몇 달이나 나오지 않았으므로, 스님의 이름으로 그 우물 이름을 지었다.

그의 만년에는 영일의 항사사에 가서 살았다. 그때 원효가 시내를 따라가며 물고기와 새우를 잡아먹고 돌 위에 대변을 보고 있는데, 혜공이 그것을 가리키며 당신은 똥을 누고 나는 고기를 누었다고 하였다. 이런 유래에서 그 절 이름을 오어사라 하였다.

혜공이 늘 작은 절에서 살며 매번 미친 듯이 취하고 삼태기를 지고 거리에서 노래하고 춤을 추었다는 것은, 시중에서 일반 서민을 교화한 것이라 볼 수 있다. 그가 이처럼 술에 대취하여, 등에 삼태기를 지고 거리에서 노래하고 춤춘 것은 단순한 음주 파계의 타락행이 아닌 대중 교화의 한 방편이었다. 술에 취한 뒷골목의 군상들과 희망을 잃은 타락자들을 접촉하여 교화 구제하기 위해서는, 그들과 같이 섞일 수 있는 같은 차림과 행색이라야 가능했을 것이다. 그래서 골목을 휩쓸고 다니면서 미친 듯이 취하여, 삼태기를 지고 가무로써 시중 서민들을 접하면서 교화했던 것이다.

미치광이처럼 술에 취하여 삼태기를 짊어진 채 춤과 노래로 서민을 교화한 것이나, 물고기와 새우를 잡아먹고 돌 위에 대변을 보아, 불교의 이치를 가르치는 혜공의 모습은 골계 바로 그것이다. 이 또한 골계로 도적을 교화하는 영재의 모습과 조금도 다를 바가 없다.

그리고 중 대안은 특이한 형상으로 시장에서 동발銅鉢을 두드리며, 대안대안大安大安 하고 외치며 왕명도 거역하며 궁궐로는 절대 들어가지 않고, 경전을 시장판에서 벌이고 앉아 그것을 차례로 꿰매어서 책을 만들곤 하였다.

원효는 형상이 기괴한 무애호無碍瓠라는 바가지를 만들어 두드리고 무애가를 지어서 거지들이나 더벅머리들을 상대로 하여 춤추고 노래하면서 그들을 교화하였다. 이처럼 대안도 원효도 모두 골계적인 행동으로 민중을 교화하였다.

성품이 골계적인 영재가 도적을 상대로 하여 부른 우적가도 선대의 유명한 교화승들이 보인 그러한 노래와 춤과 같은 한 방편이었다.

이 우적가를 이해하기 위해서는 먼저 이 노래에 적힌 낱말 몇 개를 살펴볼 필요가 있다. 이 노래와 관련 설화에는 빠진 글자가 여럿 있어서 해독에 어려움을 던져 주고 있다. 배경설화에 세 글자가 빠져 있고 노래에는 세 군데 도합 4자가 빠져 있다. 그리고 노랫말 중에 자전에도 보이지 않는 '濟'이란 글자가 씌어 있고, 또 마지막 행에 '安支尙宅안지상택'이란 생소한 어휘까지 있어 해독에 어려움을 준다.

빠진 곳 중, 반드시 기워야 할 중요한 다섯째 행의 '破口主'는 '파계주破戒主'로 해독하는 데에 학자들의 의견이 대체로 일치하고 있다. 도둑을 가리켜 '계율을 파괴한 님'으로 표현했다고 보는 것이다. 고사에서 도둑을 대들도 위의 군자 즉 '양상군자樑上君子'로 풍유한 것과 같다. 일연도 기리는 글에서 그들을 가리켜 '녹림군자'라 하였다. 여기서 우리는 골계의 한 단면을 본다.

'潽'자가 붙은 '潽陵선릉'이란 말은 이 노래 외에는 쓰인 예가 없다. 그러나 균여가 지은 보현십원가에 이와 비슷한 '선릉善陵'이란 말이 두 군데나 나타나고 있는 것으로 보아, 이 '潽' 자는 목판에 새길 때 '善선' 자를 잘못 새긴 것이라 보고 있다. 그래서 '潽陵隱선릉은'은 '선善은'으로 해독하고 있다.

다음으로 '安支尙宅안지상택'에 대하여 알아보자. 향가의 해독 중에 가장 의견이 엇갈리고 있는 말이다. 그런데 이 말은 아마도 당시에는 한자말 그대로 사람들의 입에 널리 오르내리던 말이라 생각된다. 김준영이 말한 대로 당시에 널리 회자되던 '안ㅎ상택'을 표기한 것으로 보인다. 이와 유사한 말이 두보의 발동곡현發同谷縣이란 시에 보인다.

賢有不黔突현유불검돌	현인 묵자는 굴뚝이 검도록 있지 못했고
聖有不煖席성유불난석	성인 공자도 자리 따습게 되도록 있지 못하고 다니시니
況我飢愚人황아기우인	하물며 나같이 가난하고 어리석은 사람이

焉能尚安宅언능상안택　어찌 **편안한 한 곳**에서 살 수 있으리오

공자가 앉는 자리는 따뜻하지 않고, 묵자의 집 굴뚝은 검지 아니하
다는 것은 불을 때지 않았다는 것이다. 이것은 공자와 묵자는 모두 세
상을 구하는 일에 분주하여 집에서 편안히 쉴 새가 없었다는 뜻도 되
고, 따뜻하고 편안한 삶을 살지 않았다는 의미도 된다. 어떻든 여기 나
오는 '尚安宅상안택'은 '편안하고 따스한 곳'을 가리킨다.

'안택安宅'이 '편안한 곳'을 뜻함은 그 유래가 오래다. 『시경』소아의
홍안鴻雁이란 시에 이런 구절이 있다.

鴻雁于飛홍안우비	기러기는 떼 지어 날아와
集于中澤집우중택	못 가운데 모여 있도다.
之子于垣지자우원	유민流民들은 담을 쌓으니
百堵皆作백도개작	모두 흙담을 충분히 쌓도다.
雖則劬勞수즉구로	비록 많이 힘들고 고되지만
其究**安宅**기구**안택**	마침내 **편안한 집**을 얻었도다

이 시는 전체가 3장으로 되어 있는데, 인용한 부분은 제2장이다. 사
방으로 흩어져 떠돌던 백성들이 좋은 지도자를 만나 안주할 곳을 마련
한 기쁨을 노래한 시다. 첫 장에서는 유민들이 집이 없어 들판에서 고
생하는 모습을, 둘째 장에서는 유민들이 차차 편안히 거주하게 된 안

택을 얻은 것을, 마지막 장에서는 유민들이 그들의 고생을 알아주는 어진 지도자에게 감격해 하는 모습을 그렸다.

『맹자』에도 이 말이 나온다. "인은 사람의 가장 편안한 집이요. 의는 사람의 가장 똑바른 길이니라[仁 人之安宅也 義 人之正路也]"는 구절이 그것이다. 여기서 '사람이 거居하고 행할 바른 길'이라는 뜻의 '안택정로安宅正路'라는 말이 생기게 되었다.

또 우리 민속에, 집안을 편안하게 하는 굿을 할 때 읽는 경을 안택경安宅經이라 한다. 안택은 가정의 신에 대하여 한 가정의 안녕함과 번영을 비는 무속제의인데, 주로 장님인 독경무讀經巫들이 행한다. 대체로 농한기인 시월이나 정월에 많이 하는데 한해의 추수를 마치고 햇곡으로 제물을 준비하여 성주·지신·조상·제석·조왕 등 가신에게 감사의 뜻을 표하고 가정의 행복과 번영을 비는 뜻에서 행해지는 무속의례다.

이에서 보는 것처럼, 우적가에 나오는 '安支尙宅안지상택'도 바로 '편안한 집'이란 의미를 가진 말이라 생각된다. 그래서 마지막 장은,

"아!

내가 말한 선善은

편안하고 고상한 집이 됩니다."란 뜻이 된다.

영재의 성품이 골계적이라 하였다. 골계를 단순히 익살스러움으로 생각하는 경우가 많다. 그러나 골계란 말은 본래 단순한 익살이 아니라 그 가운데 어떤 교훈을 주는 일을 뜻한다. 다시 말하면, 지식이 많

고 말을 잘 하여 남의 시비 판단을 되돌리게 하는 것을 가리킨다. 그러므로 영재의 성품이 골계적이라 한 것은 그가 유연한 말솜씨로 남을 설복시키는 능력을 가지고 있었다는 것이다. 영재가 향가를 잘한다는 사실을 도둑들도 이미 들어 알고 있었다고 한 것으로 보아, 영재는 평소 향가로 남을 교화하는 능력이 뛰어난 사람이라는 것도 알 수 있다.

균여는 향가의 성격에 대해서 말하기를, "향가는 세상 사람들이 희롱하며 즐기는 도구이다. 그래서 얕은 데를 건너 깊은 데로 돌아가게 하고, 가까운 데로부터 먼 데로 이르게 되니, 세속의 도리에 따르지 않고서는 둔한 바탕을 인도할 길이 없으며, 통속적인 말에 따르지 않고서는 크고 넓은 인연을 나타낼 길이 없다."고 하였다. 이것은 바로 영재에게 그대로 적용되는 말이다. 영재가 세상 사람들이 평소 희롱하며 즐기는, 그야말로 쉬운 말로 된 향가로써 도둑들의 나쁜 행동을 깨우치고 있다. 이것이 곧 세속의 도리로 둔한 바탕을 인도하는 것이며, 얕은 데를 건너 깊은 데로 돌아가게 하는 것이다. 이런 것이 바로 골계다.

여기서 우리는 우적가의 성격을 파악할 수 있는 단서를 찾을 수가 있다. 종래 이 노래의 성격을 크게 두 가지로 나누어 파악해 왔다. 그 하나는 영재 자신을 향한 노래라는 것이고, 다른 하나는 도둑을 향한 노래라는 것이다. 앞의 주장을 따르면 이 노래는 자아를 향한 선禪적인 노래요 깨달음을 위한 선시禪詩가 되고, 뒤의 주장을 따르면 이 노래는 바깥의 세계 곧 도둑들을 향한 교화가가 된다.

전자의 주장은 양주동의 해독이 그 바탕이 된다. 그의 해독은 이러하다.

제 마음의
형상을 모르던 날
멀리 지나치고
이제란 숨어서 가고 있네
오직 그릇된 파계주를
두려워할 짓에 다시 또 돌아가리?
이 무기를사 지내곤
좋은 날이 새리니
아!
오직 요만한 선善은
아니 새 집이 되니이다.

"내 마음의 주인공인 참 나를 깨닫지 못해, 속세를 멀리 하고 이제 더욱 정진하기 위해 은거하러 가네. 잘못된 도둑님들의 칼날이 무서워서 내 뜻을 접고 다시 돌아가겠는가? 그럴 수는 없다. 그네들이 겨누는 이 칼에 찔려 죽는다면 그건 오히려 좋은 날이 새는 것과 같아서 기쁘겠다만, 그러나 아, 요만한 선업 가지고는 아직 내가 바라는 새 집이 되지는 못한다."

란 뜻이다. 그야말로 자신의 깨달음을 위한 외침이다.

그러나 이러한 정조情操는 앞에서 말한 골계나 교화가의 정서와 맞지 않다. 자아를 향한 그런 고답적인 선시를 듣고, 무지한 도둑들이 과연 그것을 이해하고 칼을 버렸을까? 균여가 말한 바와 같이, 향가는 세상 사람들이 즐기는 도구요 통속적인 말로서, 크고 넓은 인연을 나타내는 길로 쓰이는 노래다. 높은 깨달음을 추구하는 선시는 그러한 성격에 부합되지 않는다. 그러므로 우적가는 자아를 향하는 선시가 아니라, 외부 세계를 향한 설득의 목소리여야 한다. 그래서 영재는 도둑들을 향하여 이렇게 불렀을 것이다.

제 마음에

형상을 모르던 날

오랜 동안 지나치고

이제는 숨어서 살려 하네

오직 그릇된 파계破戒님들

두려워 다시 돌아가랴?

이 무기로써 지내고는

좋을 날이 새어 올까보냐

아!

내가 말한 선善은

편안하고 고상한 집이 됩니다.

이 노래의 전반부는 자신의 현재 심정과 처지를 노래했고, 후반부는 도둑들을 깨우치는 내용을 노래했다. 곧 Ⅰ장에서는 영재 자신의 '마음 닦음'에 대한 선적인 경지를 노래했다. 불교는 '마음 닦음'에 대한 종교다. 부처의 말씀인 교教도, 마음을 한데 모으는 선禪도 모두 이 하나에 귀결된다. 영재는 나이 이미 만년에 이르렀으나 '마음의 형상'을 몰라 남악에 은거하려 한다고 하였다. 다른 말로 하면 마음을 닦기 위해 숨어 살려 한 것이다.

그런데 여기서 도둑 떼를 만났다. 칼을 들고 위협하는 도둑들에게 영재는 의연한 자세로 그들을 깨우친다. 도둑들을 향해서 '계율을 어긴 님들'이라고 골계적인 표현을 쓰면서, 그 무기가 두려워서 돌아설 자신이 아니라고 일차적으로 고한다. 이어서 그는 도둑들에게 "파계주들이여, 이와 같이 무기를 지니고 산적 노릇을 한다면 좋은 날은 다시 새지 않는다. 아, 내가 지금 말한 선善의 길을 간다면 그것이 편안하고 고상한 집이 됩니다."란 말로 타이른다. 이러한 우적가의 주원성에 의하여 도둑들은 칼을 버리고 불제자가 된 것이다.

여기서 우리가 되짚어야 할 사항이 있다. 이 노래의 주된 줄기는 앞부분의 선적禪的인 내용이 아니라, 뒷부분의 도둑들을 타이르는 내용이라는 것이다. 다시 말하면 이 노래의 주지는 자신의 마음 닦음에 있는 것이 아니라, 도둑들을 깨우치게 하는 데 있는 것이다. 첫 부분에 나와 있는 선적인 내용은 후반부의 교화 내용을 말하기 위한 하나의 전제일 뿐이다. 곧 우적가는 선시가 아니라 골계를 담은 교화가이다.

그런 노래의 주원력에 의하여 도둑들은 모두 칼을 버리고 불제자가
된 것이다.

(7) 왜군 퇴치를 위한 주원 혜성가(彗星歌)

혜성가는 『삼국유사』 권5에 '융천사融天師의 혜성가와 진평왕대'란 제목으로 다음과 같이 실려 있다.

제5 거열랑 제6 실처랑 제7 보동랑 등 세 화랑의 무리가 풍악 산에 놀러가려고 하는데, 혜성이 심대성心大星을 범하였다. 낭도들 은 이를 의아스럽게 생각하고 그 여행을 중지하려고 하였다. 이때 에 융천사가 노래를 지어 부르자 별의 괴변은 즉시 사라지고, 일본 군사가 제 나라로 돌아가니 도리어 경사가 되었다. 임금이 기뻐하 여 낭도들을 보내어 풍악에서 놀게 했는데 노래는 이렇다.

예전 동햇가의
건달바가 놀던 성을 바라보고
왜군이 왔다며
봉화를 든 변방이 있으라
세 화랑의 산 구경 오심을 듣고
달도 부지런히 등불을 켜는데
길쓸별을 바라보고
혜성이라 사뢰는 사람이 있구나
아!

인도하러 떠갔더라

이봐 무슨 혜성이 있을꼬

진평왕 때 거열랑·실처랑·보동랑 등 세 화랑이 풍악(금강산)으로 유람하려 하였더니 혜성이 심대성心大星을 범하고 있었다.

낭도들이 의아하여 놀러 가지 않았는데, 그때 융천사가 혜성가를 지어 부르니 혜성의 변괴가 없어지고, 때마침 침략한 왜구도 물러가 도리어 복이 되어, 대왕이 기뻐하여 낭도를 풍악에 보내어 유람하게 하였다는 이야기다. 이 이야기에서 보듯 혜성가는 향가 중 가장 주원성이 두드러지는 노래의 하나다. 노래의 힘에 의하여 혜성의 변괴도 사라지고 더불어 왜병도 물러갔다.

이러한 혜성가를 이해하기 위해서는 우선 여기에 등장하는 제재와 시적 수사修辭에 대해 알아 둘 필요가 있다. 그러면 여기에 나타나는 심대성, 건달바와 건달바 성, 화랑의 산 구경, 혜성 등에 대해 살펴보자.

건달바乾達波는 산스크리트어 'Gandharva'를 한역한 말로서 인도신화에 등장하는 신의 이름이다. 건달바는 여러 천天(천왕과 천인들이 살고 있는 세계)들을 위해 허공을 날아다니며 음악을 즐기고 음료와 약품을 제공하는 신이다. 술이나 고기를 먹지 않고 향기만 먹는다고 하여 향신香神·식향食香·심향尋香이라고도 한다.

불교에서는 팔부중(불법佛法을 수호하는 용, 야차 등의 여덟 신神)의 하나

로서 수미산(불교에서 세계의 중심에 높이 솟아 있다는 산. Sumeru) 남쪽의
금강굴에 살며, 최고의 신인 제석천의 아악雅樂을 맡아 보는 신이며,
사방위 중 동쪽을 지키는 신인 동방지국천왕의 부하로서 불법과 불제
자를 수호한다. 또 건달바는 제석천의 음악을 맡은 신으로서 부처님
이 설법하는 자리에 나타나 불법을 노래와 춤으로써 찬탄하고 수호한
다고 한다. 지금 우리가 쓰는 '건달'이라는 말도 여기서 유래한 것이다.
베짱이처럼 노래나 즐기고, 이리저리 향기나 탐하며 기웃거리는 건달
바의 속성에서 생긴 말이다.

건달바성은 건달바가 만든 성이다. 건달바성은 건달바가 허공에 날
아다니며 음악과 향기로 교묘하게 지은 성이다. 즉 실재의 성이 아니
라 환상의 성곽인 신기루다. 그래서 불교에서는 실체가 없는 공空 · 허
구 · 허망 · 일시적 존재 등을 비유하는 말로 쓰인다.

옛 사람들은 일식, 월식, 번개, 별의 변괴 등의 천문 현상과 지진, 태
풍, 가뭄, 해충 발생 등의 자연 현상이 나라의 안위와 직결된다고 생
각하였다. 특히 기상이변은 임금의 부덕과 연관되는 것이라 생각하였
다. 그런 사상을 재이론災異論이라 함은 앞에서 설명한 바와 같다.

그 중 혜성은 요망하고 간사스러운 별이라 생각하여, 혜성이 나타나
면 천재나 병화가 있으며 나라가 망할 조짐이라 여겼다. 또 심대성은
28수 중 심수心宿의 큰 별인데, 신라인들은 그 별이 나라의 중심지인
경주를 상징한다고 생각했다. 그러므로 '혜성이 심대성을 범했다'는 것

은 경주 즉 신라에 외적이 침입하였다는 사실을 비유적으로 말하는 것이다.

그리고 이 설화에 나오는 '풍악산에 놀러가려 했다'는 구절의 '놀이[遊]'에 대한 의미에 유의해야 한다. 이때의 '놀이'는 처용가에서도 살폈지만, 단순한 유흥으로서의 놀이가 아니다. 임무 수행을 위한 공적公的인 행위를 나타낸다. 처용가 배경설화에 '왕이 개운포에 가 놀았다'는 구절이 있는데, 여기에 나오는 '놀다[遊유]'는 그냥 논다는 뜻이 아니라, '유세, 순수'의 의미라는 것은 앞에서 여러 번 설명한 바이다. 유세는 제후를 찾아다니며 자기의 정견을 설명하고 권유하는 것을 말하고, 순수는 여러 지방을 돌면서 민정을 살피는 것을 말한다.

이 혜성가에 나오는 화랑들의 '놀이'도 전후 문맥을 보아, 단순한 야유가 아니라 공적 행위인, 일본군을 물리치는 전투의 뜻을 함축하고 있는 것으로 해석해야 한다.

다음으로 혜성가는 직서법이 아닌 언령사상言靈思想에 바탕을 둔 상징적 수사로 되어 있다는 점에 유의해야 한다. '언령사상'이란, 말에는 신이한 영적 힘이 있어서 말한 대로 된다는 생각을 가리킨다. 우리 속담에 '말이 씨가 된다'는 말이나, '호랑이도 제 말 하면 온다'는 말도 이 언령사상에 기인한 것이다. 좋은 말은 좋은 결과를 가져오고, 나쁜 말은 나쁜 결과를 가져온다는 사고 형식이다.

이 언령사상은 동서양 모두에서 예부터 유래한 것이다. 고대 그리스

인들은 말에는 주술적인 능력이 있다고 믿어 온바, 그들은 말이 선포되면 말 그대로 이뤄진다고 믿었다. 히브리인들 또한 말의 힘을 신앙적으로 받아들였다. 그런 흔적은 성경 곳곳에 나타나 있다.

이런 언령적 언어관은 우리나라의 덕담 형식에서도 볼 수 있다. 덕담은 새해 첫날 일가친척 또는 친구 간에 서로 잘 되기를 비는 말이다. 그런데 이 덕담은 미래형이 아닌 과거형 또는 현재 완료형으로 하는 것이 정칙이다. '이제 그렇게 되라'고 축원해주는 것이 아니라, '벌써 그렇게 되었다지'라고 단정해서 경하하는 것이 덕담의 특색이다. 우리 선인들은 음성 내지 언어에 신비한 힘이 들어 있어서, '무엇이 어떻다' 하면 말 자체가 그대로 실현되어지는 신령스러운 힘을 가지고 있다고 믿었다. 덕담의 표현 방식은 그러한 언령적 효과를 기대한 데서 생긴 세시풍속이다.

그래서 노총각에게는 "올해는 장가 갔다지."라 하고, 시험을 치를 사람에게는 "올해는 합격했다지." 하고, 사업을 하는 사람에게는 "올해는 돈 많이 벌었다지." 하는 것이다. 뒤에서 고찰하겠지만 혜성가에는 이러한 덕담적 표현으로 가득 차 있다.

그러면 혜성가 관련 설화를 살펴보자.

이 설화를 보면, 혜성가를 지은 표면적인 이유는 혜성이 심대성을 범했기 때문에, 이를 없애기 위하여 융천사가 노래를 지었다는 것이다. 그런데 이 노래를 부르자 성괴星怪가 즉시 없어졌다는 기사 다음에, 갑작스레 왜군이 자기 나라로 돌아갔다는 사실을 불쑥 꺼냄으로써, 이 노래의 창작 동기가 성괴를 즉멸코자 한 사실만이 아닌, '왜군을 물리치고자 한' 심층적 의미가 거기에 숨어 있음을 알 수 있다.

즉 혜성가 창작의 참된 이유가, 혜성이 심대성을 침범했다는 표층적 이유가 아니라, 왜군이 침입했다는 심층적 의미에 있다는 것이다. 말하고자 하는 참 사실은 극도로 숨겨지고, 그에 대응되는 상징적 사실만을 표면에 두드러지게 나타내고 있는 것이다.

다시 말하면, 이 배경설화는 상징적 수법으로 되어 있다는 데에 우선 유의해야 한다. 뒤에서 말하겠지만, 이 노래 또한 상징적인 덕담적 수사 및 언령적 태도로 일관되어 있어서, 노래의 성격과 구조를 이해하는 데 이 점은 중요한 하나의 원리로 작용한다. 요약컨대, 혜성가의 근본적 창작 동기는 성괴를 없애는 것이 아니라 왜군을 물리치기 위한 것이다. 혜성이 심대성을 침범했다는 사실 또한 이 설화 전체의 한 특성인 상징적 구도에 비추어 보면, 이것은 왜병을 물리치기 위함이라는 사실을 표현하기 위한 하나의 비유적 사실에 지나지 않는다.

또 이 설화에는 혜성이 심대성을 범했다는 것과 왜군이 물러갔다는 것의 상징적이고 이중적인 구조에다가, 세 화랑의 풍악산 구경 기사가 복합적으로 개입되어 있다. 풍악산에 놀러가고자 한 세 낭도가 혜성 출현으로 인하여 놀이를 중지하려 할 때, 융천사가 노래를 지어 부름에 의하여 왜병이 돌아가므로 다시 화랑을 풍악에 놀러가게 했다는 것이다.

겉으로 드러난 문맥대로라면, 이 설화의 구조상 세 화랑의 풍악산 기행은 일종의 사족이며 불필요한 요소다. 그런데 화랑들의 풍악산 놀이 이야기가 여기에 기록된 까닭은 이 이야기가 꼭 말해져야 하는 필요가 있기 때문에 첨부된 것이다.

이 설화의 특성으로 볼 때, 왜병의 물러감을 말하기 위해 혜성이 심대성을 범했다는 이야기를 내세운 것처럼, 화랑의 풍악산 놀이를 말하기 위해 종속적인 요소로 왜병의 환국 이야기가 설정되어 있음을 추정할 수 있다. 화랑의 풍악산 놀이와 왜병의 물러감은 밀접한 관계로 맺어져 있다. 바꾸어 말하면, 왜병을 물리치기 위해 화랑이 풍악산으로 출정한 것이다.

이를 정리하면, 혜성가는 왜병의 침략을 퇴치하고자 하는 화랑단의 출정에 임하여, 승려 낭도인 융천사가 부른 주원가인 것이다.

앞에서도 강조한 것처럼 이 기록의 덕담적, 언령적 수사에 비추어 볼 때, 세 화랑의 풍악산 놀이는 단순한 심신 수련을 겸한 풍류생활의 일단이 아니다. 여기서의 '놀이[遊]'는 단순한 즐기기 위한 것이 아닌 화랑도의 왜군 퇴치 행위를 함축하고 있는 말이다. 다시 말하면 여기서의 '놀이'는 전투행위를 상징적으로 표현한 것이다.

그러면 이러한 사실을 바탕으로 혜성가의 내용과 구조를 더듬어 보기로 하자.

먼저 첫째 장을 보자

예전 동햇가의
건달바가 놀던 성을 바라보고
왜군이 왔다며
봉화를 든 변방이 있으라

덕담적 화법과 대립적 구조라는 이 노래의 수사에 비추어 볼 때, 건달바는 왜군과 대립적 짝을 이루고 있다. 동햇가에서 놀고 있는 건달바를 잘못 보고 왜군이 왔다고 했다는 것이다. 동해 물가에 나타난 것은 무기를 지닌 왜군이 아니라, 악기를 들고 노래 부르면 놀고 있는 악사들인데, 그것을 잘못 알고 왜군이 쳐들어 왔다며 봉화까지 쳐들었다는 것이다. 그것도 시간적으로 지금이 아닌 '예전'이며, 공간적으로는 실제 성이 아닌 건달바 성 곧 허공의 신기루를 보고 왜군이 온 것으로 착각하고 있다는 것이다.

왜군을 왜군이 아닌 음악의 신 건달바로 치부해 버림으로써, 왜군의 침입을 없는 것처럼 달래려는 언령적 수법이다. 쳐들어 온 왜군 무리들을 실체가 없는 신기루로 치환함으로써, 왜군의 침입이 없던 것으로 덕담적 표현을 하고 있는 것이다.

다음의 둘째 장을 보자.

세 화랑의 산 구경 오심을 듣고
달도 부지런히 등불을 켜는데

길쓸별을 바라보고

혜성이라 사뢰는 사람이 있구나

둘째 장도 역시 덕담적 표현으로 되어 있다. 왜군 격퇴를 위하여 화랑단이 출정한 것을 세 화랑이 산 구경(놀이) 하러 왔다고 말하고 있다. 그러니 괜히 왜군이 쳐들어 온 것으로 잘못 알고 봉화를 켤 필요가 없다는 것이다. 왜냐하면 달이 이들의 길을 밝혀 주기 위하여 부지런히 등불을 켜고 있는데, 한낱 봉화가 당키는 하냐라는 뜻이다. 출병을 산 구경으로, 봉화를 달빛과 맞서게 하는 대조법을 보이고 있다.

또 화랑이 산 구경 놀이를 잘 할 수 있도록 길을 깨끗이 쓸고 있는 별을 보고, 요망한 혜성이 나왔다고 사람들이 잘못 말하고 있다는 것이다. 길쓸별과 혜성을 맞서게 하는 어법을 쓰고 있다. 국가에 위난을 끼치는 혜성의 출현 따위는 아예 없다는 것이다. 이것 또한 덕담적, 언령적 수법임은 말할 필요도 없다.

마지막 장 역시 이러한 수사법으로 일관되어 있다.

아!

인도하러 떠갔더라

이봐 무슨 혜성이 있을꼬

길을 쓸고 있는 별이 세 화랑의 산 구경 놀이를 잘 하도록 길을 쓸고

인도하러 떠가는 것을 혜성으로 오인하고 있다는 것이다. 사람들이 길 쓸별을 보고 혜성으로 잘못 보고 있다는 것이다. 그래서 "이봐, 무슨 혜성이 있느냐?"고 외치고 있다.

이와 같이 실제 일어난 불길한 사태를 없는 것으로 말함으로써, 즉 언령적 수법으로 주원함으로써 국가적 위난을 소멸시키고자 부른 것이 혜성가다.

3.개인의 소망 성취를 위한 주원가

(1) 상봉을 위한 주원 모죽지랑가(慕竹旨郎歌)

모죽지랑가는『삼국유사』권2에 '효소왕 때의 죽지랑'이란 제목으로 다음과 같이 실려 있다.

제32대 효소왕 때에 죽지랑(죽만竹曼 혹은 지관智官이라고도 한다)의 무리 가운데에 득오 급간(직명)이 있어서 화랑의 명부에 이름을 올려놓고 날마다 출근하고 있었는데, 어느 땐가 10일이 넘도록 보이지 않았다. 죽만랑은 그의 어머니를 불러 그대의 아들이 어디 있는가를 물으니 어머니는 이렇게 말했다.

"부대장인 모량부의 익선 아간이 내 아들을 부산성 창지기로 보냈으므로 빨리 달려가느라고 미처 죽만랑에게 인사도 하지 못했습니다."

이에 죽만랑은,

"그대의 아들이 만일 사사로운 일로 간 것이라면 찾아볼 필요가 없겠지만 이제 공무로 갔다니 마땅히 가서 대접해야겠소."

하였다.

설병 한 그릇과 술 한 병을 가지고 시중드는 사람을 데리고 찾아가니 낭의 무리 137명도 위의를 갖추고 따라갔다. 부산성에 이르러 문지기에게 득오실得烏失('得烏' 아래 '失' 자를 덧붙인 것은 得烏가 우리말로 '실오'임을 나타낸 것)이 어디 있느냐고 물으니,

"지금 익선의 밭에서 예에 따라 부역을 하고 있습니다."

하였다. 낭은 밭으로 찾아가서 가지고 간 술과 떡을 대접했다. 익선에게 휴가를 청하여 함께 돌아오려 했으나 익선은 굳이 반대 하고 허락하지 않았다.

이때 세무원 간진이 추화군 능절의 세곡 30석을 거두어 싣고 성안으로 가고 있었다. 죽만랑이 선비를 소중히 여기고 익선의 고 집불통을 비루하게 여겨, 가지고 가던 30석을 익선에게 주면서 휴 가를 주도록 함께 청했으나 끝까지 허락하지 않았다. 이번엔 진절 사지(직명)의 말안장을 주니 그제야 허락하였다.

조정의 화주花主(화랑 단체를 관장하는 직명)가 이 말을 듣고 사람 을 보내어 익선을 잡아다가 그 더럽고 추한 것을 씻어주려 하니, 익선은 도망하여 숨어버렸다. 이에 그의 맏아들을 잡아갔다. 때는 한겨울 몹시 추운 날인데 성 안에 있는 못에서 목욕을 시키니 얼어 붙어 죽었다.

효소왕이 그 말을 듣고 명령하여, 모량리 사람으로 벼슬에 오 른 자는 모조리 쫓아내어 다시는 관청에 발을 붙이지 못하게 했 다. 칙사가 간진의 자손을 올려서 평정호장(한 마을을 관장하는 우두 머리)을 삼아 남달리 표창했다. 이때 원측 법사는 해동의 고승이었 지만 모량리 사람이기 때문에 승직을 주지 않았다.

이전에 술종공逑宗公이 삭주도독사가 되어 임지로 부임하려는데, 이때 삼한에 전쟁이 있어 기병 3,000명으로 그를 호송하게 하였다. 가다가 죽지령에 도착했을 때, 한 거사가 고갯길을 닦고 있었다. 공은 그것을 보고 감탄하고 칭찬하였다. 거사 역시 공의 위세가 큰 것을 보고 서로 마음속으로 감동하게 되었다.

공이 삭주에 부임하여 다스린 지 한 달이 되었을 때, 거사가 방 안으로 들어오는 꿈을 꾸었는데, 그 아내도 같은 꿈을 꾸었으므로 매우 놀라고 괴상하게 여겼다. 이튿날 사람을 시켜 그 거사의 안부를 물으니 사람들이 말하였다.

"거사는 죽은 지 며칠이 되었습니다."

심부름 갔던 사람이 돌아와 보고하니, 죽은 날이 꿈을 꾸던 날과 같은 날이었다. 공이 말하였다.

"아마 거사가 우리 집에 태어날 것 같소."

다시 군사를 보내 고갯마루 북쪽 봉우리에 장사지내게 하고 돌로 미륵 하나를 만들어 무덤 앞에 세웠다.

아내가 꿈을 꾸던 날로부터 태기가 있어 아이를 낳자 이름을 죽지라 하였다. 그는 장성하여 벼슬길에 올라 김유신 공과 함께 부수副帥가 되어 삼한을 통일하고, 진덕, 태종, 문무, 신문, 등 4대에 걸쳐 재상이 되어 나라를 안정시켰다.

일찍이 득오가 죽만랑을 사모하여 노래를 지으니 이러하다.

지나간 봄 그리매

모든 것이 울 시름

아름답던 그 얼굴

살이 다 여위셨네

눈 돌릴 사이에나마

만나 뵙게 되어지라

낭이여,

그리운 마음의 오갈 길에

쑥 우거진 구렁의 밤에 잠 어이 오랴

이 설화는 크게 세 부분으로 나누어져 있다. 즉 ① 죽지랑이 그의 휘하 낭도의 한 사람인 득오가 당전 익선 아간에게 끌려가 노역하고 있으므로 이를 위로하고 구출했다는 이야기와 ② 죽지랑의 신이한 출생담과 그의 위업, 그리고 ③ 득오가 일찍이 죽만랑을 사모하여 노래를 지었다는 것이 그것이다.

그런데 이 노래 해석에 대한 주된 문제는, 죽지가 살았을 때의 노래라는 설과 그가 죽고 난 후에 지은 만가라는 설이다. 배경설화의 문맥상 죽지 사후의 만가라는 것을 암시하는 구절은 어디에도 없다. 앞에서 본 바와 같이 설화 ③의 '득오가 일찍이 죽만랑을 사모하여 노래를 지었다'의 '일찍이'가 반드시 죽지의 '죽기 이전'을 의미하는 것은 아니다.

이 노래를 죽지 사후의 작이라고 하는 것은, 해독자들의 노랫말 풀이에 연유한다. 특히 원문 제4구의 '年數就音연수취음'과 마지막 구 '蓬次叱巷봉차질항'이란 말에 크게 이끌린 것이다.

조윤제는 '年數就音연수취음'을 살아온 햇수 즉 '연수年數'로 해독하여, 제4구를 '연수 이룸 디니져'라 해석하고, 그 뜻은 '천명을 다하시어'로 풀었다. 그러나 이는 앞뒤 문맥상 어그러짐이 크다. 즉 '아름답던 그 얼굴이 천명을 다하시어'가 되어 표현상의 껄끄러움을 면키 어렵다.

이 구의 '年數就音연수취음'은 '연수'가 아니라 양주동의 해석대로 '살쯈'이 타당하다. 다만 '살쯈'은 그가 말한 '주름살'이 아니라 그냥 '살肉'이다. 경상도에서는 지금도 살을 '살쯈' 혹은 '살찜'이라고 한다. 그러므로 이 행의 '살쯈 디니져'는 '살이 빠지다(떨어지다)' 즉 '얼굴이 여위다/ 수척하다'의 뜻이다.

평소에 존경해 마지않던 죽지랑의 아름답던 모습이 이제는 얼굴이 매우 여위고 수척해졌으므로, 이에 대한 연민의 정을 나타낸 것이 바로 이 구절이다. 그러므로 이 구절의 의미와 관련지어 이 노래를 사후 만가라고 규정할 수는 없다.

다음으로, 이 노래가 죽지 사후의 만가라고 주장하는 이유의 또 하나인 '蓬次叱巷봉차질항'에 대하여 살펴보자. '蓬次叱巷봉차질항'은 일반적으로 '다북쑥 구렁'이라 해독하는데, 그런 주장을 펴는 이들은 이를 호리蒿里 즉 무덤으로 해석하였다. '蒿호' 자가 '쑥'을 뜻하는 글자라는 데 이끌린 것이다. 그래서 '다북쑥 구렁'이 무덤을 뜻하는 '호리'로 해석해야 한다는 주장이다. 이런 의견을 펴는 근거는, 『삼국유사』 광덕엄장 조에 나오는 '동영호리同營蒿里(함께 무덤을 만들다)'란 말이 그 좋은 예라 내세운다. 이때의 호리가 무덤을 뜻하고 있기 때문이다.

과연 그럴까?

호리라는 말은 본디 중국의 고시 호리곡蒿里曲에 나오는 말이다. 호리는 태산의 남쪽에 있는 산 이름으로 사람이 죽으면 영혼이 여기 와 머문다고 하는 고사에서 연유한 고유 지명인데, 이것이 바뀌어 묘지를 가리키게 되었다. 또 이 말은 장례식 때 부르는 노래 이름으로도 바뀌었는데, 귀인에게는 해로薤露, 하급 관리나 평민에게는 호리蒿里의 노래를 불렀다.

그런데 모죽지랑가의 '다북쑥 구렁'이라는 우리말이 풍기는 분위기와 '호리'라는 중국을 배경으로 한 어휘의 의미는 완연히 다르다. 즉 호리蒿里의 '蒿호' 자가 쑥을 뜻하므로, 글자를 풀이하면 '다북쑥 구렁'과 그 뜻이 유사함은 사실이나, 무덤이라는 어휘로 표현하고자 했다면 일반 명사 '호리蒿里' 그대로 썼을 것이지, 굳이 우리말 향찰로 '다북쑥 구렁蓬次叱巷'이란 말로 뒤집어서 쓰지는 않았을 것이다. 이를테면, 장안長安이란 지명을 쓰고자 하면 그대로 '장안'이라 하지, 이들 글자의 뜻을 풀어서 장안長安을 '길게 편안함'이라는 이름으로 지명을 뒤집어서 쓰지는 않을 것이다.

그러므로 '蓬次叱巷봉차질항'은 '다북쑥 우거진 터' 혹은 '쑥대밭' 등과 같은 순수한 우리말식 사고의 표현으로 쓰인 것으로 보아야 하며, 굳이 중국 고사식 '호리蒿里'의 이중번역으로 볼 필요가 없는 것이다. 이 말이 폐허, 고적함 등의 뜻을 갖는 것은 사실이지만, 그렇다고 하여 반 드시 무덤을 가리킨다고 단언하기는 어렵다. 따라서 이 호리라는 말에 서 이 노래를 사후 만가라고 규정하는 견해 또한 그 논거가 되지 못한 다. 이 '다복쑥 구렁'은 말 그대로 자기가 처해 있는 '쑥대밭'이며, 따스 한 인간미와 높은 덕을 지닌 죽지를 떠나온 득오의 '허허롭고 고적한 처지'를 시어로 형상화한 말이다.

또 아간의 어긋난 공무처리로 빚어진 형벌 때문에, 모량리 사람으로 벼슬에 오른 자는 모조리 쫓아내어 다시는 관청에 발을 붙이지 못하게 하고, 원측 법사도 해동의 고승이었지만 모량리 사람이기 때문에 승직 을 주지 않았다는 구절로 보아도 모죽지랑가가 사후 만가가 아님을 알 수가 있다. 원측은 효소왕 5년(696)에 84세의 나이로 입적하였는데, 모 량리 사건이 일어난 것은 그의 나이 80세 이후의 일이므로 그에게 승 직을 받지 못하게 했다는 것은 이치에 맞지 않다. 그러한 일은 그가 젊 은 승려로서 명성을 쌓아가며 승직에도 오를 수 있는 젊은 나이 때 일 어날 수 있는 사실로 보아야 하기 때문이다. 죽기 직전, 80이 넘은 나 이에 승직을 주고받고 할 시기가 아니다. 그러므로 모량리 사건은 죽 지의 생존시에 발생한 사건임이 분명하다.

위에서 살펴본 바와 같이, 모죽지랑가는 죽지가 죽은 뒤에 그를 찬 미하기 위해서 지은 노래가 아니라, 죽지 생존시에 득오가 그를 만나

뵙기를 기원하며 지은 노래이므로 노래의 해독도 이에 벗어나지 않아야 한다.

앞에서도 살펴본 바와 같이, 향가의 작자명은 그 노래의 내용과 관련한 설화성이 상당히 짙다. 강헌규는 이 노래를 지은 득오得烏가 일명 '실오'라고도 한다는 배경설화의 기록에 유의하여, 이 '실오'는 '시름하는 자'라는 뜻이라고 하였다. 따라서 모죽지랑가는 '시름하는 노래/ 시름하는 자의 노래'라고 그 성격을 규정하면서, 이는 이 노래의 제2구 '모든 것이 울 시름'의 '시름'에 잘 나타나 있다고 하였다. 향가 내용과 작자명 사이의 유관성을 밝힌 것이다.

이 노래에 나타난 시름은 제5, 6구에 나타난 바와 같이, 눈 돌칠 사이에나마(잠깐 사이나마) 만나기를 기원하는 간절한 시름이다. 죽어서 만나기를 기원하는 시름은 결코 아니다. 그러므로 이 노래의 창작 시기는 죽지의 사후가 아니고 그의 생존시다.

그런데 이 노래의 창작 시기를 효소왕대가 아닌 그 이전의 진덕왕 때라고 하는 이가 있다. 그 이유는 죽지랑이 득오를 만나러 부산성에 갔을 때 익선이 득오의 휴가 청함을 허락하지 않아, 익선에게 많은 뇌물을 주고 겨우 득오를 데려올 수 있었다면, 그 사건 당시는 죽지의 관등이 아간보다 하급이라고 볼 수밖에 없기 때문에, 그 사건이 있었던 것은 진덕왕 때일 것이라는 주장이다.

그러나 그것은 옳지 않다. 왜냐하면, 화랑도의 일원으로 있던 자들도 거주 지역 지방관의 명에 의한 동원 대상이 되었으며, 이때 지방관의 명령은 개인적인 것이 아니라 국가 통치 또는 지방 통치와 관련된 것이므로, 이에 동원된 자를 사사로이 휴가해 주지 않음은 너무나 당연한 사실이기 때문이다. 배경설화에 "(득오는) 지금 익선의 밭에서 예에 따라 부역을 하고 있습니다."란 구절이 있다. 낭도들에게는 '예에 따라 부역에 나아가는 것'이 화랑도 집단에서 활동하는 것보다 우선적이었으므로, 익선 아간은 죽지가 득오의 휴가를 요청할 때 이를 거절할 수 있었던 것이다.

그러므로 처음부터 죽지랑도, "사사로운 일로 간 것이라면 찾아볼 필요도 없겠지만 이제 공적인 일로 갔다니 마땅히 대접해야 한다."고 했던 것이다. 득오의 휴가 청함에 대한 불허는 죽지에 대한 무시나 수모가 결코 아니다. 앞에서도 여러 차례 지적했지만, 유사에 실려 있는 글은 글 전체 혹은 한 편목 전체를 관류하는 맥락에서 파악되어야 한다. 이 '효소왕대 죽지랑' 제목의 글도 죽지랑의 영웅적인 일대기 즉 그의 위대함과 고결함을 그 주맥으로 담고 있다. 죽지의 인품을 미륵의 현신으로까지 비유하고 있다. 그러므로 모든 부분적 에피소드는 이러한 주지에서 이탈되어 해석할 수는 없는 것이다.

따라서 익선 아간의 휴가 불허는 죽지의 수모를 나타내려고 한 것이 아니라, 익선의 비인간적이고 탐욕적인 행동을 죽지와 대비시킴으로써, 반대급부로 죽지의 온유함과 자애로움 그리고 자기보다 낮은 사람에 대해서도 힘을 남용하지 않으며, 법을 끝까지 준수한다는 등의 높은 덕목을 나타내 보이려 한 것이다.

그리고 이 배경 설화에서는 어떤 규정이나 계급 같은 사회제도보다 인간성을 우위에 두려는 인간중심주의를 강하게 표출하고 있는데, 이는 잇따른 중앙정부의 상벌 조치에서 잘 나타나고 있다. 즉 간진이 능절조 30석을 임의대로 뇌물로 유용하였으나 법에 따른 징벌을 가하지 않고, 오히려 그 자손을 평정호손으로 삼아 남달리 표창한 것으로 보아 그것을 알 수 있다. 이 또한 죽지랑이 부하 낭도를 아끼는 따스한 마음을 제고하는 것과 간접적으로 연결되어 있다.

이 노래는 애타는 사모가이다. 찬讚이나 제문이 아니라 그리움의 노래다. 그러기에 이 노래는 신이한 주원성을 가지지만 노래 자체의 속성은 순수 서정 그대로다. 서정적 자아의 목소리가 주가 되는 노래다. 그래서 3, 4행의 "아름답던 그 얼굴/ 살이 다 여위셨네"는 죽지랑의 애달픈 모습이자 고난에 찬 득오 자신의 모습이기도 하다. 곧 애틋하게 생각해 주는 죽지의 모습이자 자신의 초췌한 현재의 모습이다. 여기서 우리는 시적 애매성ambiguity을 보게 된다. 이에 그려진 대상은 자연 그대로의 모습이 아니라, 시인의 감정과 눈으로 본 변용이다.

어떻든 이 구절은 '깊은 사랑을 주셨던 얼굴이 여위어 가는 죽지의 모습'을 그리면서 아울러 '평소 그윽한 사랑을 받았던 저의 얼굴이 울음과 시름으로 여위어 간다'는 의미를 오버랩시키고 있는 것이다. 이렇게 보아야만 작자 자신의 과거적 정서 표출인 3, 4행이 자연스럽게 연결되고, 또한 작자 자신의 미래적 정서를 뿜어낸 제5, 6행의 '눈 돌칠 사이에 그분을 또다시 만나게 되오리'에 조화롭게 이어지게 된다. 즉 작가 자신의 고뇌(1, 2행), 현재의 정황(3, 4행), 그리고 미래적 소망 (5, 6행)이 긴장력tension을 유지하고, 나아가 총결적 기원(7, 8행)과 결합 함으로써 하나의 짜인 구조를 갖게 된다.

이 노래는 한시의 기승전결을 방불케 하는 형식을 취하고 있는데, 사모의 정에 못 이겨 울음과 시름으로 허허로이 세월을 보낸다는 것으로 시상을 일으키고 있다.

지나간 봄 그리매
모든 것이 울 시름

여기서의 가는 봄은 세월이 헛되이 흐름을 나타내는 데 동원된 소재 다. 이것은 두보의 절구 "강은 파랗고 새는 더욱 희고 / 산은 푸르고 꽃 은 불붙은 것 같구나 / 금년 봄이 또 지나가나니 / 어느 날이 내 돌아갈 해인가"에 등장하는 바로 '금년 봄'과 시상을 같이 한다고 볼 수 있다. 사모하는 죽지랑을 만나지 못하고, 이 봄도 지나가 버리는구나 하고 흐르는 세월을 탄식하고 있다. 봄은 사람을 들뜨게 한다. 또 희망도 갖 게 한다. 그리고 그리운 사람을 더욱 그립게 하는 계절이다. 그러기에 작자는 이 봄을 울음과 시름으로 보내고 있는 것이다.

아름답던 그 얼굴

살이 다 여위셨네

'그렇게 깊은 사랑을 주시던 죽지님의 모습도 저 때문에 이렇게 여위어지셨는데, 저 또한 고난과 그리움에 시달려 초췌히 메말라 갑니다'라고 하여 주객일치의 정서를 고답적으로 표출하였다. 1, 2행이 심적 상태를 나타낸 것이라면, 이 3, 4행은 죽지와 자신의 정서와 육체적 상태를 아울러 표현한 것이다.

눈 돌릴 사이에나마

만나 뵙게 되어지라

이 구절은 작자 자신의 강렬한 기원을 담은 구절이다. 향가 일원에 나타나는 덕담적 표현 그대로는 아니나, 이에 버금가는 강렬성을 보이면서 주원을 담아내고 있다. 덕담적 표현이란 미래에 이루어질 일을 이미 이루어진 것으로 확신하고 표현하는 방법이다. 제망매가에서 월명이 누이의 극락왕생을 기원하기 위하여 누이가 이미 미타정토에 가 있는 것 같이 표현하는 것이나, 혜성가 전편에 보이는 표현, 즉 혜성은 원래 나타나지 않았고 왜병도 이미 물러가고 없다고 하는 것, 그리고 서동요에서 선화공주가 이미 서동을 자기 방으로 안고 가버린 것으로 노래하는 것이 다 그러한 방법이다. 이것은 향가의 주원성과 직결되는 하나의 기법이다. 모죽지랑가의 '또 다시 만나게 되어지라'도 비록 약화된 표현이긴 하나, 그렇게 표현해 버림으로써 주원성을 불러일으키고 있음을 엿볼 수 있다.

낭이여,
그리운 마음의 오갈 길에
쑥 우거진 구렁의 밤에 잠 어이 오랴

그리움이 너무나 강렬해서 자기가 처해 있는 고난의 장소, 즉 익선 아간의 가혹한 노역에 시달리는 현장인 부산성의 '다북쑥 우거진 골'에서도 잠 못 이룬다는 것이다. 이러한 정서는 처한 상황과 처지는 다르나, 이조년의 시조 "이화에 월백하고 은한이 삼경인제 / 일지춘심을 자규야 알랴만은 / 다정도 병인 양하여 잠 못 들어 하노라"와 고려속요 만전춘별사의 "경경고침상耿耿孤枕上(외로운 베갯머리)에 어느 잠이 오리오"에 그대로 이어져 있다.

이러한 간절한 노래의 주원력에 의하여 득오는 그토록 그리던 죽지를 만나게 되는 것이다.

(2) 혼인을 위한 주원 서동요(薯童謠)

서동요는 『삼국유사』 권2에 '무왕武王'이란 제목으로 다음과 같이 실려 있다.

제30대 무왕의 이름은 장璋이다. 그 어머니는 과부가 되어 서울 남쪽 못가에 집을 짓고 살았는데, 못 속의 용과 정을 통하여 장을 낳았다. 어릴 때 이름은 서동으로 재주와 도량이 커서 헤아리기 어려웠다. 항상 마를 캐어 파는 것으로 생업을 삼았으므로 사람들이 서동이라고 불렀다. 신라 진평왕의 셋째 공주 선화가 뛰어나게 아름답다는 말을 듣고는 머리를 깎고 서울로 가서, 마을 아이들에게 마를 나누어 주고 먹이니 이에 아이들과 친해져 그를 따르게 되었다. 이에 서동이 동요를 지어 아이들을 꾀어서 부르게 하니 그것은 이러하다.

선화 공주님은
남 몰래 정 통해 두고
서동의 방으로
밤에 마퉁을 안고 간다

동요가 서울에 가득 퍼져서 대궐 안에까지 들리니, 백관들이 임금에게 심히 간해서 공주를 먼 곳으로 귀양 보내게 하여, 장차 떠나려 하는데 왕후는 순금 한 말을 주어 노자로 쓰게 했다. 공주가 귀양지에 도착하려는데 도중에 서동이 나와 공주에게 절하면서 모시고 가겠다고 했다. 공주는 그가 어디에서 왔는지는 알지 못했지만, 그저 우연히 믿음이 가고 좋았다. 서동은 그녀를 따라가 서로 정을 통하였다.

그런 뒤에 서동의 이름을 알았고, 동요가 맞은 것도 알았다. 함께 백제로 와서 모후가 준 금을 꺼내 놓고 살아나갈 계획을 세우려 하자 서동이 크게 웃으며 말했다.

"이게 무엇이오?"

공주가 말했다.

"이것은 황금이니 백년의 부를 누릴 것입니다."

그러자 서동이 말하기를,

"나는 어릴 때부터 마를 캐던 곳에 이런 것을 흙덩이처럼 쌓아 두었소."

하였다. 공주는 이 말을 듣고 크게 놀라면서 말했다.

"그것은 천하의 가장 큰 보배이니 그대는 지금 그 금이 있는 곳을 아시면 그것을 우리 부모님이 계신 대궐로 보내는 것이 어떻겠습니까?"

"좋소이다."

이에 금을 모아 산더미처럼 쌓아 두고, 용화산 사자사의 지명

법사에게 가서 이것을 실어 보낼 방법을 물으니, 법사가 말하기를,

"내가 신통한 힘으로 보낼 터이니 금을 이리로 가져오시오."

하였다. 이리하여 공주가 부모님께 보내는 편지와 함께 금을 사자사 앞에 갖다 놓았다. 법사는 신통한 힘으로 하룻밤 동안에 그 금을 신라 궁중으로 보냈다. 진평왕은 그 신비스러운 변화를 이상히 여겨 더욱 서동을 존경했으며, 항상 편지를 보내어 안부를 물었다. 서동이 이로부터 인심을 얻어서 드디어 왕위에 올랐다.

어느 날 무왕이 부인과 함께 사자사에 가려고 용화산 밑 큰 못 가에 이르니, 미륵 삼존(미륵 부처와 이를 옆에서 모시는 두 보살)이 못 가운데서 나타나므로 수레를 멈추고 절을 했다. 부인이 왕에게 말하기를,

"모름지기 여기에 큰 절을 지어 주십시오. 그것이 제 소원입니다."

하니 왕이 그것을 허락했다.

곧 지명 법사에게 가서 못을 메울 일을 물으니, 신비스러운 힘으로 하룻밤 사이에 산을 헐어 못을 메워 평지로 만들었다. 여기에 미륵 삼존의 상을 만들고 회당과 탑과 주랑을 각각 세 곳에 세우고 절 이름을 미륵사라 했다. 진평왕이 여러 장인들을 보내서 그 공사를 돕게 하니 그 절은 지금도 보존되어 있다.

한 편의 드라마틱한 설화다. 서동이 용의 아들이란 것도 이상하고, 게다가 마를 캐다 팔며 근근이 살아가던 미천한 신분의 서동이 고귀한

공주와 결혼하는 과정이나 훗날 왕이 되었다는 것도 기이하며, 또 마를 판 구덩이에서 금을 파내어 흙더미같이 쌓아두었다는 것도 일상을 뛰어넘는 이상한 이야기다.

그러면 이 같은 이야깃거리들은 단순히 지어낸 이야기일까, 아니면 어떠한 역사적 사실을 머금고 있는 이야기일까? 서동 설화는 아름다운 로맨스 이야기다. 그것은 단순히 지어낸 황당한 설화가 아니다. 이야기 속에 역사가 있고, 그 이야기 뒤에 정치가 있다. 그 안에 한 제왕의 야망이 숨어 있고, 그 밖에 뭇사람들의 애환이 서려 있다. 이른바 역사의 설화화다.

우리나라 역사에서 가장 극적인 국제결혼은 아마도 백제의 서동과 신라 선화공주와의 결혼이 아닐까 싶다.

그런데 이 무왕 설화는 제주도의 무가巫歌 '삼공 본풀이'와 무척 닮아 있다. 삼공 본풀이는 제주도의 큰굿에서 불리는 무당노래로 삼공신의 근본내력을 설명하고 있는 본풀이다. 본풀이란 '본本을 푼다'라는 뜻으로 대체로 신의 내력담을 말하는데, 본생담이라고도 한다. 본풀이는 하나의 신이 현재의 면모로서 숭앙받기까지의 과정, 즉 신의 일대기를 말하는데, 이것은 제사의식을 받는 대상신에 대한 해설이며, 동시에 신의 강림을 비는 청배가請拜歌이기도 하다. 무속의례에서 본풀이가 불리어지는 이유는 본풀이가 유교식 제사에서 축문과 같은 구실을 하기 때문이다. 그날 모시고자 하는 신의 내력을 불러 모시고자 하는 청원의 노래다.

그러면 삼공 본풀이 내용을 보기로 하자.

옛날 강이영성이라는 사내 거지는 윗마을에 살고, 홍은소천이라는 여자 거지는 아랫마을에 살았다. 두 거지는 마을을 찾아 얻어먹으러 가다가 길에서 만나 부부가 되었다. 거지 부부는 얼마 있다가 딸을 낳았다. 딸의 이름을 은장아기라 지었다. 거지부부의 살림은 조금 나아지고, 다시 딸을 낳았다. 둘째 딸의 이름을 놋장아기라지었다. 또 다시 막내딸을 낳고 가믄장아기라 이름을 지었다.

가믄장아기를 낳자, 하는 일마다 운이 틔어 거지 부부는 거부가 되었다. 거지 부부는 태평스러운 생활을 하면서, 호강에 겨워딸들의 효심이나 시험해 보기로 하였다. 그래서 딸들에게 "너희들이 지금 누구 덕분에 이렇게 잘살고 있느냐?"고 물었다. 그러자 큰딸과 둘째 딸은 부모님 덕에 잘산다고 답하면서 효심을 나타냈다. 그런데 막내딸 가믄장아기는 "부모님 덕도 있지만, 내 배꼽 밑의선그뭇(배꼽에서부터 음부 쪽으로 내리그어진 선) 덕에 잘산다."고 대답하였다. 그래서 가믄장아기는 불효하다는 이유로 집에서 쫓겨났다.

집에서 쫓겨난 막내딸은 들판을 가다가 마를 파는 마퉁이 삼형제를 만나 그들의 집에 유숙하게 되었다. 마퉁이 삼 형제의 마음씨를 보니, 큰 마퉁이와 둘째 마퉁이는 사납고, 막내 마퉁이는 착했다. 가믄장아기는 막내 마퉁이와 부부가 되어 마를 파먹고 사는데, 마 파던 구덩이에서 금덩이와 은덩이가 쏟아져 나와 일약 거부가 되었다.

한편, 가믄장아기를 내쫓은 부모는 갑자기 장님이 되고 재산을 탕진하여 다시 거지가 되었다. 부모가 장님 거지가 된 것을 이미 알고 있던 가믄장아기는 남편과 의논하여 거지들을 위해 백 일 동안 잔치를 열어 부모를 찾기로 하였다.

팔도의 거지들이 다 모여드는데, 맨 마지막 날에 장님 거지 부부가 찾아 들어왔다. 그 부부가 자신의 부모라는 것을 안 가믄장아기는, 장님 거지 부부를 안방으로 모셔 앉히고 술을 권하며 자기가 가믄장아기임을 알렸다. 부부는 그 말에 깜짝 놀라며 받아든 술잔을 덜렁 떨어뜨렸고 그 순간 눈이 밝아졌다. 그 후 부모는 가믄장아기와 함께 잘 살았다.

이를 서동 설화와 비교해보면, 양자의 서사 구조가 비슷함을 알 수 있다. 즉 출생, 쫓겨 남, 마퉁이와 결혼, 금을 발견하고 어버이를 도움, 그리고 행복한 결말을 거치는 전 과정이 그러하다. 그러므로 서동요의 배경설화는 역사적 사실에 설화성이 더해졌다는 것을 알 수 있다. 그런데 이러한 설화의 뼈대는 불교 설화에서 유래된 것으로 보인다. 『잡보장경』에 등장하는 '업을 따라간 공주'의 이야기를 보면 그것을 알 수 있다.

옛날 파사익 왕에게 선광이라는 딸이 있었는데, 매우 총명하고 아름다워 궁중의 모든 사람들에게 사랑을 받았다. 어느 날 부왕이 궁중의 모든 사람들에게, 지금 사랑을 받고 잘 지내고 있는 것은 모두 왕 자신의 덕택이라고 하자, 공주는 부왕 덕이 아니라 공주 자신의 업의 힘이 있기 때문이라고 하였다. 이런 문답을 세 번이나 하였지만 공주의 대답은 똑같았다.

그 후 공주는 쫓겨나 거지 노릇을 하고 있는 가난한 사나이와 결혼하고 왕궁을 떠났다.

공주는 남편과 함께 전에 살던 집터에 가서 주위를 살펴보면서 이리저리 돌아다니다가, 땅 속에 묻혀 있는 금붙이를 발견하고, 그것으로 큰 부자가 되었다.

공주는 남편에게 부탁하여 부왕을 초대하게 하였다. 왕이 초대에 응하여 행차해 보니, 저택은 매우 호화롭고 내부 장식은 왕궁만 못지 않았다.

선광공주는 91겁의 옛날에, 비바시라는 부처님이 열반에 들었을 때, 그 관에서 장식을 벗겨 비바시 불상의 머리에 달고, 다시 관에서 여의주를 가져다가 부처님의 지팡이 끝에 달기도 하였다. 전생에 쌓은 이런 업 때문에 선광공주는 이생에서 복을 받게 된 것이다.

한편 부왕은 부처님의 설법을 듣고 깊이 업보의 이치를 깨닫고, 겸손한 마음으로 큰 신심을 얻어 기쁨에 충만하여 살았다.

이상의 세 가지 설화를 볼 때, 그 밑뿌리가 된 것은 불교의 '업을 따라간 공주' 설화임을 알 수 있다. 이들 설화에 나타나는 여주인공은 공주나 부잣집 딸인데 비하여, 금붙이를 발견하는 남자 주인공은 원래 비천한 신분이다. 그러나 그들은 이때까지 쌓은 업력에 의하여 부자가 되거나 임금이 된다. 불교의 업 사상이 밑바탕에 깔려 있다. 그러한 종교적 설화가 점차 민간에 널리 퍼져 마침내 서동 설화에 윤색된 것으로 보인다. 그러므로 서동 설화는 무왕의 역사적 사실에 '마퉁이 설화'가 가미된 것임을 알 수 있다.

그러면 무왕의 이야기에 왜 그런 마퉁이 설화가 접이 붙여진 것일까? 그리고 무왕이 그의 어머니와 못 속의 용왕이 통정하여 낳은 아들이란 것은 무엇을 말함일까? 이는 결론적으로 말하여 당시 백제의 정치 상황과 밀접히 연관되어 있다.

당시 백제는 관산성 전투가 참패로 끝난 성왕 이후, 왕권은 날로 약화되고 조정의 실권은 귀족들의 손에 넘어갔다. 재위 내내 귀족 세력에 눌려 지냈던 위덕왕이 죽은 후, 새로 즉위한 혜왕과 그 다음의 법왕즉 서동의 아버지도 모두 재위 1년 만에 죽었다. 2년 사이에 세 사람의 왕이 잇달아 죽은 것이다. 이는 귀족 세력의 정변에 의한 암살임을 암시하고 있다. 그만큼 왕권은 귀족들의 손에 의하여 좌지우지되었다.

그 뒤를 이어 등극한 왕이 서동 곧 무왕이다. 서동은 과부와 못의 용이 관계하여 태어나, 마를 캐며 살아가는 한미한 집의 출신이다. 그런 그가 어느 날 갑자기 왕이 된 것이다. 어찌된 일인가.

용의 아들이란 왕족임을 뜻한다. 그러나 그는 마를 캐며 살아가는 가난한 왕족이었다. 궁에서 호화로운 대우를 받으며 자라난 왕자가 아니라, 말하자면 그는 몰락한 왕족으로, 백제의 강화도령이었던 셈이다.

권력을 독점하고 있던 귀족들은 이처럼 아무런 힘이나 배경 세력이 없는 서동을 가려 왕으로 옹립하였다. 귀족들이 조정을 전횡하기 위해서는 날개가 꺾인 허수아비 왕이 필요했기 때문이다. 익산에서 홀어머니와 함께 마를 캐며 살아가는 서동이야말로, 자기들의 구미에 맞는 안성맞춤의 인물이었던 셈이다.

그러나 왕위에 오른 무왕은 만만치 않았다. 귀족들의 끊임없는 견제를 받았지만, 그는 자기가 자란 익산 지방을 경영함으로써 왕권 강화를 줄기차게 시도하였다. 신라 정벌의 실패에 따른 책임문제를 기화로 일어난, 강한 귀족들의 세력을 무력화하기 위하여 그는 먼저 익산으로 천도하는 계획을 세웠다. 이 일환으로 나타난 것이 익산의 미륵사 창건이다. 천도에 대한 귀족들의 반발을 누르기 위한 수단으로 그는 미륵신앙을 이용했다.

미륵사는 말 그대로 미륵불을 모시는 절이다. 미륵불은 미래불이다. 석가모니 부처의 시대가 가면, 미륵불이 도솔천으로부터 인간 세상에 내려와 용화수 밑에서 성불하고, 삼회의 설법을 통하여 석가불이 구제하지 못한 중생을 구제한다는 부처다. 미륵이 하생下生하는 세계는 투쟁이나 재난이 없으며, 기후가 순조로워 풍년이 들고, 집집이 문을 닫지 않고 산다는 낙원의 정토다.

무왕은 익산으로의 천도가, 그러한 지상의 미륵정토를 구현시키기 위한 것이라는 명분을 앞세워, 용화삼회를 상징하는 삼탑 삼금당의 거대한 미륵사를 창건하였다.

미륵불이 하생하는 세계는 위대한 전륜성왕이 세상을 다스린다고 한다. 무왕은 미륵신앙에 바탕하여 태평성대를 가져오기 위한다는 명분을 앞세워 익산 경영을 꾀하였다. 그리하여 그는 안으로는 귀족들을 억누르고, 밖으로는 강력한 왕권을 되찾은 전륜성왕이 되고자 하였다. 이에 선화공주는 새로운 통치 질서를 세우려는 왕을 도와 미륵사 창건을 주도하였다.

그리고 설화에서는 마를 파는 서동이 선화공주를 꾀어내 결혼한 것으로 되어 있으나, 실제 둘의 결혼은 왕이 된 후에 이루어진 것으로 보인다. 왜냐하면, 이 국제결혼은 이 시기의 무왕과 진평왕의 정치적 판단에 따른 정략결혼이기 때문이다.

무왕은 왕권을 강화하기 위하여 귀족이나 외척 세력을 배제할 필요성이 있었을 뿐만 아니라, 몰락왕족이 지니는 콤플렉스에서 벗어나 자신의 권위를 상승시킬 필요에서 외국 공주와의 결혼은 더없는 호재였다.

한편, 이때의 진평왕은 고구려의 침입으로 매우 어려운 상황에 처해 있었고, 백제의 압박도 물리쳐야 하는 이중고를 겪고 있었다. 그래서 신라는 백제와 우호관계를 맺어 백제의 적대행위를 막고, 겸하여 고구려와의 싸움에도 도움을 얻을 수 있는 외교정책이 필요하였다. 이러한 서로간의 정치적 요구가 맞아떨어져, 무왕과 선화공주와의 결혼이 이루어지게 되었던 것이다.

그러므로 이 서동 이야기는 허황된 설화가 아니다. 이른바 역사의 설화화다. 역사적 사실을 모태로 하여 윤색된 설화다. 미륵사와 사자사 발굴 결과가 설화의 내용과 일치할 뿐만 아니라, 서동이 금을 산더미처럼 쌓아 놓았다는 것도 익산 주변의 사정과 상당 부분 들어맞기 때문이다.

미륵사는 중앙에 목탑과 중금당을, 동쪽에 석탑과 동금당을, 서쪽에 석탑과 서금당을 둔, 삼탑 삼금당의 구조임이 발굴 결과 밝혀졌다. 이러한 가람 배치는 미륵사만이 갖는 독특한 구조인데, 이는 미륵삼존을 예경하였다는 설화 내용을 뒷받침한다.

또 선화공주가 모후에게 받은 금을 꺼내어 서동에게 보여주며, 이것으로 우리는 백년의 부를 누릴 수 있다는 말을 하자 서동이 마를 캐던 곳에 이런 것을 흙덩이처럼 쌓아 두었다고 하는 장면이 설화에 나오는데, 이 또한 익산 지방의 지세와 일치한다. 익산 지역 인근에는 김제, 금구, 금마 등의 금과 관련된 지명이 많을 뿐만 아니라, 실제로 여러 곳에 금광이 있었다. 익산과 그 주변 지역은 풍부한 금 생산지였다.

그런데 여기에 하나의 문제가 생겼다. 2009년 1월, 복원을 위해 해체 중이던 미륵사지 서탑 화강석제 사리공 안에서 사리봉안기가 발견되었기 때문이다.

그 기록에 "우리 백제 왕후는 좌평 사탁적덕沙乇積德의 따님으로, 오랜 세월에 착한 인연을 심어 금생에 뛰어난 과보를 받아, 만민을 어루만져 기르시고 삼보의 동량이 되었다. 그 까닭으로 삼가 깨끗한 재물을 희사하여 가람을 세우고, 기해년 정월 19일에 사리를 받들어 모셨다."는 내용이 나와 세간의 이목을 집중시켰다.

이 기록에 의하면 미륵사의 창건에 관련된 사람은 사탁적덕의 따님으로 선화공주와는 아무 관련이 없다. 이렇게 되면 선화공주는 허구적 존재에 지나지 않는다. 그러나 이것은 일면만으로 판단할 일이 아니며, 여전히 선화공주의 존재는 지울 수가 없다. 선화공주의 존재를 쉽게 부정할 수 없는 것은 다음의 두 가지 이유 때문이다.

첫째는 고대 왕들의 왕비가 한 사람뿐이 아니라는 것이다. 신라, 고구려, 고려시대에 복수의 왕비를 취한 왕들의 예가 흔히 있기 때문이다. 이러한 예에 비추어 볼 때, 무왕의 경우도 복수의 왕비가 있을 수 있으므로, 선화공주와 사탁적덕의 딸은 둘 다 왕비일 수 있다. 또 무왕은 재위 기간이 길었기 때문에 처음 맞이했던 왕비가 죽고, 다시 왕비를 맞이했을 수도 있다. 어쩌면 선화공주가 선비先妃이고 사탁씨의 딸이 후비後妃일 수도 있다. 그러므로 선화공주가 창도했던 미륵사 창건 작업을 사탁 후비가 계승했을 수도 있다.

전북 익산시 석왕동에는 일찍부터 백제 무왕과 선화 왕비의 무덤으로 추정되어 온 쌍릉이 있다. 쌍릉은 두 개의 무덤이 남북으로 조금 떨어져 있는데, 북쪽의 큰 대왕릉과 남쪽의 작은 소왕릉으로 되어 있다. 이 중에 대왕릉은 무왕, 남쪽의 작은 소왕릉은 선화 공주의 무덤으로 추정되어 왔다.

『고려사』에도 이 무덤은 "후조선 무왕 및 비의 능인데, 왕릉은 속칭 말통대왕릉末通大王陵이라 불린다. 백제 무왕의 어릴 때 이름이 서동인데, 말통은 서동의 변한 음이다."란 기록이 있다. 김정호의 『대동지지』에도 무왕과 그 비의 무덤이란 기록이 보인다.

그런데 최근 국립중앙박물관이 소왕묘에서 출토된 '금동 밑동쇠'를 연구·분석한 결과, 이 무덤이 사탁적덕 비의 무덤이 아니라 7세기 전반에 죽은 인물의 무덤으로서, 무왕의 또 다른 왕비였던 선화공주가 묻혀 있을 것이란 추정이 나와 무왕과 선화공주의 결혼설을 뒷받침해 주고 있다.

무왕은 원래 산야에 내팽개쳐진 왕족의 후예였다. 그러나 그는 일단 왕위에 오르자 익산 경영이라는 프로젝트를 과감히 추진하여 왕권을 강화함으로써 영주로서의 기틀을 확립하였다. 이러한 그의 역사적 사실이 세간에 유통되던 '마퉁이 설화'와 유사성을 가짐으로써 서동설화로 굳어진 것이다.

그러면 여기서 서동요 가사를 다시 한 번 보자.

선화 공주님은

남 몰래 정 통해 두고

서동의 방으로

밤에 마퉁을 안고 간다

이 노랫말을 보면 그 내용이 배경설화와는 매우 다르다는 것을 알 수 있다. 즉 서동과 공주와의 결합하는 동기에 모순점이 발견된다. 설화에서는 서동이 공주를 사모한 나머지 아이들에게 노래를 유포시켜 마침내 자신의 소망을 성취한다. 반면 공주는 사건의 자연스러운 추이에 따라 수동적으로 행동하며 혼사담의 결말에 가서야 지난 일의 내막을 알게 된다.

그런데 노래에서는 그와는 반대로 공주가 자신의 의지에 따라 서동을 취하려 하고 서동은 그러한 의지를 보이지 않는다. 서동이 공주를 꾀어 은밀한 곳으로 데려가는 것이 아니라, 공주가 서동을 안고 그의 방으로 들어가는 것이다. 곧 노래의 내용이 설화와는 거꾸로 표현되어 있다.

이러한 것을 심리학에서는 '자리바꿈'이라 한다. 자리바꿈이란 어떤 감정을 한 가지 사실로부터 그것과 실제로 관련이 없는 사실로 옮기는 것을 가리킨다. 이것은 매우 불쾌한 어떤 정황과 관련되어 있는 괴로운 감정에서 자신을 보호하기 위해 취하는 무의식적인 방어기제다. 서동요에서는 이 무의식적인 기제를 의도적으로 노래 속에 배치하고 있다. 공주를 취하고자 하는 서동의 욕구가, 그들 사이에 놓여 있는 신분 상의 장벽 때문에 성취될 수 없는 상황에서, 서동은 의식적으로 이 방법을 쓰고 있다. 그 결과 공주를 취하고자 하는 서동의 희망은 서동을 취하려는 공주의 희망으로 바뀌고, 서동의 접근 의지는 공주의 접근 행위로 빠뀌어 있다.

서동요가 '자리바꿈'이란 심리적 기제를 바탕으로 하여 그 내용이 꾸며져 있다는 것은 향가의 주원성과도 밀접한 관계가 있다. 즉 서동이 선화공주를 꾀어낸 것이 아니라, 공주가 서동을 자기 방으로 안고 들어갔다는 것으로 노래함으로써, 긴장력 있는 주원성을 발휘하여 마침내 서동과 공주의 결혼을 촉진하게 만들고 있기 때문이다.

그리고 이 노래에서 한 가지 짚고 가야 할 문제가 있다. 그것은 노랫 말의 해독에 관한 것인데, 원문의 '薯童房乙서동방을'과 '夘乙난을'에 대한 해석이다.

그럼 먼저 '薯童房乙서동방을'에 대해 살펴보자. '서동'은 학자에 따라 맛둥, 쇼뚱, 마퉁, 서동, 마보, 마둥, 셔믈, 셔마, 서마, 마돌 등으로 읽혀져 왔고, '房방'도 '장돌뱅이, 걸뱅이' 등에 보이는 접미사 '뱅이/방이'로 읽어야 한다는 의견과 그냥 잠자는 '방'으로 보는 견해가 있다. 그런데 '薯童서동'은 '마퉁'으로 읽는 것이 합당하다. 왜냐하면 앞에서 살핀 삼공본풀이에도 '마퉁'이라 불리었고, 고려사 지리지, 세종실록 지리지, 신증동국여지승람 등에도 "세속에서 무왕의 어릴 때 이름인 서동을 말통末通이라 부른다."는 기록이 있기 때문이다. '末通말통'은 '마퉁' 의 한자 표기다.

그리고 '방房'은 글자 그대로 집의 '방'으로 보는 것이 옳다. 노랫말의 전체적 의미로 보아 굳이 '뱅이'로 읽어야 할 근거가 없다. '을乙'은 목적격 조사가 아니라 향진격 '-으로'의 뜻이다. 현재도 '을'은 '-으로'의 뜻으로 쓰이고 있다. 그러니 '薯童房乙서동방을'은 '마퉁이 방으로'의 뜻이 된다.

다음으로 '卯乙'에 대하여 보기로 하자. '卯' 자를 '卯묘' 자로 보아 '몰' 즉 '몰래'의 뜻으로 해석하기도 하였다. 그러나 이 '卯' 자는 '卯묘' 자가 아니라 '卵(알 란)' 자의 이체자異體字다. 그래서 어떤 이는 '알'이라는 의미에 이끌려 '(서동의) 불알'로 해석하기도 하고, '(공주의) 공알'로 풀이하기도 하였다. 그러나 이 같은 해석은 노래의 의미상 무리가 있다. 이 '卵란'은 '퉁'으로 읽어야 한다. '마퉁'을 줄여 부르는 말인 '퉁'이다. 이것은 지금도 '영철'이란 이름을 줄여 '철'이라 부르는 것과 같다.

'卵란' 자가 성씨 등에 '퉁'으로 읽힌 예는 여러 군데 보인다. 『문헌비고』에 "문천 퉁씨의 卵은 한자의 음을 풀이한 운서에 보이지 않는다." 는 구절이 있고, 정동유의 『주영편』에는 "사람의 성에 쇼씨(箪씨), 궉씨(鵩氏), 퉁씨(卵氏)가 있다."는 기록이 있다.

또 이규경이 쓴 『오주연문장전산고』 인사편의 씨성과 족보에 대한 변증설에 "우리나라에 있는 성 旀는 '며'이며, 門爲는 '왁', 遻는 '황', 乀은 '비', 鵩은 '궉', 箪는 '소', 卵은 '퉁', 乜는 '쌰', 牆籬는 '담울'이다."란 기록이 있다. 이로 보아 '㸯卵'은 '퉁'의 표기임이 분명하다. 곧 마퉁이의 줄임말인 '퉁'이다.

그러면 마퉁이의 '퉁'은 어떤 의미를 담고 있을까? '퉁'은 주로 합성어로 쓰이어 품질이 낮은 놋쇠를 가리킨다. 퉁쇠로 만든 바리를 퉁바리라 하고, 퉁으로 만든 주발을 퉁주발이라 한다. 퉁쇠로 만든 작은 솥은 퉁노구이며, 퉁쇠로 만든 엽전은 그냥 퉁이라고 하고 거기에 묻은 때를 퉁때라고 한다. 또 퉁은 퉁명스러운 핀잔을 뜻하기도 하는바, '퉁을 놓다'라고 하면 핀잔을 한다는 말이며, 무슨 말을 하다가 심한 무안을 당하는 것을 '퉁바리 맞다'라고 하고, 옳은지 그른지도 모르고 아무 생각 없이 행동하는 것을 '퉁어리적다'라고 한다. 또 '퉁이'는 접사로 쓰여, 비하의 뜻을 나타내는데, '눈퉁이, 젖퉁이' 같은 말이 그 예다.

이로 보아 '퉁'은 질이 낮거나 비하의 뜻을 지니고 있음을 알 수 있다. 마퉁이의 '퉁'도 역시 마를 캐서 생활하는 보잘것없고 한미한 처지의 서동을 가리키는 뜻을 품고 있음을 알 수 있다.

'선화 공주님'은 남 몰래 비천한 마퉁이와 정을 통하고서, 밤마다 퉁을 안고 서동의 방으로 간다'는 의미다. 이러한 노래의 주원성에 의해 마침내 서동은 공주와 결혼하는 데 성공을 거두었다.

(3) 신의 회복을 위한 주원 원가(怨歌)

원가는 『삼국유사』 권5에 '신충信忠이 벼슬을 그만두다'란 제목으로 다음과 같이 실려 있다.

효성왕이 아직 왕위에 오르기 전에 어진 선비 신충과 함께 궁정의 잣나무 밑에서 바둑을 두면서 말하기를,

"훗날 만약 그대를 잊는다면 저 잣나무가 증거가 될 것이다."

라고 하니, 신충이 감격스러워 일어나 절을 하였다. 몇 달 뒤에 효성왕이 왕위에 올라 공신들에게 상을 주면서 신충을 잊고 그 서열에 넣지 않았다.

신충은 그것이 원망스러워 노래를 지어 잣나무에 붙이니 나무가 갑자기 말라 버렸다. 왕이 그것을 이상히 여겨 사람을 보내 살펴보게 했다. 심부름하는 자가 와서 보니 노래가 붙어 있으므로 그것을 떼어가 왕에게 바쳤다. 왕은 그것을 보고 크게 놀라,

"정무가 복잡하고 바빠 하마터면 충신을 잊을 뻔하였구나."

하면서 신충을 불러 벼슬을 주니, 잣나무가 그제야 다시 살아났다. 그 노래는 이러하다.

뜰의 잣이
가을에도 이울어지지 아니하매

너를 어찌 잊어 하신

우러르던 그 얼굴이 변하신 것이여

달그림자가 내린 못의

일렁이는 물결에 휩싸이듯

얼굴이야 바라보나

세상 모두 잃은지고

(뒷 구절은 없어짐)

마지막 두 구는 없어졌다. 이로써 신충에 대한 총애는 양조兩朝에 두터웠다.

경덕왕(효성왕의 아우) 22년 계묘에 신충은 두 친구와 서로 약속하고 벼슬을 버리고 지리산에 들어갔다. 왕이 두 번을 불렀으나 나오지 않고 머리를 깎고 중이 되었다. 그는 왕을 위하여 단속사를 세우고 거기에 살았다. 평생을 골짜기에서 마치며 대왕의 복을 빌기를 원했으므로 왕은 이를 허락하였다. 임금의 진영을 모셔 두었는데 금당 뒷벽에 있는 것이 그것이다.

절 남쪽에 속휴라는 절이 마을에 있었는데, 지금은 잘못 전해져 소화리라 한다. (삼화상전三和尙傳에 따르면, 신충봉성사信忠奉聖寺가 있어 이것과 혼동된다. 그러나 그것을 신문왕 때와 비교해 보면 경덕왕 때와 100여 년이나 떨어지고, 더군다나 신문왕과 신충이 바로 지난 세상의 인연이 있다는 사실은 이 신충이 아닌 것이 분명하다. 자세히 살펴야 한다.)

또 다른 기록에는 이렇게 말하였다.

"경덕왕 때에 직장直長 이준李俊(고승전에는 이순李純으로 되어 있
다.)이 일찍이 소원을 빌어 나이 50이 되면 출가해 절을 짓겠다고
하였다. 천보 7년 무자년에 나이 50이 되자, 조연에 있던 작은 절
을 큰 사찰로 고치고는 이름을 단속사라 하였다. 자신도 머리 깎
고 법명을 공굉장로라 하여 절에 20년 동안 머물다가 죽었다."

이는 앞의 삼국사에 실린 것과 같지 않아 두 가지 다 기록하여
의심나는 점을 없애고자 한다.

다음과 같이 기린다.

공명을 이루기도 전에 귀밑머리가 먼저 세었고
임금의 총애가 비록 많아도 한평생 황망하구나
언덕 저편 산이 자주 꿈속에 들어오니
그곳에 가서 향불 피워 우리 임금 복을 빌리라

효성왕이 왕위에 오르기 전에, 신충에게 다짐하기를 "내가 훗날 왕
이 되면 그렇게 되게끔 힘써 준 그대의 공을 절대로 잊지 않겠다."고
하였다. 그것도 뜰 앞의 잣나무을 두고 굳게 맹세하였다. 그런데 그 후
왕위에 오른 효성왕은 그 다짐을 헌신짝처럼 버렸다. 이에 실망한 신
충은 그 잣나무에다 원망하는 노래 곧 원가를 지어 붙였더니 그 나무
가 말라 죽었다. 이것을 알게 된 왕이 다시 신충에게 벼슬을 내리자 그

나무가 소생했다는 것이다.

노래의 주원력에 의해 나무가 살아나고 벼슬도 얻게 되었다. 그래서 이 원가는 향가의 대표적인 주원가의 하나로 일컬어지고 있다.

그런데 이 노래의 후반부 배경설화는 역사적 사실과는 달리 왜곡되었다는 것이 밝혀졌다. 이 노래의 정확한 이해를 위하여 이 점부터 살피고 들어가기로 하자. 이 설화의 내용 중 "신충이 두 친구와 함께 벼슬을 버리고 지리산에 들어가 중이 되어 단속사라는 절을 짓고 살았는데, 두 번이나 불러도 나오지 않았다."는 기록은 『삼국유사』의 저자 일연이, 『삼국사기』의 원본 기사를 잘못 읽은 데서 발생한 오류이기 때문이다. 즉 『삼국사기』 권9 경덕왕 22년 조에 다음과 같은 기록이 실려 있다.

상대등 신충과 시중 김옹金邕이 면兔직되었다. 대나마 이순은 왕이 믿고 사랑하는 신하였는데, 홀연 하루아침에 세간을 피하여 심산에 들어갔다. 왕이 여러 번 불렀으나 나오지 아니하고 머리를 깎고 중이 되어 왕을 위하여 단속사를 세우고 거기에 살았다.

이 구절 원문의 '金邕兔김옹면' 곧 "김옹金邕이 면兔직되었다."는 것을 일연은 김옹金邕과 면兔 자를 한데 붙여, 사람 이름 '김옹면金邕兔'으로 잘못 읽었던 것이다. 그래서 일연은, 신충과 김옹면 그리고 다음에 나오는 이순 세 사람이 함께 중이 되어 단속사를 지었다는 요지로 오해하고, 그것을 『삼국유사』에 기록하게 되었던 것이다.

이로 보아 단속사를 세운 이는 신충이 아니라 이순임을 알 수 있고, '잣나무가 말라죽은 것'과 관련된 배경설화의 신충 이야기도 효성왕 때가 아니라 경덕왕 때의 일임을 알 수 있다. 더구나 단속사의 창건 연대도 경덕왕 22년이 아니다.

원가라는 노래도 위의 배경설화에 나타난 것처럼 효성왕의 즉위 전에 지어진 것이 아니라, 당대의 정치적 상황을 더듬어 볼 때 그가 관직에서 물러난 경덕왕 때에 지어졌음이 확인된다. 그리고 그 창작 연대도 경덕왕 22년이 아니라 경덕왕 7년임이 밝혀졌다. 경덕왕 22년은 이순이 세상을 등지고 입산한 해가 아니라 그가 경덕왕에게 간언을 한 해인데, 이것을 혼동하여 그렇게 기록하고 있는 것이다. 삼국사기의 경덕왕 22년 조에는 이순의 간언에 대해 이렇게 적고 있다.

그는 왕이 음악을 좋아한다는 말을 듣고 곧 궁문에 나아가 간하여 아뢰기를,

"신이 들으니 옛적에 하나라 왕 걸桀과 은나라 왕 주紂가 주색에 빠져, 음탕한 짓을 함부로 하고 제멋대로 놀며 즐김을 그치지 아니하여, 이로 말미암아 정치가 문란하고 국가가 패멸하였다 하오니, 앞에 엎어진 바퀴를 보고 뒤의 수레는 마땅히 경계하여야 합니다. 바라건대, 대왕께서는 허물을 고치시고 스스로 새롭게 하여, 나라의 수명을 영구히 하소서."

하였다.

왕이 듣고 감탄하여 음악을 정지하고 곧 그를 정실로 불러들여, 도리의 오묘함과 치세의 방법에 관한 말을 수일 동안 듣고 그치었다.

그러면 여기서 경덕왕 때의 정치사회적 배경과 신충의 면직에 얽힌 상황을 더듬어 보자.

경덕왕은 즉위 초부터 왕권을 강화하기 위한 과감한 제도 개혁을 실시했다. 전문 식견을 갖춘 학자 관료들을 육성하여 성덕왕 이래 추진되던 유교정치 구현의 토대를 마련했다.

경덕왕은 근본적으로 유학 사상에 입각한 전제왕권 정치를 꿈꾸고 있었고, 중국의 한나라와 당나라의 정치를 그 모델로 삼고 있었다. 이른바 한화정책漢化政策이 시행된 것이다. 군현의 지명도 모두 한자로 바꾸었다. 이러한 일련의 제도적 장치는 왕권을 강화하면서 동시에 귀족들의 세력을 약화시키는 데 목적이 있었다.

그러나 그러한 개혁 정책은 귀족들의 반발에 부딪혔다. 756년에 귀족 세력의 대표격인 상대등 김사인은 천재지변이 자주 일어나는 사실을 빌미로 삼아 경덕왕의 정치를 극렬하게 비판하는 상소를 올렸다. 그러자 경덕왕도 스스로 잘못을 시인하고 한 발 물러섰다. 그러나 757년 정월에 김사인이 병으로 사직하자, 경덕왕은 자신을 지지하는 왕당파인 이찬 신충을 상대등으로 삼고 다시금 제도 개혁에 나섰다.

그 덕분에 왕권이 강화되고 정치가 안정되자, 그도 음탕한 놀음에 빠져들기 시작했다. 재위 19년에 대궐 안에 큰 연못을 파고, 대궐 남쪽 문천 위에 월정교와 춘양교를 놓는 공사를 벌이며 때로 풍악을 즐겼다.

신충은 6년간 상대등 직에 있으면서 왕의 한화정책을 적극적으로 추진하였다. 그 후 신충은 왕 22년에 김옹과 더불어 상대등 직에서 물러나고 만종과 양상이 각각 그 자리에 보임되었다. 여기서 짚고 넘어가야 할 중요한 사실은, 신충이 상대등 직에서 물러난 해가 곧 같은 왕당파의 이순이 왕에게 실정을 극간한 해라는 점과, 만종과 양상은 신충, 이순 등과 대립되는 반왕당파의 인물들이란 점이다.

특히 양상은 뒷날 혜공왕을 죽이고 스스로 왕위에 올랐던 인물이다. 이처럼 신충이 반대파에 의하여 물러났다는 것은 경덕왕의 자의에 의한 것인지 양상 일파의 강요에 의한 것인지는 정확히 알 길이 없으나, 다만 신충이 물러난 것은 그의 자진사퇴가 아닌, 당시의 정치적 정세와 유관한 것임은 틀림이 없다.

어떻든 신충으로 볼 때 이것은 왕이 배신한 것과 같이 느껴졌을 것이며, 원가는 바로 경덕왕에 대한 신충의 이러한 원망스런 심정을 토로한 시가인 것이다.

그리고 이순이 상경하여 경덕왕에게 간언을 올린 것과 신충이 상대등에서 물러난 해가 같다는 것은, 이순의 간언이 신충의 퇴위 사건과 무관치 않음도 엿볼 수 있다. 삼국사기에서 신충의 상대등 퇴임 기사 바로 다음에 이순의 간언을 기록하고 있는 이유도 그 때문이라 생각된다. 신충과 이순은 다 같은 왕당파이며 충간신이다. 그러기에 이순은 신충의 면직을 포함한 왕의 정치적 부당성을 간언할 수 있음은 충분히 있을 수 있는 일이다.

요약하면, 원가는 경덕왕의 사랑과 믿음을 받던 신충이 왕의 신의 없음과 반왕당파의 강요에 의하여 벼슬에서 물러난 후, 그와 같이 강요당한 세태의 변화를 원망한 노래이며, 『삼국유사』의 기록처럼 효성왕 때에 공신으로 포상 받지 못한 연유로 지어진 노래가 아니다.

그러므로 원가 배경설화 또한 당대의 정확한 역사적 사실을 기록한 것이 아닌, 여러 가지가 얽혀 생긴 후대의 설화임을 짐작할 수 있다. 그러면 이러한 설화가 어떠한 경로를 거쳐 생겨났는가를 살펴보기로 한다.

신충은 효성왕과 경덕왕 양대에 걸쳐 활동한 인물이다. 그런데 신충이란 인물이 이보다 앞선 신문왕 때에 한 사람 더 보이는데, 일연도 그 사실을 알고, 삼화상전에서 그것을 인용하고, 두 사람의 시간적 거리가 100여 년간이나 차이가 나니 유의해야 한다고 적고 있다. 이에 관한 이야기가 『삼국유사』 권5 '혜통이 용을 항복시키다'란 제목에 다음과 같이 나와 있다.

처음에 신문왕은 몹쓸 종기가 나자 혜통에게 보아주기를 청하였는데, 혜통이 도착하여 주문을 외우자 즉시 종기가 나았다. 혜통이 말하였다.

"폐하께서는 전생에 재상의 신분으로 있으면서, 선량한 백성 신충을 잘못 판단하여 종으로 삼았기에, 신충이 원한을 품고서 되살아나 앙갚음을 하는 것입니다. 지금의 몹쓸 종기도 신충의 일 때문이니, 신충을 위해 절을 세우고 명복을 빌어 원한을 풀어야만 합니다."

왕이 옳다고 여겨 절을 세우고 이름을 신충봉성사라 하였다. 절이 이루어지자 하늘에서 외치는 소리가 들렸다.

"왕께서 절을 지음으로써 제가 괴로움에서 벗어나 하늘에 태어났으니 원망이 이제 풀렸습니다."(어떤 책에서는 이 일을 진표전에 실려 있다고 하는데 잘못된 것이다.)

일연은 이 기사를 쓰면서, "어떤 책에서는 이 일을 진표전에 실려 있다고 하는데 잘못된 것이다."라고 밝히고 있다. 이와 같이 신문왕 때의 '신충봉성사' 이야기가 때로는 혜통의 행적으로, 때로는 진표의 일화로 기록되었다는 것은, 이 이야기가 상당한 세력을 가지고 신라 사회에 널리 유포되고 있었다는 사실을 반증하는 것이다.

이처럼 신라 사회에 널리 알려져 회자되던 신충봉성사 이야기가 후대인 경덕왕 때의 실존 인물인 신충의 이야기와 결합되어, 새로운 설화로 개작될 소지는 다분히 있을 수 있다. 양자의 주인공 이름이 동일한 신충이라는 것은 그만두고라도, 양 설화의 구조 또한 상당한 유사성을 가지고 있다. 즉 신충봉성사의 신충도 전생에서 신문왕에게 원한을 가졌고, 원가를 지은 신충도 경덕왕에게 원한을 가진 인물이다. 그렇기 때문에, 신문왕 때의 신충봉성사 이야기가 후대의 신충 설화에 미친 영향은 컸으리라 짐작된다.

이제 원가의 내용을 살펴보기로 하자.

그런데 내용을 보기 앞서 이 노래의 두어 구절에 대한 해독을 다시 할 필요가 있다. 먼저 여섯째 행을 보자. 『삼국유사』의 원문에는 이렇게 적혀 있다.

行尸浪 阿叱沙矣以支如支행시랑 아질사의이지여지

이 행에서 가장 문제가 되는 구절은 끝 부분의 阿叱沙矣以支如支이다. 이것을 양주동은 '애와티듯'이라 해독하여 '(가는 물결) 원망하듯'이란 뜻으로 풀었다.

그리고 김준영은 阿叱과 沙矣以支如支를 띄어 읽고 '(이는 물결에) 사라지듯'이란 뜻이라고 하였다.

行尸 浪 阿叱 沙矣以支如支
닐 믈결앳 사이이ᅀ둧
(이는 물결에 사라지듯)

두 가지가 다 노래의 전체적 의미에는 어긋나지 않지만, 왠지 배경 설화의 내용에 꿰맞추려는 흔적을 지울 수가 없다. 그런데 김준영의 해독법만은 매우 주목할 만하다.

그러나 '사이이△돗'을 '사라지듯'으로 해석한 것은 무리가 있다. 이 '사이이△돗'는 '사라지다'의 뜻이 아니라, '싸이다' 즉 '(휩)싸이이듯'이란 뜻으로 풀어야 한다. '싸이다'의 중세어는 '뿟이다'이다. 그러면 '싸이듯'이라 하면 될 것을, 왜 '싸이이듯'이라고 하여 '-이-'를 하나 더 넣었을까? 그것은 피동의 뜻을 가진 선어말 어미 '-이-'가 긴 소리임을 나타내기 위함이다. 현대어에서도 피동의 기능을 가진 선어말 어미인 '이, 히, 리, 기, 우, 구, 추' 등은 담화에서 길게 발음하는 경향이 있다.

요약하면, 이 행은 '연못에 내린 달그림자가 이는 물결에 휩싸여 이지러진다'는 의미를 담고 있다.

다음으로 제9행을 보자. 이 행은 『삼국유사』의 원문에 이렇게 적혀 있다.

世理都 之叱逸烏隱第也 세리도 지질일오은제야

이것을 양주동은 다음과 같이 풀었다.

世理都 之叱逸烏隱 第也
누리도 아쳐론 뎌여
(누리도 싫은 지고)

한눈에 봐도 '아쳐론뎨여' 부분에 대한 해독은 얼른 이해가 가지 않는다. 김준영은 이 행의 해독에서도 뛰어난 견해를 내보였다. 그의 풀이를 보자.

世理 都之叱 逸烏隱第也
누리 모돗 이론 뎨여
(세상이 모두 이런 때여)

그러나 마지막 구 '이론 뎨여'의 의미를 '이러한 때'로 풀이한 것은 합당하지 않아 보인다. 단순히 '이러한 때'란 말이 시적 긴장감을 떨어뜨리는 어사일 뿐만 아니라, '이러한'이란 뜻을 나태내려 했다면 쉬운 글자를 다 놓아두고, 군이 '逸烏隱일오은'이란 심상치 않은 글자를 썼을 리가 없다.

그러면 이 구절을 어떻게 읽어야 할까? '逸일'은 '잃다'는 뜻을 가진 글자다. 그러므로 이 '逸烏隱일오은'은 '잃온'으로 해독하여야 마땅하다. '잃온'은 '잃다'의 관형사형이다. 그래서 이 행은 '세상 모두 잃은지고'로 풀이해야 한다. 왕의 신의 없음에 대한 신충의 한탄이 깊이 스며 있는 줄이다.

이 노래의 창작 시기와 동기는, 왕당파인 신충이 적대 세력인 반왕당파의 김양상 일파의 강요와 경덕왕의 신의 없음에 의하여, 상대등의 직위에서 물러나 실의의 나날을 보내면서, 이전의 현명을 잃고 놀이와 풍악에 빠진 왕과 당시 세태에 대한 개탄을 아울러서, 원망조로 노래한 것임을 알았다.

그럼 제1장을 보자.

뜰의 잣이
가을에도 이울어지지 아니하매
너를 어찌 잊어 하신
우러르던 그 얼굴이 변하신 것이여

이 노래를 전하는 배경설화의 첫머리는 왕과 신충이 잣나무 아래에서 바둑을 두는 얘기로 시작된다. 신라인들이 바둑을 즐겼다는 것은 삼국사기 효성왕 2년 조에도 보인다. 바둑을 두었다는 것은 두 사람의 친밀도를 나타낸다. 왕과 신충은 바둑을 두면서 서로의 관심사를 주고받았을 것인바, 그 중에는 치국의 도에 대한 논의도 개진되었을 것이다. 그러면 설화 문면의 "훗날 만약 그대를 잊는다면 저 잣나무가 증거가 될 것이다."라고 한 것은 무엇을 함축하고 있는 것일까?

겨울에도 시들지 않는 잣나무를 두고 맹세를 했다는 것인데, '곧은 마음'을 변치 않겠다는 것을 신충이 맹세한 것이 아니고 태자가 맹세했다는 것이다. 그래서 신하인 신충은 일어나 절을 했다는 것이다. 그런데 이순처럼 충신으로서 직간했을, 이름 그대로의 신信과 충忠을 지닌 신충이 단순히 자기에게 벼슬을 내려주겠다고 한 데 대하여 절을 했다고 보기는 어렵다. 여기서의 '너를 잊지 않겠다'는 것은 단순한 자연인 신충만을 가리키는 것이 아니라, 신충과 나눈 나라 다스림의 도, 군왕의 도에 대한 말, 즉 신충과 나눈 현명한 군주학을 지켜서 현군의 도를 잊지 않겠다는 뜻을 함축한 말로 풀이해야 할 것이다. 태자가 신충에게 하명한 '곧은 절개' 또한 절조 있는 신하로서, 보필하는 신하로서의 소임을 다해 달라는 다짐으로 보아야 한다.

인간은 높은 지위에 오르면 처음 가졌던 마음을 잃거나 변해버리기 쉽다. 태자와 신충은 서로 이것을 경계하고 잣나무를 두고 다짐했던 것이다. 그러기에 그 약속은 어느 일방의 약속이 아니라, 쌍방의 약속이다. 태자는 현명한 군왕의 도를 잃지 않고, 신하는 지조 있는 보필지신의 소임을 저버리지 않는, 그야말로 양자가 다 곧은 절조를 잃지 말자는 것이다.

그런데 왕이 변해버린 것이다. 그 얼굴이 예전의 그 모습이 아닌 것이다. 반왕당파에 이끌려 신충을 상대등에서 쫓아낸 것이다. 그래서 작자는 "우러르던 얼굴이 변하신 줄이야"라고 탄식하는 것이다. 이것이 첫장이 품고 있는 시적 의미다.

다음으로 둘째 장을 보자.

달그림자가 내린 못의
일렁이는 물결에 휩싸이듯

얼굴이야 바라보나

세상 모두 잃은지고

    달그림자가 고요히 못에 비쳐 있다. 그런데 갑자기 바람이 불어 물결이 일렁인다. 달그림자는 이지러져 원래의 모습이 아니다. 그 얼굴은 예전과 다른 변한 모습이다. 그 얼굴을 보기야 볼 수 있지만 험해진 얼굴이다. 변하지 않겠다고 그렇게 다짐했던 그 모습은 이제 찾아 볼 수가 없다. 허망하기 그지없다. 세상살이 모든 것을 다 잃었다는 의미다.

    '달'의 천상적 이미지에 '물결'의 지상적 이미지가 대립되고, '고요한 못'의 정적인 이미지가 '일렁이는 물결'이란 동적 이미지와 대립되어 있다. 달이 왕이라면 물결은 반왕당파의 무리들이다. '고인 못'이 총애해 주던 여느 때의 마음이라면, '일렁이는 물결'은 변해버린 왕의 마음이다. '고요한 못'이 왕의 현명이요 평온한 조정이라면, '일렁이는 물결'은 왕의 현명을 가리고 어지럽히는 무리와 그러한 사태를 의미한다. 면직된 신충이 왕과 조정을 걱정하는 일단의 심정을 담고 있다. 조용하던 못에 비친 달그림자가 일렁이는 물결에 휩싸여 이지러지고 만 것이다. 조정을 좌지우지하는 무리들에 의하여 왕의 현명과 권능이 가려지고 무너진 것이다. 지금 왕은 이순이 간언한 것처럼 간신들의 물결에 흔들리어, 음탕함에 빠져 즐기고 있으니 안타깝기 짝이 없다.

    이것은 마치 이백이 '등금릉봉황대'란 시에서 읊었던 한 구절, "뜬구름이 해를 가리니 장안을 볼 수 없어 사람을 수심에 젖게 하누나"를 연상케 하며, 송강이 관동별곡에서, "지나가는 구름이 근처에 머물세라"
한 발상과 일치하는 것이다. 이백은 고역사와 같은 간신들이 당나라
조정에 들끓어 현종의 총명을 흐리는 것을, 구름이 해를 가리는 것에
비유하여 그렇게 표현하였고 송강 또한 그러하다.

왕의 겉모습이야 볼 수 있으나 예전의 모습이 아니요, 세상도 달라
졌다. 왕의 마음도 달라졌고 세상도 간신배만 날뛰는 꼴로 변해버렸
다. 신충은 그러한 세태를 원망조로 노래하고 있는 것이다.

그런데 안타까운 것은 이 노래의 후구가 없어졌다는 것이다. 마지막
장은 모든 시상을 응축하고 종결짓는 절이다. 그런 후구가 없어졌다.
후구의 내용을 지금으로서는 알 길이 없으나, 같은 충신연주지사(충신
이 임금을 사모하는 노래)요 향가의 잔영이라고 일컬어지는 정과정가의
후구를 연상해 본다.

정과정가의 후구는 "님이 나를 벌써 잊으셨나이까 / 마소서 님이시
여 돌려 들으시어 다시 사랑해 주소서"라고 읊고 있다. 이로 보아 모르
긴 하나, 원가의 후구 또한 "님이 저와 맺은 언약을 잊으셨나이까 / 아
으 님하 돌려 들으시어 모습을 고치소서" 쯤 되지 않을까?

(4) 재회를 위한 주원 풍랑가(風浪歌)

풍랑가는 김대문의 『화랑세기』에 실려 전하는 8구체 향가다. 화랑 사다함의 애인이었던 미실이 사다함이 출정할 때 전송하면서 지은 노래다. 그 기록의 일부를 간략히 보이면 이러하다.

세종은 태종공의 아들이다. 어머니는 지소 태후로 처음 이름이 식도 부인이니 바로 법흥왕의 딸이다.

세종공은 용모가 단아하고 풍채가 아름다웠으며, 지소 태후에게 효도하고 진흥왕에게 충성하니, 왕도 또한 지극히 그를 사랑하여 나의 막내 동생이라고 생각하였다. 자신의 몸을 조금도 단속하지 않았으나 타고난 성품이 지극히 뛰어나 실수함이 전혀 없었다.

하루는 지소태후가 고관들의 아름다운 딸들을 가려 궁중에 모이게 하였다. 세종이 그 가운데 미실 낭주를 가장 좋아하여 가까이 하였다. 이를 본 태후도 크게 기뻐하여 궁중으로 불러, 미실 낭주로 하여금 세종을 모시게 하였다.

이보다 앞서 사다함이 출정할 때 그의 애인 미실이 향가 풍랑가風浪歌를 지어 부르며 전송하였다.

바람이 분다고 해도
낭 앞에는 불지 말고

물결이 친다고 해도

낭 앞에는 치지 말고

일찍일찍 돌아오라

다시 만나 안겨 보고

으흐,

낭이여 잡은 손을

어찌 차마 달리하노

사다함이 전장에서 돌아왔을 때 미실은 궁중에 들어가 세종 전
군殿君(궁궐 내에 자신의 궁실을 가지고 있는 왕족)의 부인이 된 뒤였
다. 사다함은 이에 청조가靑鳥歌를 지어 부르며 슬퍼하였다.

사랑하는 연인 사다함을 전장으로 보내는 미실의 애절한 심정이 구
구절절이 배어 있다. "바람이 불어도 낭 앞에는 불지 말고, 물결이 쳐
도 낭 앞에는 치지 말고, 아무 탈 없이 하루 빨리 돌아와서 다시 그 정
겨운 품에 안기기를 염원한다. 세상은 어이 이리도 어지러운가. 아, 낭
군님이여! 잡은 손을 차마 놓지 못하겠구려. 몸은 비록 헤어지지만 제
마음이야 어찌 바뀌겠습니까? 추호도 그러지 않을 것입니다."

라는 내용이다.

사다함은 신라가 가야를 칠 때, 15, 6세의 나이로 이사부의 부장이
되어 종군하여 큰 공을 세웠다. 사다함은 그 공로로 좋은 전답과 포로

200명을 나라에서 내렸으나 사양하고 받지 않았다. 이에 왕이 그에게 억지로 상을 내리니, 사다함은 어쩔 수가 없어 받긴 받았으나 그걸 다른 사람들에게 나누어 주고, 자신은 알천의 척박한 땅만 조금 받았다. 온 나라 사람들이 그의 미덕을 칭찬하였다.

사다함은 본래 미실이란 처녀를 좋아했다. 미실은 제2세 풍월주 미진부의 딸인데 용모가 무척이나 예뻤다. 그런데 이때 가야가 신라에 반기를 들므로, 이를 물리치고자 사다함이 출정하게 되어 미실과 헤어지게 되었다. 이때 미실이 지은 노래가 풍랑가다.

이 노래 또한 『삼국유사』의 향가들처럼 강력한 주원성이 담겨 있다. 낭이 무사히 임무를 수행할 것을 간절히 기원하고, 또 자신의 진실한 다짐을 함께 담아내고 있음이 그것이다. 사다함에게는 바람도 치지 말고 물결도 치지 않아 아무 탈 없이 돌아오기를 강력히 주원하고 있다.

그 후 사다함은 정벌을 성공시켜 어린 나이에 풍월주의 자리에까지 오르게 되었다. 그러나 전장에서 돌아와 보니 안타깝게도 미실은 원래의 자리에 없었다. 미실의 빼어난 용모를 탐낸 세종 전군이 그녀를 궁중으로 불러들여 자기의 아내로 삼아버렸던 것이다. 사다함은 이에 청조가를 지어 부르며 슬퍼하였다.

여기 나오는 세종 공은 세종 전군이라 불리기도 하는 이로, 지소 태후와 이사부(태종 공) 사이에서 태어난 사람이다. 지소 태후는 법흥왕의 딸인데, 처음에 법흥왕의 아우인 입종 갈문왕과 결혼하여 진흥왕을 낳았다. 자기의 삼촌과 결혼한 셈인데, 이는 성골끼리 결혼하는 신라 왕실의 근친혼 제도에 따른 것이다. 후에 지소 태후는 내물왕의 4대손인 이사부와의 사이에서 숙명 공주와 세종 전군을 낳았다. 세종 전군은 화랑세기에 의하면, 신라 화랑도의 수장인 6대 풍월주가 된 인물이다.

청조가는 이러하다.

파랑새야 파랑새야 저 구름위의 파랑새야
어찌하여 내 콩밭에 머무는가
파랑새야 파랑새야 내 콩밭의 파랑새야
어찌하여 날아들어 다시 구름위로 날아갔는가
왔으면 가지 말지 또 갈 것을 왜 왔는가

부질없이 눈물짓고 애끊어 여위어 죽게 하는가
나는 죽어 무슨 귀신 될까 나는 죽어 신병 되리
(전군 궁중)에 날아들어 너를 위한 보호신 되어
아침마다 저녁마다 전군부 아내 보호하여
천년만년 오래오래 죽지 않게 하리로다

여기서 파랑새는 물론 미실이다. 내 콩밭은 사다함의 마음 밭이며, 파랑새가 날아간 구름 위는 전군의 궁중이다. 날아가 버린 파랑새가 한없이 그리워 애가 끊어질 지경이지만, 파랑새를 사랑하는 마음은 그칠 수가 없어 죽어서도 그녀를 지키는 신병神兵이 되겠다는 것이다. 비록 자기 곁을 떠나기는 했지만, 사랑하던 미실을 죽어서도 지켜주는 보호신이 되겠다는 내용이다.

또 화랑세기에는 이렇게 적혀 있다.

미실은 사다함이 죽은 후 천주사에 가서 사다함의 명복을 빌었는데, 어느 날 밤 미실의 꿈에 사다함이 나타나 품에 들어오며 "나와 네가 부부가 되기를 원하였으니, 너의 배를 빌려 내가 다시 태어날 것이다." 하였다. 미실은 바로 임신이 되어 하종공을 낳았는데, 그 모습이 사다함과 매우 비슷하였다. 하종공은 11세 풍월주가 되었다.

사다함은 일찍이 친구 무관랑과 더불어 죽을 때는 함께 죽기로 맹약하였다. 어느 해에 무관랑이 병으로 죽자, 그 7일 뒤에 사다함도 따라 죽었다. 삼국사기에는 이렇게 적혀 있으나, 이는 미실과의 이별 사연과 무관하지 않아 보인다. 그의 죽음에는 미실을 잃은 아픔이 큰 몫으로 작용하지 않았나 싶다.

Ⅲ. 향가의 꽃밭을 나오며

이상에서 우리는 '신라에 뜬 달 향가' 15편을 읽고 그 속에 배어 있는 향기를 맡아 보았다. 그 열다섯 봉오리는 지금도 신라의 그 달빛을 머금고 있다. 신라 사람들은 유난히도 달을 좋아하였다.

처용은 '새벌 밝은 달밤에 밤들도록 노니다가', 역신이 아내를 범하는 것을 보고 노래를 불러 물리쳤고, 엄장은 달에 의탁하여 '달님이여 서방까지 가시나이까'라 부르짖으며 극락왕생을 기원하였다. 제망매가와 도솔가를 지은 월명사는 사천왕사에 기거하면서 피리를 잘 불었다. 어느 달밤에 피리를 불면서 문 앞 큰길을 지나가니, 달이 그를 위해서 움직이지 않고 머물러 있었다. 그래서 그 마을 이름을 월명리라 하였다.

충담사는 그가 지은 찬기파랑가에서 '목메어 자리하매 나타난 달이, 흰 구름 따라 떠가서 숨었구나.'라 읊으면서 왕의 치병治病과 아울러 아들 얻기를 빌었다. 융천사는 혜성가를 지어, '세 화랑의 산 구경 오심을 듣고, 달도 부지런히 등불을 켜는데, 길쓸별을 보고 혜성이라 사뢰는 사람이 있구나.'라 읊어 왜군을 물리쳤다. 신충은 원가에서, '달그림자가 내린 못의, 일렁이는 물결에 휩싸이듯, 얼굴이야 바라보나, 세상 모두 싫은지고.'라 울부짖으며 자신에게 얼굴빛을 돌린 임금을 원망하였다.

그리고 기록에는 나타나 있지 않으나, 향가와 관련된 여타 인물들도 모두가 신라의 달빛에 흠뻑 취했을 것이다. 신물神物들에게 자주 납치되었던 수로 부인도 그들의 손길에서 빨리 빠져나와, 신라의 달 보기를 간절히 바랐을 것이다.

풍요와 관련된 양지는 자기가 쓰는 지팡이 끝에 포대 하나를 걸어두기만 하면, 그 지팡이가 저절로 날아 시주하는 사람의 집에 가서 흔들리면서 소리를 냈다. 그리하면 그 집에서 이를 알고 재齋에 쓸 비용을 거기에 넣었는데, 포대가 차면 지팡이가 날아서 돌아왔다. 시주 받기를 행한 그 신비한 지팡이도, 밤이 되면 뜰에 쉬면서 신라의 숭엄한 달빛을 받았을 것이다. 맹아득안가에 보이는, 한기리 5세아의 어머니 희명은 자식의 눈 밝기를 염원하면서 달빛 어린 분황사 뜰을 거닐었을 것이다.

향가를 잘 부르기로 소문났던 영재는 달빛 어린 산 속에서 도둑들을 설득했을 것이며, 득오는 은은한 신라의 달빛 속에서 존경하는 죽지랑을 사모하는 모죽지랑가를 지어 불렀을 것이다. 또 백제 왕자 마퉁이는 이국 땅 신라의 달빛을 맞으며, 선화공주와 사랑을 속삭였을 것이다.

이러한 신라인의 달빛 사랑은 우리 핏속에 살아 면면히 이어져 왔다. 이러한 정서가 수천 년간 우리의 호흡에 이어지지 않았다면, 어찌 이효석이 시 같은 그런 소설을 일순간에 낳을 수 있었겠는가! 효석은 그의 고향 평창을 무대로 하여 쓴 '메밀꽃 필 무렵'에서, 아름다운 '달빛 밟기'를 이렇게 묘사하였다.

"밤중을 지난 무렵인지 죽은 듯이 고요한 속에서, 짐승 같은 달의 숨소리가 손에 잡힐 듯이 들리며, 콩 포기와 옥수수 잎새가 한층 달에 푸르게 젖었다. 산허리는 온통 메밀밭이어서, 피기 시작한 꽃이 소금을 뿌린 듯이 흐뭇한 달빛에 숨이 막혀 하였다."

이 구절을 읽는 이라면 누구나 말 그대로 숨이 콱 막힐 것이다. 쏟아지는 달빛에 어린 정경을 이보다 더 아스라이 그려낼 수 있을까?

달빛은 햇빛처럼 강렬하지 않다. 그저 은은할 뿐이다. 그러기에 달빛은 신비성을 품고 있다. 그래서 우리 민족은 고래로 달을 보고 비손(두 손을 싹싹 비비면서 신에게 소원을 비는 일)을 하였다. 신라 향가의 주원성은 바로 여기에 닿아 있다.

향가는 우리 문학의 뿌리다. 그만큼 향가는 값진 것이며, 우리 모두가 읊고 사랑해야 할 소중한 문화유산이다.

일본인들은 그들의 고시가를 모아 실은 만엽집을 정신적인 고향으로 숭앙하고 있다. 그뿐만 아니라, 그들은 그것을 최고의 문화유산으로 생각하고 세계에 자랑하고 싶어 한다. 또 그들은 만엽집을 만세萬世에까지 영원히 전해져야 할 가집이라는 자부심을 갖고 있다. 거기에 실려 있는 시가에 1번부터 4516번까지 일련번호를 붙여 아끼며, 그에 대한 연구도 이루 헤아릴 수 없을 만큼 많이 쌓고 있다.

지금도 만엽집의 시가는 고소설 '겐지 이야기源氏物語'와 더불어 일본인의 절대적인 사랑을 받고 있다. 일본의 공영방송인 NHK의 '인간 강좌'와 같은 방송 프로에는 만엽집에 대한 특집을 종종 다루며, 일반 시민들의 문화 강연에는 만엽집에 대한 강의가 거의 빠지지 않는다. 애니메이션이나 드라마에도 만엽집의 작품들이 자주 인용된다.

우리 겨레는 향가의 삼구육명 형식을 이어받아 삼장육구체의 시조를 배태시켰다. 이 형식은 그 후의 고려 속요와 가사歌辭에도 계승되었다. 이제 향가를 되씹고 맛보아 더 좋은 장르를 만들어 가야 한다. 그리하여 효석이 빚었던 아름다운 달빛을 오롯이 담아 낼, 멋진 달항아리를 만들어 가자. 신라 사람들이, 달이 비추는 거리를 거닐며 불렀던, 그 향가의 뿌리에 거름을 주어 더 아름답고 큰 꽃을 피워내자.

참고문헌

참고문헌

1. 기본 자료

『삼국유사』 김원중 옮김, 을유문화사, 2002.

『삼국유사』 이민수 역, 을유문화사, 1981.

『삼국유사』 이재호 역, 한국자유교양추진회, 1968.

2. 연구 논저

고운기, 『우리가 정말 알아야 할 삼국유사』, 현암사, 2006.

김완진, 『향가해독법연구』, 서울대출판부』, 1981.

김준영, 『향가문학』, 형설출판사, 1981.

박노준, 『신라가요의 연구』, 열화당, 1982.

박재민, 『신라 향가 변증』, 태학사, 2013.

서재극, 『신라향가의 어휘연구』, 계명대출판부, 1979.

신재홍, 『향가의 해석』, 집문당, 2000.

양주동, 『고가연구』, 박문출판사, 1954.

윤영옥, 『신라시가의 연구』, 형설출판사, 1981.

이기동, 『신라골품사회와 화랑도』, 일조각, 1984.

이기백, 『신라정치사회사연구』, 일조각, 1984.

이능우,『고시가논고』, 선명문화사, 1966.

장진호,『신라향가의 연구』, 형설출판사, 1993.

최성호,『신라가요연구』, 문현각, 1984.

최 철,『신라가요연구』, 새문사, 1979.

김영태,「승려낭도고」,『동국대 불교학보 제7집』, 1969.

노중국,「삼국유사 무왕조의 재검토」, 효성여대『한국전통문화연구
　　　　제2집』, 1986.

사재동,「서동설화연구」,『장암지헌영선생화갑기념논총』, 1971.

신라에 뜬 달 향가

2017년 4월 4일 초판 1쇄 인쇄
2017년 4월 7일 초판 1쇄 발행

지은이 장진호

펴낸이 권혁재

편 집 권이지

인 쇄 동양인쇄주식회사

펴낸곳 학연문화사
등 록 1988년 2월 26일 제2-501호
주 소 서울시 금천구 가산동 371-28 우림라이온스밸리 B동 712호
전 화 02-2026-0541
팩 스 02-2026-0547
E-mail hak7891@chol.net

ISBN 978-89-5508-367-5 03810